DAVE COUSINS

15 kopflose Tage

Laurence Roach wünscht sich eigentlich nur ein normales Leben, doch das ist schwer, wenn die Mutter eine depressive Alkoholikerin ist. Als sie eines Abends nicht mehr nach Hause kommt, erzählt er niemandem davon – aus Angst, er und sein kleiner Bruder Jay müssten sonst in Pflegefamilien. Er täuscht vor, seine Mutter sei noch da, und verstrickt sich immer mehr in ein Netz aus Lügen. Abend für Abend schleicht er zudem in die Telefonzelle und gibt sich in der Live-Sendung des lokalen Radiosenders für seinen verstorbenen Vater aus, um seinen geheimen Traum zu verwirklichen.

Nach zwei Wochen, in denen sich die beiden Brüder mit einem Minimum an Geld und Essen durchschlagen, entdeckt Laurence endlich eine Spur von seiner Mutter. Aber jetzt fangen die Schwierigkeiten erst richtig an …

Dave Cousins erzählt mit viel Witz und Wärme und einer gehörigen Portion skurrilem Humor.

DAVE COUSINS

15 kopflose Tage

AUS DEM
ENGLISCHEN
VON ANNE BRAUNER

VERLAG FREIES GEISTESLEBEN

Die Originalausgabe mit dem Titel *15 days without a head* ist 2012 im Verlag Oxford University Press erschienen.

1. Auflage 2015

ⓔ auch als eBook erhältlich

Verlag Freies Geistesleben
Landhausstraße 82, 70190 Stuttgart
www.geistesleben.com

ISBN 978-3-7725-2778-4

Umschlagillustration: Maxwell Dorsey
Gestaltung & Satz: Bianca Bonfert
Druck: Kösel, Krugzell (www.koeselbuch.de)
Printed in Germany

FÜR JANE, PTOLEMY,
HOCKLEY UND DYLAN – IN LIEBE

JETZT GEHT'S LOS!

DIENSTAG
RRRRRIIIINNNNGGG
GLÜCKSPILZ
MUM IST WIEDER DA
WIE KING KONG STÜRMT SIE DURCH DEN FLUR
SCHEISSE, WAS IST HIER LOS?
TSCHULDIGUNG

Die Tür knallt. Mum ist wieder da.

Es hört sich an, als ob eine Leiche auf den Boden klatscht, als sie ihr Zeug im Flur ablädt. Sie geht direkt in die Küche. Ich höre, wie eine Flasche auf den Tisch gestellt, der Deckel aufgeschraubt und der Inhalt leise gluckernd eingeschenkt wird.

Mum hustet, zieht sich einen Stuhl ran und setzt sich.

Zigarettenrauch zieht ins Wohnzimmer, wo Jay und ich uns still verhalten. Wir machen uns unsichtbar bis zur Happy Hour – wenn der erste Drink seine magische Wirkung entfaltet und Mum wieder ein Lächeln entlockt.

«Wo sind meine schönen Jungs? Wo habt ihr euch versteckt?»

Das ist das Signal, die Entwarnung, dass es sicher ist herauszukommen. Die Happy Hour hat begonnen.

Wir gehen in die Küche. Als Jay sich in Mums Arme wirft, strahlt sie und küsst ihn ab. Ich bleibe an der Tür, bis sie mich zu sich winkt und in die Umarmung hineinzieht. Der Geruch von Frittenfett und Zigaretten erstickt mich beinahe.

Jay erzählt ihr von der Schule. Sie hört zu und lächelt und schenkt sich noch ein Glas ein. Die Flüssigkeit ist rot und dickflüssig.

Dann driftet sie allmählich ab. Ihr Blick wird glasig und das Lächeln schwindet. Jay redet weiter, zu laut für einen Sechsjährigen. Auf dem Tisch liegt ein Messer, das er dreht und dreht, während er immer weiterspricht … «Und in der Pause hat Matt gesagt» … *wusch* … «Aber das wollten wir dann doch nicht spielen» … *klirr, wusch, schepper …*, bis es an die Flasche stößt und Mums Auge zuckt.

Ich lege die Hand auf das Messer und sage Jay, er soll ins Bett gehen.

Er wirft mir einen bösen Blick zu. «Will nicht ins Bett.»

«Doch, du musst jetzt schlafen.»

«Nein!»

«Los, Jay.»

«Das hast du nicht zu bestimmen.» Er sieht Mum an.

Ihr Blick taumelt zu uns zurück. «Worum geht's, Schatz?»

«Ich muss doch noch nicht ins Bett, oder?»

«Natürlich nicht, Liebling. Komm zu Mummy.»

Mein kleiner Bruder sieht mich triumphierend an und klettert auf ihren Schoß. Ich zucke die Achseln und lasse sie machen. Aber ich bleibe in Hörweite.

Die Happy Hour dauert ungefähr eine Stunde, manchmal nicht ganz so lang. Es ist schlimmer, wenn wir pleite sind und Mum nicht trinkt. Kein Drink, keine Happy Hour. Mum stürmt dann durch die Wohnung und schreit Jay und mich an, weil es überall unordentlich ist. Oder sie bleibt den ganzen Tag im Bett oder schließt sich im Badezimmer ein, wo man sie durch die Tür heulen hört. Das kann Stunden dauern, in diesem Fall muss ich mit Jay zum Pinkeln hinter die Mülltonnen schleichen.

Um acht habe ich Jay im Schlafanzug. Er krabbelt auf allen vieren durch den Flur zum Badezimmer, blickt zu mir zurück und bellt. Das ist ganz normal – jedenfalls nicht ungewöhnlich für Jay. Ich weiß nicht mehr, wann das mit den Hunden bei ihm angefangen hat, aber er tut erst so, als wäre er einer, seit wir hierhergezogen sind. Er macht es nicht die ganze Zeit, nur wenn er weiß, dass es mich nervt – wie jetzt.

«Mach schon, Jay, Zähneputzen.»

Ich drücke Zahnpasta auf seine Zahnbürste und will sie ihm geben.

Er schüttelt den Kopf.

«Wenn du dir nicht die Zähne putzt, fallen sie aus.»

Jay wufft und grinst zu mir hoch.

Dafür haben wir keine Zeit. Wenn Mum merkt, dass er noch nicht im Bett ist, wird sie zur Wildsau.

«Jetzt steh endlich auf!» Ich packe ihn am Arm und will ihn hochziehen.

Jay schnappt knurrend nach meinem Handgelenk.

Vor Schreck lasse ich die Zahnbürste fallen. «Du hast mich gebissen!» Es tut nicht weh, aber seine kleinen Zähne haben einen perfekten Abdruck hinterlassen.

Als Jay mich ansieht, funkelt ein winzig kleines Lächeln in seinen Augen.

Jetzt bin ich sauer.

«Meinetwegen!» Diesmal greife ich mir seine Schultern und stelle ihn auf die Füße. Jay wehrt und windet sich und will noch mal zubeißen, aber ich bin zu stark, und das weiß er auch. Ich hebe die Zahnbürste auf und drücke sie auf seine Lippen. Mit geschlossenem Mund, ganz rot im Gesicht, sieht er mich böse an. Dann bröckelt plötzlich die Fassade und er fängt an zu weinen.

Ich verfalle in Panik und schließe ihn in meine Arme – Hauptsache, er macht keinen Lärm.

Sein Weinen zählt zu den wenigen Geräuschen, die durch *die Wolke* dringen. Die Wolke folgt stets auf die Happy Hour, dauert aber sehr viel länger. Ein Kraftfeld aus Kippengestank und Alkohol, mit unserer Mum in der Mitte. Es erinnert mich an die alte Fernsehserie *Stars in Their Eyes* – wenn der Kandidat als normale Person durch die Tür hinausgeht und dann völlig verwandelt aus dem Rauch wieder herauskommt. Mum dagegen sieht vorher und nachher gleich aus – nur ihre Persönlichkeit hat sich verändert. In einer Fernsehshow würde das wahrscheinlich nicht viel hermachen.

Jetzt höre ich sie kommen – wie King Kong stürmt sie durch den Flur und flucht, wenn sie sich an den Wänden stößt.

«Scheiße, was ist hier los?»

Einen Augenblick lang hört Jay auf zu weinen. Er hat die Augen aufgerissen, doch er ist noch zu jung, um die Warnung in ihrer Stimme zu hören. Er schluchzt weiter und zeigt auf mich.

«Lau – rence – hat mir – am Arm – weh – getan.»

Mum entreißt mir Jays Zahnbürste und hält sie mir vors Gesicht. «Mann! Kriegst du denn gar nichts hin, ohne dass es Theater gibt?» Ihre Zunge ist schwarz und bei ihrem Mundgeruch dreht sich mir der Magen um.

Sie erwartet eine Antwort, aber was soll man zu so einer Frage sagen? Also zucke ich die Achseln. Ganz schlecht. Mum kann es nicht ausstehen, wenn ich mit den Schultern zucke. Während ich mir noch vornehme, in Zukunft eher daran zu denken, kassiere ich eine fette Ohrfeige.

«Lass das gefälligst, wenn ich mit dir rede!»

«Tschuldigung.»

Sie drückt Jay die Zahnbürste in die Hand. «Zähneputzen und ab ins Bett – alle beide. Ich will euch nicht mehr sehen.»

Es ist fünf nach acht. Ich bin fünfzehn und soll um fünf nach acht ins Bett gehen.

Jay putzt sich die Zähne. Er sieht mich nicht an.

Mein Gesicht tut weh und die Haut um mein Auge schwillt an. Selbst schuld, ich hätte wissen müssen, was kommt.

Ich lege mich auf Jays Bett und lese ihm eine Geschichte vor. Er hat mir den Ärger beim Zähneputzen verziehen.

Wahrscheinlich hat er ein schlechtes Gewissen, weil Mum mich geschlagen hat.

«Du hast geweint», sagt er.

«Das war kein Weinen. Es hat ein bisschen wehgetan. Manchmal tränen die Augen, aber das ist etwas anderes.»

«Hat es nicht richtig wehgetan?»

«Nee, halb so schlimm», lüge ich.

An unserer Zimmerdecke kleben Sterne. Eigentlich sollen sie im Dunkeln leuchten. Mum hat sie wie die echten Sternbilder angeklebt, die sie in einem Buch aus der Bibliothek gefunden hat. Als wir hier eingezogen sind, hat sie die ganze Wohnung dekoriert und jedes Zimmer in einer anderen Farbe gestrichen. Das Wohnzimmer hatte eine grässliche braune Blumentapete, die Mum eines Abends einfach in Fetzen von der Wand gerissen hat. Ich dachte, sie wäre verrückt geworden. Doch dann haben Jay und ich mitgemacht. Zu dritt sind wir durchs Wohnzimmer gehüpft und haben Mums Queen-CD in voller Lautstärke gehört. Dabei haben wir Tapetenkügelchen in die Luft geworfen, bis es aussah wie bei einem Schneesturm.

Das ist ewig her. Damals hat Mum sich noch Mühe gegeben.

Der Umzug sollte eine Art Neustart sein – an einem Ort, wo uns niemand kannte, einem Ort ohne Vergangenheit.

Wir wohnen im obersten Stock eines Gebäudes, das Parkview Heights heißt. Der Name ist total bescheuert, weil es nur vier Etagen hat: Im Erdgeschoss liegen die Geschäfte der Parkview-Parade und darüber sind drei Stockwerke mit Wohnungen – aus denen man den Park nicht einmal sehen kann. In der Gegend geht ein Spruch rum: *Wann weiß man, dass man endgültig ganz unten gelandet ist?* Antwort: *Wenn man in den Heights aufwacht!* Wir haben Kakerlaken in der Küche, die Toilette ist undicht – und man muss nur kurz ein Fenster öffnen, dann stinkt es überall nach dem Imbiss in der Parade-Passage.

Etwas Besseres können wir uns nicht leisten. Mum beantragt keine Sozialhilfe, weil sie Angst hat, dass sie unsere Spur bis nach Bridgewell zurückverfolgen und lästige Fragen stellen. Wenn Leute Fragen stellen, müssen ihnen die Antworten nicht automatisch gefallen, und dann wird's kritisch.

So wie beim letzten Mal – als die Frau mit dem Klemmbrett vorbeikam und behauptete, es wäre besser, wenn Jay und ich woanders wohnen würden, während Mum sich «neu aufstellte». Zehn Sekunden später hatte Mum sie vor die Tür gesetzt und noch am gleichen Abend saßen wir im Zug hierher – *die unglaubliche verschwundene Familie*. Ich fragte mich, was die anderen in der Schule wohl dachten, wenn ich einfach nicht wieder aufkreuzte, bis mir klar wurde, dass die Hälfte von ihnen es wahrscheinlich nicht einmal mitbekommen würde. Wenn man sich vorstellt, man würde irgendwo abhauen und keiner würde merken, dass man weg ist, weil niemandem aufgefallen war, dass man überhaupt da war – das ist hart.

Auf dem Scooby-Doo-Wecker am Bett ist es 20.55 Uhr. Es ist so weit.

Ich vergewissere mich, dass Jay schläft, und hole den Umschlag mit den Telefonkarten unter der Matratze hervor. Mum hat sie im Zeitschriftenladen gestohlen, als sie dort gearbeitet hat. Trotzdem würde sie mich umbringen, wenn sie merken würde, dass ich mich meinerseits bediene. Für kostenlose Telefonate, meinte Mum, aber sie benutzte sie nicht, weil sie gar nicht auf die Idee kam, zur Telefonzelle zu gehen. Damals hatten wir auch beide noch Handys, aber dann hat Mum ihres verloren und sich meins gekrallt. Das ist schon Monate her. Ich habe sie schon ewig nicht mehr mit meinem Handy gesehen, wahrscheinlich hat sie es auch verloren. Angeblich kauft sie mir ein neues, sobald sie einen besseren Job gefunden hat, aber das wird so schnell nicht passieren. Bis dahin habe ich wenigstens die Karten.

Ich stecke sie hinten in meine Jeanstasche und öffne das Fenster. Die Luft trieft wie Vanillesoße und riecht nach Bratfisch. Ich setze mich auf das Sims und schwinge die Beine durch den Spalt. Dann warte ich einen Augenblick, weil die Hitze mich fast umhaut, und lasse los.

Direkt unter unserem Schlafzimmerfenster bildet das Dach des darunterliegenden Stockwerks einen zwei Meter breiten Vorsprung, der sich rund ums Haus zieht. Die Oberfläche sieht wie geschmolzener grauer Käse aus und riecht bei dieser Hitze nach Elektrizität. Aus den Ritzen um die Kanten quillt schwarzes, klebriges Zeug, das man tagelang nicht richtig abwaschen kann, wenn man es an die Finger bekommt.

Ich laufe auf diesem Vorsprung bis zum Ende des Dachs und drehe mich um. Jetzt kommt der Teil, den ich nicht mag – ich hangle mich nach unten. Mit den Füßen taste ich nach dem windigen Leitergerippe, das seitlich am Gebäude festgeschraubt ist, und versuche, nicht an den Betonboden drei Etagen unter mir zu denken. Die Leiter führt zur Feuertreppe – klapprige Sprossen aus rostigem Metall, die beim Abstieg dröhnen und scheppern. Unten hängt eine Kette über dem letzten Stück, deshalb steige ich an der Seite auf einen der großen Müllcontainer in der Zufahrt hinter den Geschäften. Nachdem ich geprüft habe, ob die Luft rein ist, springe ich hinunter.

Bis jetzt ist alles gut gegangen. Ich denke nicht darüber nach, was passiert, wenn das Glück mich verlässt. Es könnte schon heute Abend geschehen. Ich sage mir, dass es keine Rolle spielt. Alles klar, Hauptsache, ich mache mir nicht zu viele Gedanken. Schon gar nicht darüber, was Mum sagen würde, wenn sie wüsste, was ich tue. Es ist riskant, Jay mit ihr allein zu lassen, vor allem in der Stimmung, in der sie heute Abend ist, aber ich muss das tun – für uns alle.

Die meisten Geschäfte in der Parade-Passage haben bereits die Rollläden runtergelassen, aber SavaShoppa, der Waschsalon und der Weinhandel haben noch geöffnet. Ich gehe über den Parkplatz zur Telefonzelle und ziehe die Tür auf – zur Begrüßung stinkt es nach Pisse und Zigaretten. Ich zittere schon, aber das ist normal. Der Trick besteht darin, nicht nachzudenken, sondern es einfach zu tun.

Ich nehme den schweren Hörer und schaue nach, ob auch niemand die Hörmuschel mit Kaugummi verklebt oder ins Mikro gespuckt hat, bevor ich eine von Mums geklauten Telefonkarten raushole und den Code eingebe. Die Telefonnummer kann ich auswendig. Ich wähle und lausche dem Rauschen in meinen Ohren, während ich warte, dass jemand drangeht.

Die Glaswände der Telefonzelle sind flächendeckend mit Graffiti besprüht, aber durch die Lücken kann ich die Fenster unserer Wohnung sehen. Wenn Mum rausschauen würde, könnte sie mich entdecken. Doch das tut sie nicht. Sie denkt, ich wäre in meinem Zimmer, im Bett. Sie rührt sich erst wieder, wenn ihr der Alkohol ausgeht, und dann bin ich längst wieder da. Es sei denn, Jay würde wach … Aber darüber kann ich jetzt gerade nicht nachdenken.

Eine fröhliche Frauenstimme begrüßt mich – und ich bin auf Sendung.

Wenn ich nicht gerade darüber nachdenke, dass ich im Radio komme, dann geht's. Ich sage mir einfach: Wir unterhalten uns eben nur, Baz, der DJ, und ich, mehr nicht – er stellt mir Fragen, das war's, und ich bin gar nicht in einer Live-Schaltung und tue auch nicht so, als wäre ich mein Dad, um einen Luxusurlaub zu gewinnen.

Ich muss aber dran denken, die Stimme zu halten. Da man erst ab achtzehn Jahren mitspielen darf, gebe ich mich als meinen Vater aus – keine Sorge, er kann es nicht rausfinden, er ist tot. Er hieß Daniel und hatte in Wirklichkeit keinen schottischen Akzent, aber ich wollte meine Stimme verstellen und ahme daher meinen Stufenleiter, Mr Buchan, nach. Bis jetzt kaufen die Leute beim Sender es mir anscheinend ab – und heute ist schon der dritte Tag.

Baz spricht zu seinen Hörern und wird mich gleich vorstellen. Er soll sich mal beeilen. Die Warterei macht mich fertig.

«Und da ist er wieder, unser aktueller Champion, Daniel Roach! Wie geht's Ihnen heute, Dan? Fühlen Sie sich wie ein Glückspilz? Das ist hier die Frage: FÜHLEN SIE SICH WIE EIN GLÜCKSPILZ?»

Genau so sagt er das: in Großbuchstaben. Ich fühle mich nicht wie ein Glückspilz. Meine Beine zittern und ich müsste mal.

«Doch, so ziemlich.» Ich zucke die Achseln, aber das ist im Radio egal.

«EIN ZIEMLICHER GLÜCKSPILZ?», sagt Baz. «Dann wollen wir mal sehen, ob ziemlich viel Glück heute reicht, damit Daniel im Spiel bleibt. Ich wiederhole, er muss NUR drei Fragen richtig beantworten, dann ist er dem All-Inclusive-Familienurlaub einen Schritt näher, den unsere Freunde vom Hardacre Holidaze gespendet haben.» Der Werbesong von Hardacre Holidaze dudelt durchs Telefon: *Nicht nur Urlaub – die schönsten Holidaze deines Lebens!*

«Okay … Danny Boy, Sie haben es IN DER HAND, Mann – kein Stress!» Baz macht eine Aufmerksamkeit heischende Pause oder wartet vielleicht auf eine Antwort von mir.

Mein Mund ist wie ausgetrocknet.

«Daniel», sagt Baz. «Sind Sie bereit?»

Ich lecke mir über die Lippen. «Ja.»

«Erste Frage.»

Draußen rast ein Auto vorbei, die Anlage voll aufgedreht.

«Wann endete der Erste Weltkrieg? War das A: 1945? B: 1918? Oder C: 1939? Ich lese noch mal vor. In WELCHEM Jahr endete der Erste Weltkrieg? A: 1945? B: 1918? Oder C: 1939?»

Ich atme aus. Auf Sendung hört sich das bestimmt wie ein Tornado an. «B: 1918.»

Baz schweigt. «Es geht um den ERSTEN Weltkrieg, Danny. Und Sie sagen, er endete, ein für alle Mal, für immer, vorbei – im Jahr 1918?»

«Ja.» Ich weiß, dass ich recht habe. Wir hatten den Ersten Weltkrieg in der Neun. Oder war es der Zweite? Mir wird heiß und kalt. Plötzlich bin ich mir nicht mehr sicher.

«RICHTIG!», sagt Baz und ich höre ihn förmlich grinsen. «Was schönes Leichtes für den Anfang, Dan! Geschichte liegt Ihnen, stimmt's?»

«Eigentlich nicht. Das hatten wir in der Schule», sage ich, ohne nachzudenken.

Baz lacht. «Ich wahrscheinlich auch – aber ich kann mich kaum noch dran erinnern, was ich in GRAUER VORZEIT gemacht habe! Echt, falls jemand mir SAGEN kann, was ich damals gemacht habe, soll er sofort anrufen!»

Ich könnte mich dafür treten, dass ich so naiv war. Ich gebe mich hier als Vierzigjähriger aus – der geht doch nicht mehr zur Schule!

«Ein GUTER Start für unseren Sieger! In Geschichte kennen Sie sich also aus, Daniel, aber wie steht's mit Sport?»

«Ganz gut», antworte ich, aber das stimmt nicht. Von Sport habe ich keine Ahnung.

«Schade», sagt Baz, «denn bei unserer nächsten Frage … geht's um MUSIK!» Er lacht und spielt einen seiner berühmten Soundeffekte ab. «Sorry, Kumpel – ich will Sie nicht WIRKLICH rausbringen!» Er gluckst immer noch, als er schließlich die Frage stellt. «Daniel, wer von diesen dreien hat NICHT bei den legendären Beatles mitgespielt? War das A: Richard Starkey? B: Pete Best? Oder C: Julian Lennon? Sind Sie Beatles-FAN, DAN?»

«Ich find sie ganz okay.» Mein Mund ist wieder trocken. Ich weiß die Antwort nicht, doch ich glaube, das ist eine Fangfrage. Ich habe von keinem der drei je gehört, aber nur C klingt irgendwie nach einem der Beatles … Aber es war *John Lennon* und nicht Julian. Glaube ich jedenfalls.

«Sind Sie noch bei uns, Champ?»

«Jep.»

«Gleich muss ich auf eine Antwort DRÄNGEN.»

Ich schlucke. «C: Julian Lennon.» Ich weiß, dass es falsch ist, kaum dass ich es gesagt habe.

Baz seufzt. «Ich möchte das ganz klarstellen, Dan. Sie wollen mir erzählen, dass C – Julian Lennon – NICHT zu den fantastischen Pilzköpfen gehörte? Stimmt das?»

«Ja.» Es hat überhaupt keinen Sinn zu fragen, ob ich noch einmal raten darf. So sind die Regeln. Sie müssen die erste Antwort nehmen. Ich bin ein Idiot.

«Das ist absolut RICHTIG!», sagt Baz und spielt Applaus ein. «Richard Starkey, bekannter unter dem Namen Ringo Starr, und Pete Best saßen BEIDE für die Fab Four, die fabelhaften Vier, am Schlagzeug. Julian dagegen war, wie Danny genau weiß, der Sohn von John Lennon, aber NIEMALS MITGLIED der Band. Sehr gut, Dan! Hab ich's nicht gesagt – das war leicht.»

«Jep», sage ich und wische mir den Schweiß von der Stirn.

«Eine noch, dann sind Sie weiter», sagt Baz leise in mein Ohr. «Daniel. Sind Sie bereit?»

«Bereit.»

«Frage Nummer drei.»

In der Wohnung über dem Imbiss geht das Licht an und ich sehe durch unser Wohnzimmerfenster das Fernsehflackern.

«Wie heißen die bunten Papierschnipsel, die man bei Hochzeiten in die Luft wirft? Ist das A: Konfetti? B: Papyrus? Oder C: Paprika?»

«Konfetti. A.»

«Wow! DAS ging aber fix, Daniel. Irgendwie habe ICH das Gefühl, dass SIE neulich auf einer Hochzeit waren!»

«Nein.»

«Aber Sie sind doch verheiratet, oder?»

Ich denke gerade noch rechtzeitig daran, «Jep» zu sagen – und dabei wird mir klar, dass ich in diesem Augenblick ungefähr tausend Leuten erklärt habe, ich wäre mit meiner eigenen Mutter verheiratet.

«Seit wann?»

«Was?»

Baz lacht. «Seit wann sind Sie mit der guten Mrs Roach verheiratet? Und erzählen Sie mir jetzt nicht, Sie hätten es VERGESSEN! Ich kann nur hoffen, dass sie nicht zuhört, Daniel, sonst gibt es heute Abend Ärger, mein Freund!»

Wenn er wüsste, wie recht er hat.

«Nein, tut sie nicht … hoffe ich.» Das ist der erste ehrliche Satz heute Abend.

«Sie könnten GLÜCK haben, mein Freund», sagt Baz. «Weil Sie ganz richtig liegen. Man wirft bei einer Hochzeit NICHT mit Paprika oder Papyrus – jedenfalls nicht da, wo ich herkomme. Steine und Flaschen, meinetwegen, aber keine PAPRIKA! Stellen Sie sich vor, wie man DIE aus seinem Sonntagsstaat rauskriegen soll! Nein, wenn man zu einer Hochzeit geht, wirft man KONFETTI. DAS BEDEUTET, Daniel, mein Freund, dass Sie im Spiel bleiben!» Die Titelmelodie von *Baz' Bedtime Bonanza* beginnt im Hintergrund. «ALSO, dann hören WIR UNS – HIER – MORGEN ABEND WIEDER! GLEICHE ZEIT – GLEICHER ORT – RADIO HAM auf Mittelwelle …»

Mit Mühe drücke ich die Tür der Telefonzelle auf und hole tief Luft. Ich bin schweißgebadet, aber ich grinse wie ein Irrer. Ich hab's geschafft. Zum dritten Mal, sieben muss ich noch. Wenn ich zehn Tage drinbleibe, gewinne ich den Urlaub. Wenn irgendetwas Mum so aufmuntert, dass sie mit dem Trinken aufhört, dann zwei Wochen Ferien mit allem inklusive in der Sonne.

SCHNITTWOCH
RRRRRIIIINNNNGGG
DIE FRAU MIT
DEM KLEMMBRETT
MUM?
MUM?
MUM HAT
IN DIE BADEWANNE
GEKOTZT
HIER
STINKT'S!

Laute, verzerrte Musik reißt mich aus dem Schlaf. Ich strecke den Arm aus, lasse meine Hand auf den Scooby-Doo-Wecker neben dem Bett niedersausen und genieße die Stille …

Die flackernden roten Zahlen zeigen 05:01 Uhr an. Auf der anderen Seite des Zimmers murmelt und knurrt Jay im Schlaf, wird jedoch nicht wach. Es ist ruhig in der Wohnung. Ich schließe nur eine Sekunde lang die Augen, aber dann ist es plötzlich 05:07 Uhr. Noch immer schlafend, aber wenigstens in Bewegung, schwinge ich die Beine aus dem Bett und stehe auf.

Als ich in der Küche das Licht anschalte, bringen sich die aufgeschreckten Kakerlaken flink in Sicherheit. *Kakerlaken sind genau das Richtige für uns!,* sagt Mum – das findet sie lustig, weil unser Nachname Roach übersetzt Kakerlake heißt.

Das ist zwar ein Witz, aber noch lange kein guter.

Ich hole einen Becher aus dem schmutzigen Geschirr im Becken, spüle ihn und warte darauf, dass das Wasser kocht.

Neben ihrem Job beim Imbiss in der Passage putzt Mum während der Frühschicht Büros im Gewerbegebiet am anderen Ende der Stadt. Sie muss um halb sieben da sein, doch wenn sie abends getrunken hat – also fast immer –, steht sie einfach nicht auf. Mum braucht aber beide Jobs, damit sie überhaupt die Miete bezahlen kann, und deshalb muss ich jeden Morgen den Wecker auf fünf Uhr stellen, um sie aus dem Bett zu treiben.

Manchmal steht sie trotzdem nicht auf, dann muss ich ihre Schicht übernehmen. Wer von uns beiden arbeitet, interessiert niemanden, Hauptsache, einer zieht den Plastikchip durch – als Beweis dafür, dass man da war. Solange das Büro geputzt wird, verdient Mum Geld. Solange Mum Geld verdient, haben wir etwas zu essen und ein Dach über dem Kopf. *Wir wohnen alle hier, warum sollen dann nicht auch alle etwas dafür tun?*, sagt Mum, wogegen man nicht viel sagen kann. Aber es ist sowieso keine gute Idee, mit Mum über irgendwas zu streiten.

Ich fülle zwei Teelöffel Kaffeepulver in den Becher und verrühre es mit dem heißen Wasser – Mum mag ihren Kaffee stark. Da wir keine Milch haben, nehme ich noch mehr Zucker als sonst und trage den Becher durch den Flur.

Mums Tür ist geschlossen. Ich klopfe und trete ein.

Es stinkt nach Alkohol, als hätte jemand gerülpst.

«Mum?»

Sie schläft mit offenem Mund und fast vollständig bekleidet.

Ich arbeite mich durch die Unordnung auf dem Fußboden und stelle den Becher neben ihr Bett.

«Mum?»

«Mum!»

Ich verschwende meine Zeit. Sie wird nicht antworten – auf dem Küchentisch standen zwei leere Weinflaschen.

Am liebsten würde ich ihr den Kaffee über den Kopf schütten, aber wahrscheinlich würde sie nicht einmal davon wach. Stattdessen schalte ich das Radio an, drehe die Lautstärke hoch und gehe wieder.

Ich krieche in mein Bett zurück und lausche durch die Wand auf den Radiolärm, der schlagartig aufhört. Mum schreit etwas Unverständliches, aber die Botschaft kommt an. Ich liege wartend im Dunkeln und höre zu, wie Mum durch die Wohnung tobt, bis sie schließlich die Tür zuknallt. Endlich kann ich wieder atmen. Wenn sie zurückkommt, sind Jay und ich schon in der Schule.

An Schlaf ist nicht mehr zu denken, obwohl mir vor Müdigkeit schlecht ist. Deshalb gehe ich in die Küche, kratze den Schimmel von einem weiteren Becher und koche mir einen Kaffee mit ganz viel Zucker. Dann klettere ich aufs Dach und sehe mir den Sonnenaufgang an.

Mum hat in die Badewanne gekotzt. Ich muss die dunkelbraune Brühe wegputzen, sonst kann ich nicht duschen. Der Gestank dreht mir den Magen um und der bittersüße Kaffeegeschmack kommt mir hoch. Da wir keine Seife mehr haben, wasche ich mich mit Shampoo und bleibe unter der Dusche, bis kein warmes Wasser mehr kommt.

Als ich den Wasserhahn zudrehe, höre ich den Fernseher – das heißt, Jay ist aufgestanden. Ich schlinge ein Handtuch um meine Hüften und folge dem Lärm ins Wohnzimmer. Er sieht sich eine Folge *Scooby-Doo* an. Kannibalen jagen Shaggy und Scooby über eine Insel, und Jay lacht so laut, dass er fast vom Sofa fällt. Ich sage ihm, er soll sich anziehen.

Wir müssen dringend in den Waschsalon. Ich rieche an den drei Schulhemden, die auf dem Boden liegen, nehme dasjenige, das am wenigsten stinkt, und sprühe mich unter den Armen extra stark mit Deo ein.

Es gibt nichts zum Frühstück. Deshalb hole ich mir von dem verstreuten Kleingeld auf Mums Schminktisch zwei Pfundmünzen, mit denen wir uns auf dem Schulweg etwas kaufen können.

Am Eingang wartet schon die Schnüffelnelly auf uns, tut aber so, als wäre es reiner Zufall. Sie ist noch im Morgenrock und ihr lächerliches, schwarz gefärbtes Haar klebt unter einem Haarnetz. Eigentlich heißt sie Mrs Ellison, sie wohnt im Appartement Nummer eins direkt unter uns, mit bestem Blick auf die Haustür. Man kann kommen und gehen, wann man will, sie liegt ständig auf der Lauer und weiß alles über alle.

«Guten Morgen, Jungs!» Nelly lächelt wie ein Hund – gelbe Zähne und Zahnfleisch pur.

Ich nicke, Jay starrt sie an. Aber Nelly mag Jay – alle mögen Jay. Er ist eins von diesen blonden, engelsgleichen Kindern, die jeder süß findet. Oft wird er sogar für ein Mädchen gehalten, weil er so niedlich ist. Dann wird er sauer und ich lache mich kaputt.

Nelly geht in die Hocke und schiebt ihr Gesicht vor seins.

«Na, du hast aber Glück, dass dein großer Bruder dich zur Schule bringt!»

Jay hebt die Schultern. «Er ist nicht mein richtiger Bruder, nur mein Halbbruder, weil sein Dad nicht auch mein Dad ist.»

Ich zucke zusammen. Über so eine fette Info freut sich Nelly einen Ast ab. Mum läuft Amok, wenn sie erfährt, dass er ihr das verraten hat – abgesehen davon, dass Nelly darauf sicher auch von selbst gekommen wäre. Wir sehen uns überhaupt nicht ähnlich, Jay und ich. Während die Leute Jay, dieses süße Kind, auf der Straße automatisch anlächeln, wechseln sie bei meinem Anblick die Straßenseite. Erstens bin ich über einsfünfundachtzig und zweitens habe ich etwas an mir, das die Menschen abschreckt. Als würden meine Gesichtszüge nicht richtig zusammenpassen – wie Klamotten, die sich beißen. Man nehme eins von diesen Phantombildern, die die Polizei im Fernsehen zeigt, dazu hellbraune Locken, schon hat man eine Vorstellung von meinem Aussehen.

«Eure Mummy schläft sich mal aus, was?» Nellys Stimme ist zuckersüß, aber ich weiß genau, worauf sie hinauswill.

«Sie arbeitet», sagt Jay.

Das weiß Nelly natürlich bereits, weil sie die Haustür seit Sonnenaufgang nicht aus den Augen lässt.

«Und ihr habt euch da oben hoffentlich gut benommen, so ganz allein?» Dabei sieht sie mich an.

Ich meide ihren Blick und zerre Jay zur Haustür. «Los, sonst kommen wir zu spät.»

«Du tust mir weh!»

«Dann komm endlich!»

Draußen windet er sich aus meinem Griff. «Kein Grund, mir den Arm abzureißen.»

Ich antworte nicht, aber zum Ausgleich darf er sich im Geschäft aussuchen, was er zum Frühstück haben möchte. Grinsend reicht er mir eine Tüte *Pickled Onion Monster Munch*.

Wir setzen uns am Ende der Passage auf eine Mauer und teilen uns eine Dose Limo. Es ist noch früh, aber man kann die Hitze schon ahnen, und es juckt in meinen Achselhöhlen.

Ein Bus, der mit lauter Kids aus meiner Schule vorbeifährt, ist das Zeichen, dass wir gehen müssen.

Ich stupse Jay an. «Fertig, Monster Boy?»

Er schmollt. «Ich bin kein Monster!»

«Doch.»

«Nein! Wenn ich eins wäre, würde ich die hier nicht essen.» Er schwenkt die Monster-Munch-Packung.

«Wieso denn nicht?»

«Weil das Monster Munch ist. Das wäre Kannibalismus!»

Ich lache, doch er meint es todernst.

«Wenn es heute Abend immer noch nichts zu essen gibt, müssen wir dann Kannibalen werden und jemanden finden,

den wir aufessen können?», fragt er nüchtern, als wir den Hügel hinab zur Schule gehen.

«Kann sein.»

Er denkt darüber nach. «Also, die Schnüffelnelly würde ich nicht gern essen.»

Ich lache, weil ich das auch nicht will, doch ich hätte nichts dagegen, wenn sie gefressen würde.

Zu Jays Schule ist es nicht weit. Ich bringe ihn zum Tor und warte, bis er reingeht. Dann renne ich los. Die Gesamtschule von Hardacre liegt am anderen Ende der Stadt, und wenn ich Glück habe, komme ich rechtzeitig zum Klingeln. Zwanzig Minuten Dauerlauf mit einem fetten Schulrucksack, das macht schon bei normalem Wetter keinen Spaß, geschweige denn bei dieser Hitze!

Als ich ankomme, ist kein Mensch mehr auf dem Schulhof. Ich habe die Anwesenheitskontrolle verpasst, alle sind schon da, und ich muss die Verspätung im Sekretariat abzeichnen lassen. Von dort komme ich gerade rechtzeitig, um mich zur ersten Stunde anzustellen – außer Atem und schwitzend wie ein Döner.

Es ist so was von heiß hier drin! Meine Beine tun weh, ich kann nicht stillsitzen. Zum Glück habe ich in einer halben Stunde frei. Obwohl ich mich darauf konzentrieren will, was Mr Buchan sagt, und mit dem Finger die Wörter im Buch entlangfahre, könnten es für mich genauso gut Hieroglyphen sein.

Die Stimme des Lehrers ist freundlich und rhythmisch, das Papier weich unter meinen Fingern. Ich gebe den Kampf auf und lasse für einen Augenblick die Lider sinken. So ist es besser, ich kann auch mit geschlossenen Augen zuhören, kein Problem.

Ich wache auf, als Mr Buchan *Shakespeares Gesammelte Werke* auf mein Pult knallen lässt. Eine Sekunde lang weiß ich nicht, wo ich bin.

«Schön, dass du wieder mitmachst, Laurence!» Mr Buchan zuckt mit den Augenbrauen.

Ich sage nichts und wische mir möglichst unauffällig den Sabber aus dem Mundwinkel.

«Würdest du mir bitte erklären, warum Macbeth sagt, *den verhangenen Schlaf quälen Versucherträume*? Lässt du uns auch an deinen Träumen teilhaben?»

Jemand kichert.

«Nein, Sir.» Ich spüre, wie mich alle ansehen.

Mr Buchan seufzt und schüttelt den Kopf. «Beehre uns wenigstens bis zum Ende des Unterrichts mit deiner Anwesenheit, Laurence.»

Ich nicke und wende mein glühendes Gesicht wieder dem aufgeschlagenen Buch zu, doch die Wörter sagen mir immer noch nichts, weil ich jetzt an *den Traum* denken muss. An meinen Albtraum, in dem die Frau mit dem Klemmbrett kommt und Jay mitnimmt.

Es läuft immer gleich ab: Jay wird in seinem Scooby-Doo-Schlafanzug durch den Hausflur geschleppt. Er schreit meinen Namen und streckt die Hände nach mir aus, aber ich kann mich nicht bewegen. Dann fällt mir auf, dass überall auf dem Boden leere Flaschen liegen. Ich will mich durchschlängeln, doch ich rutsche auf dem Glas aus. Und dann merke ich, dass ich keinen festen Boden mehr unter den Füßen habe, sondern ein Meer aus Flaschen, das klirrend um mich herum schaukelt. Ich gehe unter, ich ertrinke. Die dickflüssige rote See schwappt in meinen Mund und meine Nasenlöcher und saugt mich nach unten, bis ich nicht mehr hochkomme – ich bin vollkommen wehrlos, während die Frau mit dem Klemmbrett Jay mitnimmt.

In dem Moment wache ich auf. Schweißgebadet. Im Dunkeln.

Es schellt, die Schule ist aus, doch Mr Buchan bittet mich, noch zu bleiben. Ich weiß, was kommt, und kann nur hoffen, dass er nicht zu lange braucht, weil ich Jay noch abholen muss.

«Du siehst aus, als kämst du aus dem Krieg, Junge!» Der Lehrer hockt sich auf den Rand des nächsten Pults und mustert mich. «Ein hübsches Veilchen hast du da.»

Mein blaues Auge hatte ich ganz vergessen.

«Ich habe mich mit meinem Bruder gestritten.» Lügen ist leicht, wenn man die ganze Zeit nichts anderes tut.

«Das muss ja ein großer Kerl sein, dein Bruder, wenn er dir eine reinhauen kann.»

Das ist witzig, ich lache und entspanne mich – und mache prompt einen Fehler.

«Sechs», sage ich.

«Sechs Brüder?»

«Sechs Jahre alt.»

Mr Buchan lacht, vielleicht komme ich damit durch.

«Wir haben gespielt – manchmal dreht er ein bisschen zu sehr auf.»

Mr Buchan nickt und verschränkt die Arme. «Also bist du einfach kein Fan von Shakespeare?»

Ich zucke die Achseln. Eigentlich habe ich nichts gegen Shakespeare.

«Ich weiß, dass ihr Schüler euch manchmal langweilt, aber

ich glaube, du bist der Erste, der in meinem Unterricht eingeschlafen ist!»

«Das tut mir leid, Sir, das wollte ich nicht.»

«Nicht, dass es mich überraschen würde», sagt Mr Buchan und runzelt die Stirn. «Du siehst wirklich schlimm aus. Wann hast du zum letzten Mal eine ganze Nacht durchgeschlafen?»

Ich spüre, wie sein Blick meinen Kopf mit Haut und Knochen durchdringt, als könnte er mir direkt ins Gehirn sehen. Ich muss weiterreden, muss ihn ablenken, damit er nicht sieht, was es da zu sehen gäbe.

«Der Typ nebenan lässt die Glotze immer auf voller Lautstärke laufen. Ich glaube, er ist taub oder so.» Ich hebe die Schultern. «Manchmal kann ich dann nicht schlafen.»

«Das kann ich mir vorstellen.» Mr Buchan streicht sich übers Kinn. «Kann deine Mutter nicht mit ihm reden? Sie kann dem Nachbarn doch sagen, dass der Lärm dich wach hält.»

Ich nicke. «Möglich.» Meine Achseln brennen. Ich rieche den sauren Schweißgestank in Kombination mit dem Zeug, mit dem ich mich heute Morgen eingesprüht habe.

«Fehlst du deshalb bei der Anwesenheitskontrolle? Weil du nicht hochkommst?» Mr Buchan blickt auf einen Zettel in seiner Hand, den ich zuvor nicht bemerkt hatte. «Miss Connolly, eure Vertrauenslehrerin, hat mir eine Nachricht ins Fach gelegt. Du hast letzte Woche dreimal die Kontrolle verpasst und heute Morgen warst du auch zu spät dran.»

«Tut mir leid.» Ich kann schlecht sagen, dass ich meinen kleinen Bruder zur Schule bringen muss.

«Ich fürchte, es reicht nicht, Laurence, sich einfach zu entschuldigen. Die zehnte Klasse ist sehr wichtig für deinen

Abschluss und demnächst stehen so schwierige Klausuren an, dass du dir dringend angewöhnen musst, pünktlich zu kommen. Glücklicherweise gibt es keine Klagen hinsichtlich der mündlichen Mitarbeit; Hausaufgaben und Referate machst du offenbar auch rechtzeitig, aber Pünktlichkeit spielt in der Schule eine große Rolle, Laurence.» Mr Buchan seufzt wieder. «Und nicht alle meine Kollegen hätten so viel Verständnis wie ich, wenn du in ihrem Unterricht einschläfst.»

Ich nicke wieder. Mr Buchan ist okay. Als Stufenleiter gibt er sich echt Mühe. Leider macht ihn das doppelt gefährlich, weil er zu den Leuten gehört, die einem helfen wollen und dadurch alles nur noch schlimmer machen. Es wäre viel besser, wenn ich für alle Luft wäre. Es würde mir nichts ausmachen, unsichtbar zu sein. Unsichtbarkeit ist die Superpower, die ich immer zuerst wählen würde. Die meisten Leute wünschen sich Kraft oder Röntgenaugen oder dass sie fliegen können. Ich nicht. Wie toll wäre es, wenn man einfach mit dem Hintergrund verschmelzen könnte!

«Ich werde versuchen, früher aufzustehen», sage ich in Erinnerung an den Sonnenaufgang, den ich heute Morgen gesehen habe.

Mr Buchan lächelt und schwenkt den Zettel. «Gute Idee. Noch drei Striche, und ich fürchte, wir müssen dich jeden Tag überprüfen. Das hieße, du müsstest dir die Anwesenheit erst von Miss Connolly und dann von allen Fachlehrern des jeweiligen Tages abzeichnen lassen. Den Zettel müsstest du mir dann am Ende jedes Schultages vorzeigen und ihn abends von deiner Mutter unterschreiben lassen.» Er verschränkt die Arme. «Ich kann mir vorstellen, dass du dir das lieber sparen würdest – also, ich ganz bestimmt. Dann wollen wir mal daran arbeiten, was?»

Ich nicke. Von wegen unsichtbar. Und wenn ich nach Schulschluss noch zu Mr Buchan muss, komme ich zu spät, um Jay einzusammeln. A propos. «Kann ich jetzt gehen?»

«Ja, klar. Geh nach Hause. Und vielleicht mal früh ins Bett, wie wär's?»

«Jep.»

«Der Mensch muss schlafen, Laurence, das ist wichtig. *Schlaf*, wie Macbeth schon sagte, *der des Grams verworrn Gespinst entwirrt, ist das nährendste Gericht beim Fest des Lebens*.» Er lächelt mich an und steht auf. «Wusstest du, dass Schlafentzug eine Foltermethode ist?»

Ich schüttle den Kopf, das wusste ich wirklich nicht.

Ich spüre Mr Buchans scharfen Blick, als ich meine Sachen packe, und weiß jetzt schon, wie er mich gleich ansehen wird. Als wollte er sagen: *Ich weiß, dass du mir etwas verheimlichst*. Und dann wird sein Lächeln anbieten: *Du kannst immer mit mir reden. Ich möchte dir helfen*. Eigentlich würde ich ihm gern alles erzählen. Könnte er vielleicht wirklich etwas tun und dafür sorgen, dass es besser wird? Ich muss nur den Mund aufmachen …

Ich schaffe es in den Flur, ohne meine Geheimnisse vor ihm auszubreiten. Der Schweiß hat das Hemd an meine Haut geklebt und mein Herz fühlt sich an, als wollte es aus der Brust springen. Ich atme ein paar Mal tief durch und gehe zum Ausgang. Gleich muss ich den ganzen Weg zurück rennen, damit ich Jay pünktlich abholen kann.

Als ich um die Ecke biege, stoße ich mit Hanif aus meinem Englischkurs zusammen.

«Hey, Laurence! Geht's, Mann? Hat Buchan dich fertiggemacht?»

Ich zucke die Achseln und runzle die Stirn, indem ich die

Augenbrauen in der Mitte zusammenziehe wie Mr Buchan. «Ich weiß, dass ihr Schüler euch manchmal langweilt», sage ich in einer fast perfekten Imitation unseres Lehrers, «aber ich glaube, du bist der Erste, der in meinem Unterricht eingeschlafen ist!»

Hanifs Lachen dröhnt durch den leeren Gang. Er boxt mich auf den Arm und schüttelt den Kopf. «Fantastisch! Du gehörst ins Fernsehen, Mann!»

Oder ins Radio, denke ich.

Ich habe ein schlechtes Gewissen, weil ich mich über Mr Buchan lustig mache, aber was soll ich tun? Ich war schon zu oft auf einer neuen Schule. Manchmal kommt es gut, wenn man die Leute zum Lachen bringen kann. Mit einem Gesicht wie meinem hat man zwei Alternativen: harter Typ oder Klassenclown. *Ein* Kämpfer in der Familie reicht.

Han wirft sein Schließfach zu und geht ein Stückchen mit. «Ich raff diesen Shakespeare-Scheiß nicht, Mann, du? Ich meine, worum geht's da überhaupt?»

«Jep!» Als wir rausgehen, trifft uns die Hitze wie ein Bus.

«Mann, ist das heiß!» Han reißt sich die Krawatte vom Hals und stopft sie in die Tasche. «Kommst du noch mit ins Einkaufszentrum?»

«Kann nicht.»

Er zuckt die Achseln. «Dann bis dann, Mann.»

Ich sehe ihm nach, drehe mich wieder zum Hügel um und renne los, während Enttäuschung und Wut in meinem Bauch zu einem eisenschweren Klumpen verschmelzen.

Man hört sie schon von Weitem: Die Kleinen brüllen im Spaßclub um die Wette. Ich erkenne Jays Stimme in dem Durcheinander und bedaure, dass ich ihn schon abholen muss, doch

Mum kann sich die Betreuung nur für eine Stunde am Tag leisten.

Nachdem ich geklingelt habe, sehe ich durch die Milchglastür Angie kommen – ein Kaleidoskop der Grundfarben.

«Hallo, Laurence, mein Lieber!» Sie strahlt mich an, als hätte sie niemanden sehnlicher erwartet. «Komm rein, komm rein!» Dann zieht sie die Stirn kraus. «Was ist passiert?» Sie meint mein Auge.

«Rugby – in der Schule.» Ich bin so ein guter Lügner.

«Rugby? Im Sommer?» Oder auch nicht.

Ich zucke die Achseln. «Nur so zum Spaß, zwei Kurse gegeneinander.»

«Hoffentlich hast du wenigstens gewonnen. Ich fand Rugby immer schon zu brutal.» Angie schüttelt den Kopf. «Komm, ich hol dir was zu trinken. Bei der Hitze bist du doch sicher halb verdurstet.»

«Nein danke, alles bestens.»

Es ist immer das gleiche Ritual. Sie bietet mir etwas zu trinken an oder einen Keks oder eine Tüte Chips, und ich lehne dankend ab. Nicht, weil ich nicht wollte, sondern weil ich da raus muss. Bei Angie fühle ich mich immer wie ein Vampir, der vom Sonnenschein überrascht wird.

Ich warte im Flur, während sie Jay holt. Ich höre, wie er sich beschwert, weil er mitten in einem Spiel ist. Dann kommt er, verschwitzt und sauer. Andere Kinder kommen mit nach draußen und starren mich an, bis Angie sie wieder in den Raum schiebt. Nachdem Jay ewig gebraucht hat, seine Schuhe anzuziehen, können wir schließlich gehen. Jetzt bekomme ich auch wieder Luft.

«Harry findet dich komisch», sagt Jay und trödelt hinter mir her.

«Wer ist Harry? Der kleine Dicke?»

«Harry ist nicht dick!»

«Und ich bin nicht komisch.»

Jays Blick geht blitzschnell zu meinen Hosenbeinen. «Er sagt, deine Hose ist zu kurz.»

«Vielleicht sind nur meine Beine zu lang?»

Jay sieht mich verächtlich an, sagt aber nichts mehr.

Harry hat leider recht – meine Hose ist wirklich zu kurz, aber das ist meine geringste Sorge. Ich denke darüber nach, was Mr Buchan gesagt hat und was Han in der Stadt so macht, während ich hier festhänge und auf meinen genervten kleinen Bruder aufpassen muss.

Ich höre Baz im Küchenradio. Das Quiz fängt gleich an und ich muss runter zur Telefonzelle, aber Mum ist noch nicht zurück. Sie hätte schon ewig hier sein müssen. Mittwochs hört sie um sieben auf zu arbeiten und ist spätestens um Viertel nach hier, selbst wenn sie auf dem Heimweg noch Alkohol einkauft.

Ich muss Jay mitnehmen, weil ich ihn nicht allein lassen kann. Wenn Mum zurückkommt und ihn findet, geht sie auf mich los. Wahrscheinlich ist sie noch länger in der Imbissbude geblieben, um Mrs Choi zu helfen. Das bedeutet, dass sie uns eventuell in der Telefonzelle entdeckt. Dieses Risiko muss ich eingehen, denn wenn ich nicht rechtzeitig beim Sender anrufe, bin ich disqualifiziert.

Ich schreibe Mum einen Zettel, dass ich mit Jay im Park bin. Wahrscheinlich schimpft sie dann mit mir, weil ich zu lange mit ihm draußen war, aber das bringt mich nicht um.

«Du musst leise sein», sage ich zu Jay, nachdem wir uns in die Telefonzelle gequetscht haben.

Er zieht einen Flunsch. «Hier stinkt's.»

«Ich weiß. Egal.»

«Was machen wir hier?»

«Hab ich dir doch schon gesagt – ich muss telefonieren.»

«Mit wem?»

«Mit jemandem aus der Schule – mit einem Freund. Es geht um die Hausaufgaben. Sei einfach leise.»

Jay streckt mir die Zunge raus, während ich wähle.

«Radio Ham», sagt eine Stimme.

«Hallo, hier ist Daniel Roach für *Baz' Bedtime Bonanza*.»

«Hallo, Mr Roach, ist das die gleiche Nummer wie immer? Ich sage Cheryl, sie soll Sie zurückrufen.»

«Danke.» Ich lege den Hörer auf die Gabel.

Jay sieht mich stirnrunzelnd an. «Du bist nicht Daniel Roach. Du bist Laurence Roach. Warum hast du das gesagt?»

«Das ist ein Geheimcode. Wir nennen uns anders. Eigentlich ist es ein Spiel.»

«Oh», sagt Jay. «Das mache ich mit Matt auch. Ich bin Knurrer und er ist Räuber, aber wenn Billy mitspielt, ist er Räuber und Matt ist Schwalbe, aber Billy spielt normalerweise Fußball, und dann kann Matt Räuber sein, und manchmal, wenn mir danach ist, bin ich Schwalbe –»

Es klingelt.

«Hi, Daniel, ich bin's, Cheryl.»

«Hi, Cheryl», sage ich und mache einen auf Mr Buchan.

«Wie geht es Ihnen heute Abend?»

«Danke, gut.»

«Prima. Sie haben es schon fast geschafft, so gut wie Sie sind.»

«Danke.»

«Nach diesem Song springen wir direkt in das Quiz – also

in circa zwei Minuten. Wenn Sie Baz reden hören, wissen Sie, dass Sie auf Sendung sind. Alles klar? Viel Glück!»

«Danke.»

«Wieso redest du so komisch?», fragt Jay, blickt zu mir hoch und verschränkt die Arme.

«Wir verstellen auch unsere Stimmen. Und jetzt musst du leise sein.»

Jay verzieht das Gesicht. «Wieso soll ich leise sein? Du hast das nicht zu bestimmen.»

«Bitte, Jay! Nur ein paar Minuten, ich muss mich konzentrieren.»

Er schneidet eine Grimasse und dreht mir den Rücken zu, als der Song verklingt …

«Es schlägt ALLE NEUNE!», dröhnt mir Baz' Stimme ins Ohr. «Das heißt, es ist an der ZEIT! Für das GROSSE – BAZ – *Bedtime Bonanza*!» Wildes Gehupe und Applaus hallen durchs Studio. «Bitte begrüßen Sie erneut – zu seinem VIERTEN Tag in unserem Spiel – unseren AKTUELLEN SIEGER – MR DANIEL – DANNY BOY – ROACHAAAA! Wie geht's Ihnen, Champ?»

«Gut.»

Baz lacht. «Das LIEBE ICH so an Ihnen, mein Freund. Völlig unbeeindruckt. EISKALT! Obwohl Sie jetzt nur noch sieben Tage – schön mitzählen, Jungs und Mädels – nur SIEBEN TAGE davon entfernt sind, den TOLLSTEN All-Inclusive-Urlaub zu GEWINNEN, den unsere superguten Freunde von Hardacre Holidaze zur Verfügung stellen.» *Aufruf Werbesong.* «So, Daniel, das muss ich jetzt fragen – glauben Sie, dass Sie heute Glück haben?»

Jay drückt den Mund an die Scheibe der Telefonzelle und leckt sie ab. Ich ziehe ihn weg.

«Lass mich!» Er wirft mir einen wütenden Blick zu.

«Was!», sagt Baz mir ins Ohr. «Sind Sie noch da, Champ?»

«Ja, klar, sorry!» Zu spät fällt mir der Akzent ein. Ich habe mit meiner normalen Stimme gesprochen!

«Hört sich an, als hätten Sie sich heute HILFE geholt», sagt Baz.

Hat er es gemerkt? Das muss er doch gemerkt haben!

«Nein! Äh … nur ein Kumpel.»

«Ah! Und wer ist das, bitte schön? STELLEN SIE UNS EINANDER VOR!»

«Hm, ich bin mit James hier.»

«HALLO, JAMES!», sagt Baz. «Und wie alt ist James, Daniel?»

«Sechs.»

«Ich bin nicht dein Kumpel!», sagt Jay.

«Was ist das denn?», gluckst Baz. «Hey, lassen Sie ihn mal ran, Daniel, ich will mit ihm REDEN.»

Mein Herz klopft eine Warnung. Auf keinen Fall soll Jay live auf Sendung gehen. «Äh … ich weiß nicht, er ist ein bisschen schüchtern.»

«Ich bin nicht schüchtern!», sagt Jay sehr laut.

«Und ja, ich glaube, das Glück ist heute auf meiner Seite, Baz», sage ich schnell, um das Thema zu wechseln. Ich sehe Jay böse an und lege den Zeigefinger auf meine Lippen.

«Freut mich zu hören, mein Freund», sagt Baz. «FREUT MICH. Dann wollen wir mal hoffen, dass der junge James heute Ihr Glücksbringer ist.»

«Jep», sage ich.

Jay schlägt die Zähne in mein Bein und kaut los. Mit der Jeans im Mund kann er wenigstens nicht allzu viel Krach machen.

Wir kehren in die Wohnung zurück, wo uns außer den Kakerlaken niemand erwartet. Ich zerknülle meinen Zettel und werfe ihn in den Müll. Dann sage ich Jay, dass er ins Bett gehen soll.

«Ich gehe nicht schlafen.»

«Doch.»

«Das hast du nicht zu bestimmen!»

«Mum ist nicht da, also bestimme ich.»

Jays Gesicht zuckt, während er sich eine Antwort überlegt. «Ich erzähle Mum, dass du mich gezwungen hast, mit in die Telefonzelle zu gehen.»

«Na und?» Darüber hatte ich noch gar nicht nachgedacht, aber es spielt ohnehin keine Rolle. Ich sage einfach, dass ich Han wegen der Hausaufgaben angerufen habe. Mum hört sowieso kaum zu, wenn Jay ihr etwas erzählt.

Jay geht knurrend auf alle viere und kommt mit gefletschten Zähnen auf mich zu. Sind alle Sechsjährigen so, oder bin ich der Einzige mit einem übergeschnappten kleinen Bruder?

Immerhin bin ich heute Abend weitergekommen, und Jay ist der Letzte, dem ich das zu verdanken habe. Die Fragen waren leicht – drei von drei mal wieder. Nur noch sechs Tage, achtzehn Fragen. Allmählich glaube ich, dass ich gewinnen könnte.

Ich stelle mir Mums Gesicht vor, wenn ich ihr den Urlaub schenke. *Sie ist gerade vom Imbiss gekommen und sitzt mit diesem leeren Blick am Küchentisch, in der einen Hand eine Zigarette, in der anderen ein Weinglas. Ich reiche ihr den Umschlag und sie starrt ihn mit sorgenvoller Miene an. Wahrscheinlich denkt sie, es ist ein Brief von der Schule, weil ich geflogen bin oder so was – bis sie die Unterlagen von Hardacre Holidaze sieht.*

Mum beugt sich vor, legt die Kippe auf den Rand des Aschen-

bechers, damit sie beide Hände frei hat, weil sie jetzt angebissen hat. Sie holt die Tickets sowie den Urlaubsprospekt aus dem Umschlag und sieht mich an. Der ausdruckslose Schleier in ihren Augen ist wie weggeblasen, ihr Gesicht ist vollkommen verändert. Es ist, als käme die Frau, die sie früher war – an die ich mich aus vergangenen Jahren erinnere – wieder zurück. Sie lächelt und Tränen laufen ihr über die Wangen, doch es sind Glückstränen und ihre Augen glänzen.

Ich erledige meine Hausaufgaben, koche mir einen Kaffee und gehe ins Wohnzimmer. Jay ist auf dem Sofa eingeschlafen. Ich schalte den Fernseher aus und bringe ihn ins Bett. Er wehrt sich und murmelt etwas von Schwalben, aber er wird nicht richtig wach. Auf dem Scooby-Doo-Wecker ist es 22:37 Uhr.

Anscheinend hat Mum heute Lohn erhalten und ist in den Pub gegangen. Dann kommt sie wahrscheinlich gegen Mitternacht reingepoltert und schläft auf dem Sofa ein. Das würde bedeuten, dass ich morgen früh ihre Putzschicht übernehmen muss. Was mich an Mr Buchans Warnung erinnert: Wenn ich noch dreimal zu spät komme, muss ich mich täglich überall melden. Das würde Mum nicht gefallen.

Ich taste über die empfindliche Haut um mein Auge. Irgendwie muss ich rechtzeitig zur Anwesenheitskontrolle in der Schule sein. Könnte ich nicht vielleicht doch unsichtbar und superschnell sein? Damit würde ich es hinbekommen.

Ich liege im Dunkeln und lausche – ich warte darauf, dass Mum nach Hause kommt. Es ist Mitternacht, aber ich bin hellwach. In fünf Stunden klingelt der Wecker.

Es gibt Länder, in denen man Schlafentzug als Foltermethode einsetzt.

KUMMERTAG
RRRRRIIIINNNNGGG
ICH MAG
FREAKS
WAS MACHST DU DA?
KAKERLAKEN PLATT
DIE
SIND NICHT
TOTZUKRIEGEN
WAS?

Ich stelle den Wecker aus, bevor er klingeln kann. Seit Stunden drifte ich schon zwischen Schlaf und Bewusstsein, während ich wegen Mum die Ohren spitze.

Das Flurlicht kratzt in meinen Augen, als ich zu ihrem Zimmer taumle. Einen Augenblick lang stehe ich auf der Schwelle und sehe blinzelnd auf das leere Bett, dann suche ich sie im Wohnzimmer. Dort ist sie auch nicht, aber ich bin nicht wirklich geschockt – es ist nicht das erste Mal, dass sie die ganze Nacht weggeblieben ist.

Eigentlich müsste ich jetzt für sie putzen, aber ich kann Jay nicht allein in der Wohnung lassen. Wenn Mum zurückkommt und merkt, dass ich nicht zur Arbeit gegangen bin, wird sie wütend. Aber wenn sie käme und Jay allein vorfände, wäre sie genauso sauer.

Oder ist sie schon gegangen und ich habe sie nur nicht gehört?

Doch ihr Putzoverall hängt noch über dem Stuhl in ihrem Zimmer.

Sie konnte höchstens direkt von dort, wo sie die Nacht verbracht hat, zum Putzen gegangen sein. Möglicherweise hat sie die Schlüsselkarte mitgenommen. Das würde Sinn machen.

Ich sehe nicht in der Tasche ihres Overalls nach, wo sie die Karte normalerweise aufbewahrt. Stattdessen gehe ich wieder schlafen.

Der lärmende Fernseher weckt mich. Jay ist nicht mehr im Bett und das Licht strahlt nur so durchs Fenster. Die Anzeige auf dem Scooby-Doo-Wecker verrät, dass wir spät dran sind.

Im Wohnzimmer liegt Jay im Schlafanzug bäuchlings auf

dem Sofa. Ich schalte den Fernseher aus und befehle ihm, sich anzuziehen.

«Ich habe Hunger.»

«Wir kommen zu spät.»

«Ich will aber frühstücken!» Er steht auf und schaltet den Fernseher wieder ein.

«Jay! Dafür haben wir keine Zeit!» Ich weiß jetzt schon, dass ich es heute nicht schaffe – noch ein Strich auf Mr Buchans Liste.

Ich schalte erneut den Fernseher aus und halte Jay fest, als er ihn wieder einschalten will.

«Zieh dich endlich an!»

«Ich will fernsehen!» Er schwingt die Faust.

«Nicht schlagen! Was sagt Mum übers Schlagen?»

«Sie schlägt dich!» Jay starrt mich wütend an.

«Zieh dich an, dann mach ich dir Toast.»

«Will keinen Toast!»

«Was anderes gibt's nicht.»

«Ich hasse Toast!», brüllt Jay und stapft in unser Schlafzimmer.

Das Brot ist hart geworden, aber ich sehe noch keine grünen Punkte. Nachdem ich zwei Scheiben in den Toaster gesteckt habe, gehe ich ins Schlafzimmer, wo Jay seine Anziehsachen durch die Gegend wirft. Ich habe gestern Abend vergessen, zum Waschsalon zu gehen, und meine Schulhemden liegen weiterhin in einem schmutzigen Haufen auf dem Boden. Mir bleibt nichts anderes übrig, als eins aufzuheben und in Deo zu ertränken. Der klebrige Stoff haftet wie Ausschlag an mir.

In dem Moment, als ich rieche, dass der Toast verbrennt, schrillt der Rauchmelder.

«Die ist geil, Mann!» Han zeigt mir noch mal das Bild auf seinem Handy. Das Gesicht des Mädchens ist nur ganz verschwommen zu erkennen, doch ich nicke trotzdem.

«Nett.»

«Nett? Mann!» Han starrt auf das Display. «Du hättest gestern Abend mit ins Einkaufszentrum kommen sollen – sie hat Freundinnen!» Er wackelt mit den Augenbrauen eine La-Ola-Welle. «Ich treffe mich am Sonntag mit ihnen, yeah – beim Festival. Komm doch mit, Mann!»

«Welches Festival?»

«Sonntag im Park. Tausend Bands und so. Da läuft was, ich schwör's!»

«Jep, wenn ich kann, komme ich.» Wenn Mum gut drauf ist – und ich es riskieren kann, Jay mit ihr allein zu lassen –, könnte ich vielleicht wirklich mal weggehen.

Han steckt sein Handy wieder ein. «Hast du Bock auf ein Spiel? Mike hat seinen Fußball dabei.»

Ich schüttle den Kopf. «Muss noch Hausaufgaben machen.»

Han zuckt die Achseln. «Okay, bis später, Mann!»

Die Bibliothek ist im alten Teil der Schule untergebracht, ein langer, schmaler Raum mit hohen Decken und großen Schiebefenstern. Sogar an Tagen wie heute riecht es dort feucht und modrig. Durch die dunklen Gänge mit den Bücherregalen gehe ich zum Mediencenter – eine hochtrabende Bezeichnung für ein paar Tische und eine Reihe Computer in der hintersten Ecke der Bibliothek. Dort sitzt praktisch niemand, was mir gut in den Kram passt.

Das mit den Hausaufgaben war gelogen, aber ich muss noch etwas anderes erledigen. Ich habe darüber nachgedacht, was Baz vorgestern gesagt hat, das mit den Sportfragen – denn dadurch habe ich gemerkt, dass ich von Sport keine Ahnung habe. Bisher habe ich mir nicht die Mühe gemacht, für die Fragen zu üben, doch jetzt rechne ich mir allmählich gute Gewinnchancen aus. Schaden kann es ja nicht, oder?

Ich setze mich an einen PC, logge mich ein und gebe *Sportfakten* in die Suchmaschine ein. Sofort wird eine Seite mit Links angezeigt: *Sportfakten exklusiv für dich, Sportportale / Sportbilder, Irre Sportrekorde, Sporttastisch.* Ich probiere es mit dem ersten, doch da kommen nur olle Kamellen über die ersten Olympischen Spiele im Jahr 776 v. Chr. und dass die alten Römer mit Stöcken und einem mit Federn gefüllten Lederball eine Art Golf spielten. Ich kann mir nicht vorstellen, dass Baz mich so etwas fragt. Im nächsten Link geht es größtenteils um amerikanische Sportarten, jede Menge Wissenswertes über Baseball und warum amerikanische Footballspieler sich schwarze Streifen unter die Augen schmieren.

Ich verfeinere die Suche und gebe *Quizfragen Sport* ein. Die erste Webseite listet nur Fragen auf: *Wie viele rote Kugeln sind bei Snooker am Anfang des Spiels auf dem Tisch? Bei welcher Sportart benutzt man je nach Temperatur Bälle in verschiedenen Farben? Welche Zahl steht auf einer Dartscheibe gegenüber der Eins?* Am Ende jeder Zeile kann man die Antwort anklicken. Ich kann keine einzige Frage beantworten. Soll ich mir vielleicht welche notieren, damit ich sie für heute Abend auswendig lernen kann? Aber es gibt gleich drei Seiten mit Fragen, das würde ewig dauern.

Je länger ich lese, umso mehr Panik schiebe ich. Baz könnte mir eine von diesen oder tausend andere Fragen stellen. Selbst wenn ich bis heute Abend dranbliebe, wüsste ich immer noch nahezu nichts. Ich kann es auch gleich lassen, oder? Und auf mein Schicksal vertrauen. Bisher hat das gut funktioniert.

«Scheißding!»

Die Stimme kommt aus nächster Nähe. Ein Mädchen steht fluchend über dem Drucker. Sie schnappt sich eine Seite, die er ausspuckt, und stöhnt. Dann geht sie zu einem Computer und tippt los. Bei jedem Buchstaben lässt sie einen neuen Fluch los. Ich bin echt beeindruckt. Fluchen können die meisten, aber das Mädchen ist spitze, was Bandbreite und Erfindungsreichtum angeht.

«Hilfst du mir jetzt oder glotzt du nur?» Sie dreht sich um und sieht mich wütend an.

«Was?»

Sie zeigt auf den Computer. «Das Teil tut nicht, was ich sage!» Sie hat einen komischen Akzent, sie kommt wohl aus dem Norden.

«Was läuft denn nicht?» Ich stehe auf. Offenbar eile ich ihr zu Hilfe, ohne es großartig beschlossen zu haben.

«Ich will das hier ausdrucken.» Das Mädchen wedelt mit den zerknüllten Seiten. «Aber die Größe stimmt einfach nie.»

«Wie groß soll es denn werden?»

«Na, so groß, dass es passt!» Sie sieht mich an, als wäre ich der letzte Idiot.

Ich setze mich an ihren Computer. Von Technik habe ich keine Ahnung – wir hatten noch nie einen PC zu Hause –, aber mit den Macken der Schuldrucker kenne ich mich aus.

«Du musst das Format ändern, hier.» Ich zeige auf den Bildschirm. «Und *Seitenränder anpassen* wählen.»

«Hab ich gemacht!»

Ich zucke die Achseln, als der Drucker sich ächzend meldet und eine weitere Seite ausspuckt.

«Ja!» Das Mädchen holt die Seite und boxt triumphierend mit der Faust in die Luft. «Du bist ein Genie!» Sie grinst. «Ach, davon bitte zwanzig.»

Wir warten, bis der Drucker die Seite zwanzigmal gedruckt hat. Ich spüre, wie sie mich beobachtet.

«Was machst du überhaupt hier?», fragt sie nach einer Weile. «Solltest du nicht draußen mit deinen Kumpels Fußball spielen?»

«Ich steh nicht so auf Fußball.»

«Echt nicht? Ich dachte, Jungs würden über nichts anderes reden. Da habe ich aber Glück gehabt, was?»

Ich sehe sie an und muss schlucken.

«Ich meine, normalerweise ist nie ein Computerfreak in der Nähe, wenn man einen braucht.»

«Ich bin kein Computerfreak!»

Sie lacht. «Ich mach nur Witze, Großer! Sollte keine Beleidigung sein. Andererseits wäre es mir auch egal, wenn du einer wärst. Ich mag Freaks.»

Ich wende mich ab und hole einen Ausdruck – in der Hoffnung, dass meine Wangen nicht so rot sind, wie sie sich anfühlen. «Äh … wofür ist das eigentlich?»

Pop im Park steht ganz oben auf dem Poster. Das ist das Konzert, von dem Han erzählt hat – Hardacres eigenes Sommermusikfestival. Dann folgt eine Liste hiesiger Bands, von denen ich noch nie gehört habe, aber der Top Act – das große Finale vor dem Feuerwerk – ist eine Queen Tribute Band. Das würde Mum gefallen. Vielleicht könnten wir ja alle zusammen hingehen? Falls sie in Stimmung wäre.

«Darf ich das behalten?»

Das Mädchen runzelt die Stirn. «Klar, du hast ja mitgeholfen. Gehst du hin?»

«Kann sein.»

Sie zeigt auf einen Bandnamen in der Mitte der Liste. «Das sind wir. *Brass-O!*»

«Du spielst in einer Band?» Das überrascht mich, sie sieht gar nicht danach aus. «Was spielst du denn?»

«Trompete ... Wir sind eine Bläserband. *Brass-O!* Kapiert? Wie *Hawaii-Five-O*, nur mit *Brass* – Blech wie Blechbläser. Das spielen wir auch, *Hawaii-Five-O*.»

«Super.»

«Als ob!» Sie zuckt die Achseln. «Aber mir bleibt nichts anderes übrig. Mein Dad ist der Bandleader. Ich bin schon dabei, seit ich fünf bin.»

«Echt?»

Sie sammelt ihre Poster ein. «Okay, ich hänge sie mal lieber auf, bevor es wieder klingelt. Danke für deine Hilfe – voll der Held!»

«Kein Problem.» Ich habe das Gefühl, das meint sie ironisch.

«Übrigens heiße ich Mina», sagt sie und hängt ihre Tasche um. «Und was gravieren sie in deinen Grabstein?»

«Was?»

«Oder hat man dir nur eine Nummer gegeben?»

«Hä?»

«Wie du *heißt*, Großer?!» Sie schüttelt seufzend den Kopf. «Manchmal denke ich, ihr sprecht echt eine andere Sprache hier im Süden.»

«Ach so ... Laurence. Laurence Roach.»

«Freut mich, dich kennenzulernen, Laurence Laurence Roach. Dann bis Sonntag.»

So, wie Mina es sagt, ist es eher ein Befehl als eine Einladung.

Nelly ist auf dem Posten, als wir nach Hause kommen.

«Hallo, Jungs!»

Ich stöhne.

«Wie geht's eurer Mutter? Alles in Ordnung?»

«Bestens.»

«Nur weil ich sie heute noch nicht gesehen habe.»

Aus Angst, dass mein Gesicht Bände spricht, sehe ich sie nicht an. Weiß sie bereits, dass Mum gestern Nacht nicht nach Hause gekommen ist?

«Heute Morgen hat's bei euch ein bisschen gebrannt, was?»

«Was?»

«Ich habe euren Rauchmelder gehört!»

«Das war kein Feuer, nur der Toast.»

«Glück gehabt.» Nellys Augen fixieren mich wie eine Rakete im Zielflug. «Was wäre das für eine Tragödie, wenn euch so allein etwas passieren würde!»

«Das sind wir gar nicht.» Ich erwidere ihren Blick – und schaue direkt in den Gewehrlauf. «Komm, Jay, gehen wir hoch zu Mum.»

Ich spüre, wie Nelly uns bis zur letzten Treppenstufe nachsieht.

«Mum!», ruft Jay und läuft vor. «Mum?» Er rennt durch alle Räume und kommt zu mir zurück. «Du hast gesagt, dass Mum da ist!»

Achselzuckend stelle ich meinen Rucksack im Flur ab. «Das musste ich sagen, um der Schnüffelnelly das Maul zu stopfen.»

Jay knurrt, rast ins Wohnzimmer und knallt die Tür zu.

Ich gehe prüfend durch die Wohnung. Alles unverändert. Mum war nicht zu Hause.

Anscheinend hat sie gestern Abend jemanden zum Saufen

getroffen und ist irgendwo abgestürzt, nachdem der Pub zugemacht hat. Wahrscheinlich hat sie den ganzen Tag geschlafen und ist gerade noch rechtzeitig zu ihrer Schicht im Imbiss wach geworden. Kein Grund zur Sorge. Heute Abend kommt sie bestimmt, schlecht gelaunt und verkatert, und alles wird sein wie immer.

Ich gehe in die Küche und mache meine Hausaufgaben; noch mehr Stress in der Schule kann ich mir nicht leisten.

An der Wand über dem Herd ist eine Kakerlake. Sie sitzt einfach da und zittert mit ihren Fühlern. Das macht mich ganz fertig. Ich bekomme schon eine Gänsehaut, wenn ich sie nur ansehe.

Leise stehe ich auf und hole die Pfanne aus der Spüle.

Die Kakerlake rührt sich nicht.

Ich ziele – und schlage zu …

Es scheppert unglaublich, als ich die Pfanne an die Wand klatsche. Und es dröhnt noch in meinen Ohren, während ich am Boden nach den Überresten der Kakerlake suche. Doch anstelle ihrer Eingeweide, die überall an die Wand hätten spritzen müssen, finde ich nur einen Fettfleck und eine Kerbe im Putz.

«Was machst du da?»

Ich drehe mich um. Jay beobachtet mich von der Küchentür aus.

«Kakerlaken platt», antworte ich.

«Hast du sie erwischt?»

«Nein.»

Er schüttelt den Kopf. «Die sind nicht totzukriegen, wusstest du das?»

«Was?»

«Eine Kakerlake stirbt nicht einmal, wenn man ihr den Kopf abhackt.»

«Erzähl keinen Quatsch!»

Jay zieht die Stirn kraus. «Kein Quatsch. Das habe ich in der Schule gelernt. Miss Shaw hat gesagt, dass Kakerlaken tagelang ohne Kopf überleben!»

«Und was passiert, wenn man sie mit der Bratpfanne erschlägt?»

«Keine Ahnung.» Er zuckt die Achseln. «Das kam nicht vor.»

Ich stelle die Pfanne wieder in die Spüle.

«Ich habe Hunger», sagt Jay. «Wo ist Mum?»

«Sie arbeitet», erwidere ich und stecke den letzten alten Brotkanten in den Toaster.

«Ich will keinen Toast!»

«Was anderes gibt's nicht.»

Sein Blick verdunkelt sich. «Mum soll nach Hause kommen. Du bist voll schlecht.»

Jay stapft ins Wohnzimmer zurück und knallt schon wieder die Tür zu.

«Okay, dann esse ich eben den Toast. Soll er doch verhungern», erkläre ich den Kakerlaken und suche im Küchenschrank nach Marmelade.

Ich zucke zusammen, als der Rauchmelder schrillt. Hastig steige ich auf einen Stuhl und reiße die Batterie ab, während ich mir vorstelle, wie Nelly in der Wohnung unter uns den Vorfall protokolliert. Wieder etwas, worüber sie sich beschweren kann.

Ich ködere Jay damit, dass ich ihm ein Geschenk kaufe – falls er leise ist, solange ich telefoniere.

Doch er will gar nicht in die Telefonzelle mitkommen.

«Da stinkt's nach Pipi.»

«Meinetwegen, du kannst draußen warten, aber du musst dableiben, direkt neben der Zelle. Wehe, du läufst weg!»

Jay sieht mich an. «Das hast du nicht zu bestimmen!»

«Wenn du nicht dableibst und dich ruhig verhältst, kaufe ich dir gar nichts.»

Er schmollt, lehnt sich an die Telefonzelle und zieht die Kappe über die Augen.

Heute Abend bin ich nervös. So nervös war ich noch nie. Ich muss dauernd an die Sportfragen denken, eine Seite nach der anderen, die auf dem Computerbildschirm auftauchte – es gibt so vieles, was ich nicht weiß.

An diesem Abend wird Baz mir eine Sportfrage stellen, das weiß ich.

«Zwei geschafft, nur EINE NOCH!», sagt Baz. Dann kommt eine Trompetenfanfare.

Draußen möchte jemand telefonieren und Jay schneidet mir Grimassen durch die Scheibe. Ich versuche, sie beide nicht zu beachten und mich auf Baz zu konzentrieren. Bis jetzt hatte ich Glück – und Sport kam auch nicht dran.

«DRITTE FRAGE!», sagt Baz. «Was trug die berühmte Krankenpflegerin Florence Nightingale immer mit sich herum? A: ein Stethoskop? B: eine Lampe? Oder C: eine Eule? Ich lese es Ihnen noch einmal vor ...»

Das ist leicht. Florence Nightingale war «die Dame mit der Lampe», weil sie ihre Patienten nachts mit einer Lampe in der Hand besuchte. Das weiß jeder.

«Eine Lampe», antworte ich Baz. «B.»

Es wird still in der Leitung.

«Daniel», sagt Baz sehr leise und ruhig. Diese Stimme legt er immer auf, wenn er so tut, als hätte er schlechte Nachrichten für mich, und dann doch sagt, dass ich recht habe und eine Runde weitergekommen bin.

Diesmal aber nicht.

«Die Antwort ist FALSCH.»

Mein Herz sinkt auf den Boden meines Brustkorbs und rollt dort umher wie ein vergessener Fußball.

«Florence Nightingale», sagt Baz, «hatte stets ein kleines EULENKÜKEN in der Tasche! Das BEDEUTET – wir müssen unseren HERAUSFORDERER hinzuziehen! Wen haben wir heute auf der anderen Leitung, Cheryl?»

«Hallo?» Eine Frauenstimme. Sie klingt nervös.

«Aha! Eine DAME! Hervorragend! Und wie heißen Sie bitte, meine Liebe?»

«Hallo, Baz, ich bin Shirley … Shirley Powers aus Marston.»

«SHIRLEEE POWERS! WILLKOMMEN bei unserem Quiz, Shirley. POWERS ist ja ein toller Name! Sind Sie Mrs Powers? Haben Sie den Namen ERHEIRATET? Oder hatten Sie immer schon so viel Power?»

Shirley lacht. «Ich habe den Namen meines Mannes angenommen.»

«Nun, jetzt ist es auch IHR NAME!», sagt Baz. «Und, Shirley, fühlen Sie die Power heute Abend? Haben Sie genug POWER, um unseren Sieger herauszufordern?»

«Jep, klar, Baz», sagt Shirley, die immer selbstbewusster klingt.

«SUPER!», sagt Baz, «genau das möchte ich hören! Aber was noch viel wichtiger ist – was glauben Sie, HABEN SIE HEUTE GLÜÜÜCK?»

Das glaubt Shirley tatsächlich.

Im Gegensatz zu mir, denn der Typ, der vor der Telefonzelle wartet, erdolcht mich mit Blicken. Er trägt ein *Bartman – Avenger of Evil*-T-Shirt mit einem Bild von Bart Simpson als Superheld – nur leider ist das Bild durch den fetten Bauch darunter total verzerrt und verwackelt. Ich habe noch nie jemanden gesehen, der weniger nach einem Rächer des Bösen aussieht.

Shirley bekommt als Erstes eine Sportfrage. Ich weiß die Antwort nicht, sie schon. Auf Anhieb, gar kein Problem. Glück? Sie weiß es einfach.

Zweite Frage: Musik. Wie leicht wollen sie es ihr denn noch machen? Wetten, dass Baz die Fragen mit Absicht so auswählt? Das steht doch alles im Vorhinein fest, weil die gar nicht wollen, dass jemand gewinnt!

Der Dicke schlägt an die Scheibe der Telefonzelle und schreit: «Dauert das noch lange?»

Ich schüttle den Kopf und gestikuliere entschuldigend. Er sieht wütend auf die Uhr. Jay hat aufgehört, mir Grimassen zu schneiden, und beobachtet stattdessen Bartman, doch ich muss mich jetzt anderweitig konzentrieren. Etwas Wunderbares ist gerade geschehen – Shirleys Antwort war falsch! Das bedeutet, ich habe noch eine Chance.

«DARUM geht es, Jungs und Mädels!», sagt Baz. «Um zwei MÄCHTIGE Krieger KOPF AN KOPF im Todeskampf! Okay, vielleicht geht es nicht um Leben und Tod, aber HEY! Wir sind bei *Baz' Bedtime Bonanza*! Und nicht im Sandkasten.» Im Hintergrund dudelt die Filmmusik von *Rocky*. «So, Leute, das ist die Sachlage. In der BLAUEN Ringecke: Daniel ICEMAN Roach mit zwei korrekten Antworten. Und in der ROTEN Ecke die Dame, die ihn heute herausfordert – Shirley SUPER Powers, unsere spezielle Wonder Woman! Shirley hat eine richtige und eine falsche Antwort im Kasten und EINE LETZTE CHANCE, Danny Boy, unseren amtierenden *Baz'-Bedtime-Bonanza*-Champion, im K.o.-System aus dem Rennen zu werfen! Aber …» Als Baz eine Pause macht, summt es in der Leitung. «Wenn Shirley auch diese Frage falsch beantwortet – ist Daniel eine Runde weiter. Sie haben es also in der Hand, Shirley. Haben SIE die POWER? Sind Sie BEREIT?»

«Ich bin bereit», sagt Shirley mit ungetrübtem Optimismus.

«GLAUBEN Sie an Ihr GLÜCK?»

Ich verstehe Shirleys Antwort nicht, weil mich von draußen ein Geräusch ablenkt – ein sonderbares, gellendes Japsen.

Durch die Scheibe sehe ich, dass Jay sich in Bartmans Hosenbein verbissen hat. Ich kann nur vermuten, dass der Typ mich erneut stören wollte und Jay in Kampfhundmodus versetzt hat.

Ich lege die Hand fest auf die Sprechmuschel und reiße die Tür auf.

«Jay! Was machst du da?»

Jay sieht mich an und lässt los.

«Was ist mit dem denn los?», fragte Bartman und weicht zurück.

«Entschuldigung.»

«Entschuldigung? Der gehört weggesperrt. Der hat sie nicht mehr alle!»

Jay knurrt und stürzt sich erneut auf ihn. Der Rächer des Bösen stolpert beinahe, so eilig versucht er abzuhauen.

«Jay! Bei Fuß! Komm her, alter Junge!», sage ich und

schlage mir auf den Schenkel. Es hört sich verrückt an, ist aber das Einzige, worauf Jay in dieser Stimmung reagiert.

Der Mann starrt uns an. «Ihr seid beide durchgeknallt. Am besten rufe ich die Polizei!»

Einen Augenblick lang gerate ich in Panik – das wäre echt das Letzte! Dann fällt mir wieder ein, was ich in der Hand habe.

«Machen Sie doch», sage ich und schwenke den Hörer. «Schade, dass gerade besetzt ist!»

Ich zerre Jay in die Zelle und halte den Hörer wieder ans Ohr. Hoffentlich ist nichts davon auf Sendung gegangen!

Die Leitung ist tot.

Nein!

Heißt das, ich habe verloren? Haben sie aufgelegt, weil ich nicht weitergekommen bin?

Aber selbst wenn Shirley die Frage richtig beantwortet hätte, müsste es doch eine K.o.-Runde geben …

Hektisch wähle ich die Nummer des Radiosenders. Es klingelt ewig, bis endlich jemand drangeht.

«Radio Ham, guten Abend!»

«Hallo, hier ist Daniel Roach. Ich glaube, ich bin aus der Leitung geflogen.»

«Wie bitte?»

«Daniel Roach. Ich habe bei *Baz' Bedtime Bonanza* mitgemacht – bei dem Quiz.»

«Tut mir leid, ich fürchte, es hat schon angefangen.»

«Nein! Das weiß ich doch, ich war dabei! Aber dann war die Leitung tot!»

«Es tut mir leid, Sir, aber es ist zu spät.» Das ist eine andere Stimme als die, die sich sonst meldet. Die Frau weiß gar nicht, wer ich bin!

«Bitte! Ich bin in der K.o.-Runde! Das ist nur ein Problem mit der Leitung! Fragen Sie Cheryl, Baz' Aufnahmeleiterin. Sagen Sie ihr, dass Daniel Roach dran ist. Bitte!»

Die Frau stößt einen langen Seufzer aus, um mir unter die Nase zu reiben, wie kostbar ihre Zeit ist. «Warten Sie kurz.»

Es klickt in der Leitung und ich höre endlich wieder Baz' Stimme … *Daniel, sind Sie dran?*

«Yeah, das bin ich!»

Anscheinend haben wir Daniel verloren, sagt Baz. *Ist Mr Ice unter dem Druck ZUSAMMENGEBROCHEN?*

«Nein! Hier bin ich doch!», schreie ich ins Telefon, doch Baz kann mich nicht hören!

Jetzt redet er über *Pop im Park … Wir verschenken außerdem UNMENGEN von Radio-Ham-Gimmicks: T-Shirts, Kappen, Buttons. Und ich werde eine EXTRA-Sendung Baz-in-the-Park-Bonanza moderieren, mit einem MEGA-Wahnsinnspreis für den Gewinner! Wer sich das entgehen lässt, ist nicht ganz DICHT!*

Dann läuft ein Song und ich kapiere endlich, was hier abgeht. Wenn man bei Radio Ham anruft, spielen sie einem in der Warteschleife das aktuelle Programm vor. Baz redet gar nicht mit mir, er kommt im Radio. Aber was ist jetzt in dem Quiz passiert? Was meint er damit, ob ich unter dem Druck zusammenbrechen würde?

Es klickt und die Frau ist wieder in der Leitung.

«Ich stelle Sie durch, Sir.»

«Hi, Daniel!» Ich habe mich noch nie so gefreut, Cheryls Stimme zu hören. «Sie waren plötzlich weg. Warum, weiß ich nicht genau.»

«Keine Ahnung, die Leitung war plötzlich tot.» Wie viel hat sie gehört?

«Macht nichts, ich kann zwar nicht genau sagen, wann die Verbindung abgerissen ist, aber Sie werden sich sicherlich freuen zu hören, dass Shirley auch die dritte Frage falsch beantwortet hat. Sie sind eine Runde weiter!»

Schweißgebadet wanke ich aus der Telefonzelle. Zum Glück ist von Bartman weit und breit nichts zu sehen. Trotzdem ist es sicher klüger, wenn wir uns hier heute nicht mehr blicken lassen, falls er noch mal zurückkommt.

«Warum hast du den Mann gebissen?»

«Hab ich gar nicht», sagt Jay. «*Ich* habe ihm nur gesagt, er sollte ruhig sein, weil du dich konzentrieren musst, aber er hat nicht auf mich gehört. Deshalb habe ich mich in Scooby-Doo verwandelt, und *der* hat ihn gebissen.»

Ich nicke. «Ach so … okay.» Ich zerstrubble Jays Haar. «Guter Hund!»

«*Ich* bin kein Hund, du Doof.»

«Sorry! Egal … Dann richte Scooby meinen Dank aus, wenn du ihn das nächste Mal siehst.»

«Okay», sagt Jay.

Zum zweiten Mal am zweiten Abend in Folge werfe ich den Zettel weg, den ich für Mum auf den Küchentisch gelegt habe.

Wo ist sie? Sie müsste längst zu Hause sein. Und wenn ihr nun wirklich etwas passiert ist?

Der Gedanke fühlt sich wie eine eiskalte Hand in meinem Nacken an.

Ich schüttle ihn ab und rufe mir in Erinnerung, dass sie uns nicht zum ersten Mal ein paar Tage uns selbst überlässt. Und wenn etwas Schlimmes passiert wäre, ein Unfall oder Ähnliches, wäre längst die Polizei gekommen.

Mum geht's bestimmt gut – ich muss mir eher Sorgen um Jay und mich machen.

Die Lektion habe ich auf die harte Tour gelernt.

Ein Jahr bevor wir hierhergezogen sind, hat Mum versucht, sich umzubringen.

Ich kam von der Schule und wusste in dem Moment, in dem ich die Tür öffnete, dass etwas nicht stimmte. Der Fernseher lief, aber im Wohnzimmer war niemand. Ich habe gerufen, keine Antwort. Erst dachte ich, sie wären kurz weggegangen, doch dann habe ich den verschütteten Drink auf dem Teppichboden und die Kekse gesehen, die überall auf dem Sofa verkrümelt waren. Mum hätte nie eine solche Unordnung hinterlassen, damals jedenfalls nicht.

Ich sah in der Küche und im Garten nach und ging anschließend nach oben. Das Zimmer, das ich mit Jay teilte, war ebenfalls leer und das Bad auch. Mums Zimmer sparte ich mir bis zuletzt auf.

Die Vorhänge waren zugezogen. Das Zimmer war dunkel und voller Schatten, aber ich konnte erkennen, dass sie zusammen auf dem Bett lagen. Einen Augenblick lang dachte ich, sie wären tot. Ich stand wie angewurzelt an der Tür und hatte Angst, ich müsste mich übergeben. Dann hob Jay ruckartig den Kopf und grinste mich an.

«Hast du nicht gehört, wie ich gerufen habe?», fragte ich wütend und erleichtert zugleich.

Jay lachte nur und sagte «Buh!», als wäre es ein Spiel. Dann merkte ich, dass Mum sich immer noch nicht gerührt hatte.

«Mum schläft!», sagte Jay und stupste sie an. «Schon die ganze Zeit! Mir ist langweilig.» Er kletterte vom Bett. «Komm, spiel mit mir.»

Da war ich sicher, dass sie tot war.

Ich brachte Jay nach unten und setzte ihn vor den Fernseher. Auch wenn ich nicht wieder nach oben gehen wollte, blieb mir nichts anderes übrig.

Es stank. Nachdem ich mich überwunden hatte, das Licht anzuschalten, sah ich das Erbrochene auf dem Teppichboden und die Spur, die sich von Mums Mund über die Bettdecke zog. Ihre Augen waren geschlossen und ihre Haut sah aus wie blauer Kleber. Doch sie atmete noch.

Ich rannte direkt aus dem Haus und holte Sheila von nebenan. Das war mein erster Fehler. Aber damals wusste ich es nicht besser, ich hatte noch Vertrauen zu den Menschen. Man hatte mir eingetrichtert, wenn ich einen Polizisten oder einen anderen Erwachsenen um Hilfe bitten würde, wüssten sie schon, was zu tun sei.

Der Krankenwagen kam und nahm Mum mit. Jay und ich mussten die Wohnung verlassen und bei unseren Nachbarn Sheila und Graeme warten. Sheila war nett, sie kam manchmal auf einen Kaffee mit Mum vorbei, aber Graeme kannte ich eigentlich kaum. Irgendwie hatte ich das Gefühl, dass er uns loswerden wollte. Deshalb ging ich gleich mit nach oben, als Jay ins Bett musste, nur um Graeme aus dem Weg zu gehen.

Wir lagen zusammen in einem großen Doppelbett und ich bin wohl eingeschlafen, weil Jay mich schniefend aufweckte. Erst dachte ich, er würde nur Mum vermissen, doch dann fühlte ich, dass sein Schlafanzug nass war, und sah den Fleck auf dem Bettlaken. Wahrscheinlich hätten sie es gar nicht gemerkt, wenn Sheila nicht ausgerechnet in diesem Moment hereingekommen wäre, um nach uns zu sehen.

Sie reagierte nett und gelassen und holte sauberes Bettzeug, doch dann kam Graeme ins Zimmer. Als er sah, was passiert war, drehte er durch. Jay fing an zu weinen und Graeme schrie ihn an, er solle aufhören. Als Jay weiter heulte, gab er ihm eine Ohrfeige.

Eine Sekunde lang rührte sich niemand. Es war wie in einem Film, wenn die Kamera in einer dramatischen Pause nacheinander über die Gesichter schwenkt. Graeme stand auf der anderen Seite des Bettes und beugte sich über Jay. Seine Halsadern stachen hervor. Dann weiß ich noch, wie ich über das Bett hechtete und mich auf ihn stürzte. Wegen des Überraschungseffekts landeten wir beide auf dem Boden, wo ich auf ihn einprügelte, bis Sheila mich von ihm runterzerrte.

Danach musste ich zu einem Jungen ziehen, den ich aus der Schule kannte, und Jay bei Sheila und Graeme lassen. Ich durfte ihn jeden Abend besuchen, bevor Graeme von der Arbeit kam. Doch wenn ich gehen musste, war Jay jedes Mal fix und fertig – das war ganz schrecklich. Ich lag nachts lange wach und dachte an ihn. Er war nur wenige Straßen entfernt und so allein.

Ich konnte nichts dagegen unternehmen. Obwohl ich versuchte, den Leuten zu erzählen, was vorgefallen war, hörte mir niemand zu. Sie schickten mich sogar zu einem Arzt, der behauptete, ich würde *die Trauer und die Wut, die Mums Selbstmordversuch bei mir ausgelöst hätten, auf Graeme übertragen*.

Meine Oma hat immer gesagt, ein Fehler müsste nicht zwingend ein Fehler bleiben – wenn man etwas daraus gelernt hätte. Deshalb habe ich mir eines geschworen: Beim nächsten Mal, falls es ein nächstes Mal gäbe, würde ich nicht die gleichen Fehler machen. Beim nächsten Mal würde *ich* entscheiden, was für Jay und mich das Beste ist – und niemand dürfte uns jemals wieder trennen.

Also darf keiner erfahren, dass Mum nicht da ist – nicht einmal Jay. Ich kann nicht darauf vertrauen, dass er den Mund hält. Deshalb werde ich ihm vormachen, dass sie Extraschichten arbeitet oder etwas in der Art. Bis sie wiederkommt, müssen wir weitermachen, als wäre alles normal, damit jeder denkt, Mum wäre hier.

Das kann doch nicht so schwer sein, oder?

SCHEI...TAG
RRRRRIIIINNNNGGG
DIE MACHT DES POSITIVEN DENKENS
MAC?
HIGHLANDER
ES KANN NUR EINEN GEBEN
SCHOTTEN-MÄNNER!

Ich finde die Perücke in einer Plastiktüte auf dem Boden von Mums Kleiderschrank. Das Haar ist dicht, rotbraun und lockig. Sie erinnert mich daran, wie ich eines Morgens zum Frühstück herunterkam und Mum sich den Kopf kahlrasiert hatte. Nachdem sie zwei Tage geweint hatte, ging sie los und kaufte sich diese Perücke. Sie sah fast genauso aus wie ihr eigenes Haar und Mum trug sie sechs Monate lang, bis es wieder nachgewachsen war.

Jetzt setze ich die Perücke auf und stopfe meine eigenen braunen Locken unter die juckende Hülle. Trotzdem sehe ich Mum nicht einmal ähnlich. Wie wäre es mit ein wenig Lippenstift? Ich stöbere auf Mums Schminktisch und nehme *Vampire's Kiss*. Er schmeckt komisch und landet zum großen Teil auf meinen Zähnen. Stirnrunzelnd betrachte ich in Mums blindem Spiegel den Jungen mit den blutbeschmierten Lippen und der braunen Lockenperücke. Das kann einfach nicht funktionieren.

Dennoch muss ich es versuchen. Alles muss möglichst normal wirken – wie immer eben. Und Nelly sieht Mum jeden Morgen zur Arbeit gehen – bis auf gestern. Wenn sie Mum heute wieder nicht sieht, schöpft sie noch mehr Verdacht.

Ich ziehe den Overall an, den Mum zum Putzen nimmt, und sehe erneut in den Spiegel.

Die Frage ist: Wird Nelly Mum sehen? Oder mich, aufgetakelt wie eine Pantomimin?

Ich öffne das Fenster in unserem Zimmer und prüfe, ob Jay noch schläft. Dann gehe ich durch den Hausflur nach draußen, ehe ich es mir anders überlege. Als ich leise die Tür schließe, fällt mir ein, dass Mum sie immer zuknallt, aber ich will Jay nicht wecken. Außerdem sterbe ich vor Angst, dass dann jemand aus den anderen Wohnungen kommt. Andererseits ist es erst sechs Uhr morgens, bis auf die Schnüffelnelly ist wahrscheinlich niemand wach, und um die geht es schließlich. Aber warum tut sie das? Ich meine, wofür macht sie sich die Mühe aufzustehen? Sie tut den ganzen Tag nichts anderes, sitzt in ihrer Wohnung und spioniert den Leuten nach. Sie geht nie aus und hat, soweit ich weiß, keine Freunde. Vielleicht ist sie deshalb so schlecht drauf.

Die Treppe hinunter und durch die Glastür zum Foyer. Diese Tür lasse ich dann doch zuknallen und der Lärm prallt von den Wänden wie ein Fußball in einer Mülltonne. Die Bodenfliesen flackern im orangefarbenen Licht, das von der Straßenlaterne draußen hereinscheint. Ich konzentriere mich auf den Ausgang und zwinge mich, nicht hinzusehen, als ich an Nellys Wohnung vorbeikomme. Ich wette mit mir selbst: wenn ich den Atem anhalten kann, bis ich draußen bin, klappt die Sache.

Mein Kopf fühlt sich wie ein Ballon an; bei jedem Schritt höre ich, wie das Blut in meine Ohren gepumpt wird. An der Haustür ziehe ich, statt zu drücken, und muss erneut auf den Türknopf tippen. Dann bin ich endlich draußen und atme hektisch die kühle Luft des frühen Morgens ein. Als ich die Außentreppe hinuntergehe, achte ich darauf, mein Gesicht von Nellys Fenstern abzuwenden. Ich spüre die ganze Zeit, wie sie mich beobachtet.

Doch wen sieht sie?

Mich oder Mum?

Ich gehe bis ans Ende der Straße und schleiche dann durch die kleine Zufahrt für die Lieferanten hinter den Geschäften zurück. Da Nelly nicht sehen darf, dass ich wieder ins Haus gehe, nehme ich die Feuertreppe. Ich schwinge gerade ein

Bein durch das Fenster in unserem Zimmer, als ich merke, dass Jay im Bett sitzt und mich anstarrt.

«Was machst du da?»

Einen Augenblick lang erstarre ich rittlings auf dem Fenstersims – doch dann sehe ich an seinen Augen, dass er noch schläft. Das macht Jay andauernd, meistens mitten in der Nacht. Man kann sich ganz normal mit ihm unterhalten, ohne dass er sich am nächsten Morgen daran erinnern würde.

Ich schließe das Fenster und gehe zu seinem Bett. Als er mich stirnrunzelnd ansieht, fällt mir wieder ein, dass ich mich als Mum verkleidet habe.

«Es ist noch zu früh, um aufzustehen», sage ich und versuche, dass meine Stimme wie ihre Stimme klingt.

Jay erschauert, legt sich wieder hin und kneift die Augen zu. Ich gehe an seinem Bett in die Hocke und streiche ihm übers Haar, bis sein Atem nach wenigen Minuten wieder gleichmäßig ist. Dann stehe ich leise auf und gehe.

Es ist immer noch früh, aber mir schwirrt der Kopf, ich kann nicht mehr schlafen. Nachdem ich mich für die Schule angezogen habe, schalte ich den Fernseher ein. Viel läuft nicht, deshalb sehe ich mir drei Folgen *Pingu* an und schlafe dabei ein. Als ich wach werde, sitzt Jay neben mir.

Ich erzähle ihm, Mum wäre spät in der Nacht nach Hause gekommen und schon wieder arbeiten gegangen. Er darf auf keinen Fall irgendwem verraten, dass sie nicht da ist.

«Ich weiß», sagt er. «Ich habe sie gesehen.»

«Was?» Tief in meinem Inneren tut etwas weh.

«Ich habe sie gesehen, bevor sie gegangen ist», sagt Jay. «Du hast noch geschlafen.»

Mein Verstand spult zurück: Ist Mum etwa zurückgekommen, während ich auf dem Sofa lag? Oder noch eher, als ich draußen war?

«Sie war in unserem Zimmer», sagt Jay. «Und hat komisch auf dem Fenster gesessen.»

Jetzt kapiere ich, dass er mich meint.

Ich atme aus und gönne mir ein Grinsen. Anscheinend hat meine Frühvorstellung besser funktioniert als erwartet. Ich kann nur hoffen, dass die Schnüffelnelly sich ebenso leicht hinters Licht führen ließ.

Nach der Schule ist es im Spaßclub sonderbar still.

«Die DVD ist gleich zu Ende …» Angie betrachtet nachdenklich die Hülle. *«Alien Space Monkey Pirates II.»* Sie schneidet eine Grimasse. «Normalerweise bin ich dagegen, dass sie fernsehen, aber Robert hat die DVD extra mitgebracht, da konnte ich nicht Nein sagen.»

Als ein Schwall der Titelmusik von *Alien Space Monkey Pirates II* aus dem Gruppenraum dröhnt, bin ich plötzlich wieder neun – ich schmecke Eis auf der Zunge und höre Mum neben mir lachen.

Es war ein besonderes Geschenk, dass ich den ersten *Alien Space Monkey Pirates* sehen durfte. Mum ist mit mir in das große Multiplex-Kino in der Stadt gegangen – so etwas hatte ich noch nie gesehen. Die Filmtitel standen in Leuchtschrift über den Türen, und drinnen neben den Kassenhäuschen waren riesige Pappfiguren der Filmhelden. Am liebsten hatte ich einen, der Grissom hieß. Er sagte nicht viel, aber er war knallhart und mutig – und stets bereit, anderen aus der Patsche zu helfen.

In jenem Jahr bekam ich eine Grissom-Action-Figur zu Weihnachten. Greg, der damals noch Mums Freund und noch nicht Jays Dad war, hatte sie mir geschenkt. Ich fand Greg damals nett – er war lustig und Mum war glücklich. Doch als er ging und sie Depressionen bekam und erneut zu trinken begann, gab ich ihm die Schuld. Ich hasste ihn, weil er uns verlassen hatte. Und da ich jedes Mal, wenn ich mit Grissom spielte, daran erinnert wurde, dass Greg ihn mir gekauft hatte, hasste ich ihn bald ebenso.

Deshalb brachte ich ihn um.

Grissom – nicht Greg.

Ich tat so, als wäre er auf einer besonders gefährlichen Mission, die in die Hose ging – und warf ihn aus dem Fenster. Er landete auf der Straße vor unserem Haus und blieb da liegen, mit dem Gesicht zu mir gewandt. Obwohl er gleich darauf von einem Auto überfahren wurde, ging er nicht kaputt. Es war total hart für mich, weil ich Grissom nicht hasste, nein, ich liebte ihn. Aber ich war so wütend auf Greg, dass ich irgendetwas tun, etwas zerstören musste – auch wenn es mir dabei schlecht ging. Ich hätte runtergehen und Grissom zurückholen können, doch ich tat es nicht. Ich blieb am Fenster stehen und sah zu, wie er weiter überfahren wurde, bis ein LKW kam. Danach war Grissom nicht mehr da, einfach so.

Und dann habe ich geweint, obwohl er nur ein Spielzeug war. Denn es fühlte sich an, als wäre etwas gestorben, als wäre etwas in mir geplatzt, irreparabel.

«Ist alles in Ordnung?» Angie legt den Kopf schief und sieht mich besorgt an.

«Yeah … alles gut.»

«Ich weiß nicht, wie lange das noch dauert … In der Zeit kannst du ruhig etwas trinken.» Sie drückt mir ein Glas Milch in die Hand, bevor ich Nein sagen kann. «Mum geht's auch gut?»

Ich verschlucke mich fast. «Bestens, ja.»

«Das ist schön! Ich frage nur, weil sie normalerweise freitags kommt … und für die nächste Woche bezahlt.» Angie betont das Satzende mit einem leichten Hüsteln und ich fühle mich, als hätte mir jemand den Boden unter den Füßen weggezogen.

Das Geld!

Ich habe nicht an das Geld gedacht!

«Mum hat mir keinen Umschlag gegeben. Das tut mir schrecklich leid! Sie … sie konnte heute nicht kommen.»

Ich gerate ins Schwitzen – ich bin wieder ein Vampir, und Angie nähert sich mit einem Holzpflock in der Hand.

«Sie hat es anscheinend vergessen – ich bringe es morgen vorbei.» Ich hebe die Schultern.

Manchmal ist ein Achselzucken genau das Richtige. Manchmal kommt man mit fünfzehn noch davon, wenn man einfach so tut, als wäre man zu nichts zu gebrauchen. Angie geht davon aus, dass ich keine Ahnung habe; also lasse ich sie in dem Glauben und komme davon – vorläufig.

«Oh, das musst du nicht.» Angie wedelt mit den Händen. «So eilig ist es nicht, bring es einfach nächste Woche mit.»

Nächste Woche.

Dann ist Mum wieder da, also muss ich mir keinen Kopf machen.

Auf dem Heimweg erzählt Jay mir von vorne bis hinten, was in *Alien Space Monkey Pirates II* passiert ist. Er freut sich, weil ich so viel darüber weiß, und kann es nicht fassen, dass es sie schon gab, als ich klein war. Ich erzähle Jay von meiner Grissom-Figur, allerdings nicht, was aus ihr geworden ist.

10

Wir machen einen Schlenker zum Zeitschriftenladen in der Passage und ich kaufe Jay die Pokémonkarten, die ich ihm versprochen hatte.

«Gehen wir heute Abend wieder zur Telefonzelle?», fragt er und betrachtet den Karton mit den Tauschkarten.

«Wahrscheinlich.»

«Soll ich dann wieder leise sein?»

Seufzend krame ich noch eine Münze hervor. Damit ist das Kleingeld alle, das auf Mums Schminktisch war. Ich kann nur hoffen, dass in der Wohnung noch irgendwo Geld liegt. Wir müssen uns etwas Anständiges zu essen kaufen. Jay bekommt einen Anfall, wenn ich ihm heute Abend wieder Toast serviere.

Das Porzellanschwein fühlt sich angenehm schwer an, als ich es oben vom Kühlschrank nehme. Ich fummle den Gummipfropf an seinem Bauch heraus und schütte den Inhalt auf den Küchentisch.

«Wow!», sagt Jay. «Wir sind ja reich!»

«Das kann man so nicht sagen.»

Mum füttert das Sparschwein mit ihrem Wechselgeld, vor allem mit Kupfermünzen, aber es gibt auch ein paar silberne Münzen: Zehner, Zwanziger, sogar einen Fünfziger. Ich streiche den Haufen glatt.

«Hilfst du mir zählen?»

«Okay», sagt Jay, doch dann zieht er die Stirn kraus. «Das Geld gehört doch Mum – nicht uns!»

«Das macht nichts. Sie hat gesagt, wir dürfen es haben. Damit wir uns etwas zu essen kaufen können. Sie hat gesagt, dass sie heute Abend vielleicht wieder lange arbeiten muss. Deshalb sind wir beim Abendessen nur zu zweit.»

Jay baut einen Turm aus den Kupfermünzen, während ich das Silber zähle.

«Warum tut Mum ihr Geld in ein Schwein?» Jay kneift ein Auge zu und legt noch einen Penny auf einen wackeligen Stapel.

«Oma hat sie gesammelt. Kannst du dich noch an Oma erinnern?»

Nach kurzem Grübeln schüttelt Jay den Kopf.

«Sie hatte ganz viele Sparschweine, in allen Farben, die standen in ihrer Küche auf den Regalen. Als du klein warst, durftest du damit spielen.»

Jay macht eine Pause und sieht mich an. «Und wo sind sie jetzt?»

«Tja … als Oma gestorben ist, hat Mum sie mit nach Hause genommen.»

«Echt?» Einen Augenblick lang hellt sich seine Miene auf, aber dann rümpft er die Nase. «Gar nicht wahr. Ich habe keine Schweine gesehen. Wo sollen die sein?»

«Wir haben sie nicht mehr, nur noch das eine hier.»

«Und was ist mit den anderen?»

«Weiß ich auch nicht. Mum hat sie weggeworfen, glaube ich.»

Ich erzähle ihm nicht von jener Nacht, als ich aufwachte und dachte, bei uns würde eingebrochen. Dass ich im Bett den Atem anhielt, weil ich zu viel Angst hatte, mich auch nur zu bewegen, und dem Lärm und Getöse von unten lauschte – und danach diesem anderen Geräusch. Ich habe ewig nicht gewusst, was ich davon halten sollte, weil Einbrecher normalerweise nicht mittendrin anfangen zu weinen.

Ich verschweige ihm auch, dass ich die halbe Treppe hinuntergeschlichen bin, bis ich Mum im Wohnzimmer auf allen vieren inmitten von kaputten Sparschweinen entdeckte. Ich wusste, dass sie sie zerschlagen hatte, aber ich wusste nicht, warum, und hatte Angst, nach unten zu gehen.

Am nächsten Morgen saß sie blass und müde am Küchentisch. Sie hatte vom Weinen rote Augen. Und um ihre Hände und Handgelenke hatte sie weiße Verbände. Überall auf dem Tisch lagen Sparschweinscherben, die sie wieder zusammenkleben wollte.

«Sieh mal, was ich mit Omas Schweinchen angestellt habe», sagte sie mit einem angedeuteten Lächeln.

Da ich nicht wusste, wie ich reagieren sollte, betrachtete ich die Scherben auf dem Tisch. Einige waren ziemlich groß: ganze Köpfe mit lächelnden Schweinegesichtern, ein Hinterteil mit Ringelschwanz und ein Schweinsfuß, der aus einem dicken runden Bauch ragte. Als ich Mum wieder ansah, weinte sie still vor sich hin. Ihre Schultern bebten und Tränen liefen über ihre Wangen.

Jay spielte auf dem Fußboden und bekam nichts davon mit. Ich war ratlos. Als ich klein war und geweint habe, hat Mum mich immer auf den Schoß genommen und gestreichelt, und davon wurde es besser. Das würde jetzt gut passen, doch ich konnte sie schlecht auf den Schoß nehmen, oder? Ich konnte nicht einfach zu ihr gehen und meine Arme um sie legen. Ich war dreizehn, das fühlte sich zu schräg an.

Ich sagte, ich würde ihr helfen, die Sparschweine zu kleben, weil ich nicht wusste, was ich sonst tun sollte. Ich konnte doch nicht einfach nur rumstehen und glotzen.

Sie weinte nur noch heftiger, doch immerhin lächelte sie gleichzeitig.

Aus all den vielen Sparschweinen, es waren mindestens fünfzig gewesen, haben wir nur ein einziges wieder zusammenbekommen. Ein hässliches, schielendes blaues Teil mit einer rosa getüpfelten Schleife. Wir haben es Goggel getauft.

Und jetzt steht das Sparschwein auf dem Küchentisch, mit hässlichen, braunen Klebestreifen – Frankensteins Monster in Sparschweinform. Mum war so glücklich, als wir es repariert hatten. Seitdem hat sie noch einiges verkauft oder zerbrochen, doch das Schwein hat sie nie wieder angerührt.

Goggel war voller, als ich gedacht hätte – ich habe schon sechs Pfund zusammen, die Kupfermünzen nicht mitgezählt. Wir gehen nach unten ins SavaShoppa in der Passage und kaufen Brot, Müsli und Milch zum Frühstück, dazu noch Pizza zum Abendessen. Vor lauter Hunger esse ich zu viel und zu schnell. In der nächsten halben Stunde muss ich andauernd so laut rülpsen, dass Jay vor Lachen fast vom Sofa fällt.

Die Zeit, in der Mum normalerweise nach Hause kommt, ist schon vorbei, doch ich merke es kaum. Ich muss mich um andere Dinge kümmern. Nachdem ich die Telefonkarten unter meiner Matratze hervorgeholt habe, sage ich Jay, dass wir gehen müssen.

«Tut mir leid, Danny, mein Freund, aber die Antwort ist FALSCH!»

Nein, nicht schon wieder! Heute Abend läuft es nicht gut. Ich musste schon einmal raten, zum Glück war es richtig. Vielleicht ist es gleich vorbei, irgendwann musste mich das Glück ja verlassen. Jetzt kann ich nur noch hoffen, dass der heutige Herausforderer eine Flasche ist und mir zu einer weiteren Chance verhilft.

Baz stellt ihn vor …

«WER ist denn auf der anderen Leitung?»

«Hallo, Baz, mein Name ist Mac!»

«Mac?», fragt Baz. «Also, ich bin zwar nicht Sherlock Holmes, aber sind Sie zufällig SCHOTTE?»

Mac gluckst. «Aye!»

«Wir werden ÜBERRANNT!», sagt Baz. «ZWEI SCHOTTEN, Kopf an Kopf! Das ist wie in diesem Film – Sie wissen schon, mit Sean Connery und dem großen Schwert – ES KANN NUR EINEN GEBEN!»

«Highlander», sagt Mac.

«Richtig!»

Was das alles bedeutet, trifft mich wie ein Eimer Eiswasser – kurz bevor Baz sagt: «Mac, ich darf Ihnen Daniel Roach vorstellen, einen LANDSMANN und amtierender Sieger bei *Baz' Bedtime Bonanza*!»

«Hallo, Dan», sagt Mac. «Woher kommen Sie denn?»

Mein Mund ist ganz trocken und das ist gut so, weil ich beinahe *Schottland* gesagt hätte. «Kilmarnock», röchle ich. «Wie Johnnie Walker.» Mein Herz donnert in meinen Ohren. Das hat Mr Buchan einmal gesagt, doch ich habe keinen Schimmer, worauf es sich bezieht. Ich weiß nicht, warum ich das gerade gesagt habe.

«Aye, ich habe einen Onkel in Longpark.»

«Ach ja?» *Wo ist Longpark?*

«Und woher stammen Sie, Mac?», fragt Baz.

«Aus Glasgow.»

«Ah!», sagt Baz. «Rangers oder Celtic?»

«Rangers!»

«Sind Sie FUSSBALLER, Daniel? Verfolgen Sie, was die MIGHTY Killie treiben?»

Wer?

«Nein, ich bin eigentlich kein Fußballfan.»

«KEIN Fußballfan? Aber Schotte sind Sie SICHER?»

Was will der Mann von mir? Hat er gemerkt, dass mein Akzent aufgesetzt ist? Im Vergleich zu echten Schotten klinge ich so falsch wie Baz mit seiner grausigen *Highlander*-Imitation.

«Wenn ich aus Killie käme, wäre ich auch kein Fußballfan», sagt Mac und lacht.

«Oh, wenn DAS kein hingeworfener Fehdehandschuh war, weiß ich es auch nicht!» Baz kichert fröhlich. «Gut, Gentlemen, mögen die SPIELE beginnen! Und denken Sie dran … ES KANN NUR EINEN GEBEN!»

Die Fragen für Mac sind so leicht, dass sogar Jay sie richtig beantworten könnte! Das machen sie extra! Ich bin so kurz davor zu gewinnen, dass sie mich in der Show nicht mehr haben wollen!

Dann macht Mac etwas falsch. Das heißt, jetzt kommt es sozusagen zum Elfmeterschießen.

Baz kriegt sich gar nicht mehr ein. «Hier stehen ZWEI Männer im Kilt auf einem rauen Hügel und SCHWENKEN schwere SCHOTTENSCHWERTER!» Im Hintergrund wird Filmmusik eingespielt, ich tippe auf *Highlander*.

«Gentlemen, ich darf Sie noch einmal an die Regeln erinnern», sagt Baz. «Als amtierender Sieger hat Daniel das Recht, als Erster zu antworten. Wenn die Lösung richtig ist, hat er gewonnen, so einfach ist das. ABER … wenn Daniel falsch liegt … ist Mac im Spiel. Wenn Mac SEINE Frage dann richtig beantwortet – ist die Sache gelaufen. Es kann nur einen GEBEN … Gentlemen, SCHOTTENMÄNNER! Sind Sie bereit? GLAUBEN SIE AN IHR GLÜCK?»

«Jep», lüge ich.

«Aye», sagt Mac.

«Daniel», sagt Baz. «Welches der folgenden rotierenden Wettersysteme ist am kleinsten? Entweder A: Taifun? B: Orkan? Oder C: Tornado? Ich wiederhole ...»

Baz kann das noch so oft vorlesen, ich kenne die Lösung nicht. Ich bibbere und schwitze gleichzeitig. Mein Gestank erfüllt die Telefonzelle.

Denk nach, Laurence. Konzentration.

Taifun – das klingt gewaltig, aber Tornado auch. Ich weiß nicht – Orkan? Hört sich gut an. Andererseits ...

«Daniel», sagt Baz. «Ich muss auf eine Antwort drängen.»

Ich hole tief Luft. «B: Orkan.» *Die Chance liegt bei eins zu drei. Ich könnte Glück haben.*

«Es kann nur einen geben», sagt Baz mit seltsam ruhiger Stimme. «Daniel, mein Freund, leider ist das kleinste rotierende Wettersystem ein TORNADO.»

Ich habe es versemmelt. Wenn Mac jetzt richtig antwortet, bin ich draußen.

Ich lehne den Kopf an die kühle Scheibe der Telefonzelle und beobachte Jay dabei, wie er mit einem Stock auf einen Baum losgeht. Auf dem Bürgersteig stehen drei Bäume nebeneinander. Jay schwenkt den Stock wie ein Schwert, wirbelt herum und rennt von einem Baum zum anderen, während er im Kopf eine Schlacht schlägt. Es muss toll sein, wenn man sechs ist und das halbe Leben in einer anderen Welt verbringt, wo einen die Wirklichkeit nicht einholen kann.

Baz stellt Mac die nächste Frage. «Welche der folgenden Bands hat ihr Debütalbum *Fuzzy Logic* genannt? A: Super Furry Animals? B: Arctic Monkeys? Oder C: Frank Zappa?»

«Ah, Frank war's nicht», sagt Mac.

«Sie sind ZAPPA-FAN, was?», sagt Baz. «Don't eat the yellow snow!»

Sie lachen. Die Sache ist gelaufen, gleich bin ich raus.

«Äh», sagt Mac. «Dann muss ich raten. Ich sage B: Arctic Monkeys.»

Wieder das Klirren von Schwertern, dann kommt eine Pause. «Das ist eine Fleischwunde», sagt Baz. «Aber Sie ATMEN BEIDE noch. *Fuzzy Logic* war die Debüt-LP der Super Furry Animals. Daniel, Sie sind wieder IM SPIEL!»

Ich kann es nicht fassen. Doch zum Feiern bleibt keine Zeit, da Baz gleich die nächste Frage vorliest.

«Daniel. Welches Element ist ungefähr zu achtundsiebzig Prozent in unserer Atemluft enthalten? A: Stickstoff? B: Sauerstoff? Oder C: Argon?»

Sauerstoff. Wir atmen Sauerstoff. So einfach kann es doch nicht sein, oder? Das ist eine Fangfrage. Und wenn nicht?

Ich antworte, bevor ich es mir anders überlegen kann. «B: Sauerstoff.»

Schon wieder klirrendes Metall – allmählich geht es mir auf die Nerven.

Als Baz stöhnt, ist klar, dass die Antwort falsch ist. «Sie sind heute Abend auf SELBSTZERSTÖRUNGSKURS, Daniel! STICKSTOFF ist das Hauptelement und macht achtundsiebzig Prozent unserer Atemluft aus.»

Ich will dagegen argumentieren, doch Baz spricht schon wieder mit Mac. «Sie haben es in der HAND, Mac. Noch NIEMAND war so kurz davor, unseren Champion zu besiegen. Sind SIE – sein Landsmann – der Mann des Tages? Was meinen Sie, Mac? GLAUBEN Sie an ihr GLÜCK?»

Überraschung, Überraschung, Mac glaubt dran. Warum auch nicht? Wie Baz schon sagte, heute Abend bin ich auf Selbstzerstörungskurs.

«Es geht los», sagt Baz. «Wer hat das Buch geschrieben,

nach dem der Film Coraline gedreht wurde? War das A: Roald Dahl? B: Tim Burton? Oder C: Neil Gaiman?»

«Den hab ich gesehen», sagt Mac. «Ein guter Film!»

Ja dann. Alles vorbei.

«Sie wollen wissen, wer das geschrieben hat? Äh … ich bin mir nicht sicher … Roald Dahl vielleicht? Nein … Moment, ich habe das Gefühl, es war Tim Burton.»

«Sie entscheiden sich also für B: Tim Burton ist der Autor des Originalbuches zu *Coraline*?»

«Aye.»

«Sind Sie sicher?» Er hat richtig getippt. Baz fragt nur, ob man sich sicher ist, wenn man die richtige Antwort parat hatte.

«Nein», sagt Mac. «Aber ich bleibe dabei.»

Ich höre, wie Baz Luft holt. Jetzt kommt's …

«Mac, ich muss Ihnen leider mitteilen, dass NEIL GAIMAN das Buch geschrieben hat, das die Inspiration zu dem Film *Coraline* lieferte.»

Ein Stöhnen von Mac.

«Also EHRLICH, Leute!», sagt Baz. «Das ist keine gute Werbung für schottische Schlauköpfe! Wie Sie wissen, machen wir weiter, bis ein Kandidat eine richtige Lösung präsentiert. Auch wenn es DIE GANZE NACHT dauert!»

Mac lacht. Ich sage nichts. Ich zittere am ganzen Körper und weiß nicht, wie lange ich das noch ertragen kann.

«Daniel?», fragte Baz. «Sind Sie noch da, mein Freund?»

«Yeah.»

«Jetzt aber LOS, Danny Boy! Sie sind unser AMTIERENDER SIEGER. Sie haben jetzt lange genug mit dem Gegner gespielt – können wir das zum ABSCHLUSS bringen?»

«Ich tu mein Bestes.»

«Braver Junge!»

Jay kämpft noch mit den Bäumen. Immer wieder läuft er zur Telefonzelle zurück, rast dann zu einem neuen Angriff, wieder zurück und weiter zu einem anderen Baum. Die Reihenfolge erschließt sich mir nicht, weil er manchmal denselben Baum zwei- oder dreimal hintereinander schlägt. Wie lange wird es noch dauern, bis jemand kommt und ihm sagt, dass er damit aufhören soll?

«Daniel. WELCHES der folgenden Länder grenzt NICHT an Frankreich? Ist das A: Monaco? B: Andorra? Oder C: Die Niederlande?»

Geografie! Warum musste es ausgerechnet Geografie sein?

Mein Kopf ist leer. Kein Bauchgefühl, kein Instinkt, nichts.

Ich sehe zu, wie Jay gegen die Bäume ankämpft. Er läuft zur Telefonzelle zurück und dreht sich wieder zu ihnen um. Drei Bäume: A, B oder C.

«Daniel?», sagt Baz.

«Jep.»

Jay ist zum Angriff bereit, er hält den Stock wie ein Schottenschwert. Baum A, B oder C. Es kann nur einen geben.

«Ich brauche eine Antwort, Champ.»

Jay stürzt sich auf Baum B, läuft drumherum und weiter zu Baum C, dem er einen vernichtenden Schlag verpasst.

«Baum C», sage ich zu Baz. «Ich meine – C.»

Baz lacht. «Brechen Sie unter dem Druck ZUSAMMEN, Champ? Muss ich mir SORGEN machen, dass Sie den Verstand verlieren?»

Ich stoße ein ersticktes Lachen hervor.

«Ich fasse noch mal zusammen. Sie sagen MIR, dass C: die Niederlande NICHT an das zauberhafte Frankreich grenzen? Ist das so korrekt?»

Jay schlägt Baum C kurz und klein.

«Jep.»

Stille.

«Es kann nur einen geben», sagt Baz so leise, dass er fast flüstert. «Daniel … Sie haben absolut RECHT!» Die *Highlander*-Musik dröhnt durch den Hörer. «Mac, mein Freund – gut gespielt. Sie haben ihm ganz schön zugesetzt – aber wie wir schon am Anfang festgestellt haben, konnte es nur EINEN geben!»

Ich erlaube Jay, lange aufzubleiben, damit er nicht allzu sehr aufmuckt, wenn ich ihn ins Bett schicke. Ehrlich gesagt, brauche ich seine Gesellschaft. Die Wohnung ist heute Nacht zu groß und zu still.

Ich stehe am Fenster und lasse den Blick über die grauen Häuser von Hardacre schweifen, die langsam in der Abenddämmerung verschwinden. Mum ist irgendwo da draußen, das weiß ich. Aber wo? Und wann kommt sie nach Hause?

Etwas flackert in den Abgründen meines Kopfes, ein glühender Funke des Zweifels … Und was ist, wenn nicht?

Ich schüttle den Kopf und der Zweifel verglüht.

Man kann sein Glück erzwingen – das hat Oma immer gesagt. Sie glaubte, wenn man mit dem Schlimmsten rechnete, geschah es auch. Wenn man aber stattdessen etwas Gutes erwartete, würde man es normalerweise auch bekommen. Die Macht des positiven Denkens, nannte sie das.

Ich wünschte, Oma wäre jetzt hier. Sie wüsste, was zu tun wäre.

Aber auch noch so viel positives Denken kann sie nicht herzaubern.

KRÄMPFTAG
WO IST SIE GEBLIEBEN?
DIE POLIZEI
DAS JUGENDAMT
ES KLINGELT NOCH MAL
DIE SCHNÜFFEL-NELLY

Jay ist schlecht drauf. Er will wissen, wo Mum ist.

Gute Frage.

Ich wünschte, ich könnte sie beantworten.

Ich behaupte, dass sie arbeitet – und schon früh gehen musste, als er noch schlief. Ich denke mir sogar eine Geschichte aus, dass sie noch kurz zu ihm gegangen ist und wir beide gelacht haben, weil er geschnarcht hat.

Jay glaubt mir nicht.

Doch er sagt nichts – schaltet nur schmollend den Fernseher ein. Aber die Frage hängt weiter im Raum.

Ich habe so getan, als wäre alles normal, für Jay und Nelly und alle anderen, die vielleicht ein Auge auf uns haben. Jedenfalls dachte ich, ich würde es für sie tun. Doch möglicherweise habe ich es auch für mich selbst getan, denn wenn man erst mal aufhört, sich etwas vorzumachen, bleibt nur die Realität übrig – und das macht Angst.

Ich gehe in die Küche und fülle Wasser in den Kessel. Ich möchte gar nichts trinken. Ich schinde Zeit und halte mich von dem ab, was ich tun sollte. Deshalb bin ich fast erleichtert, als es schellt – bis mir durch den Kopf schießt, wer es alles sein könnte:

Die Polizei.

Das Jugendamt.

Macht nichts, ich muss ja nicht aufmachen.

Es klingelt noch mal.

Wer auch immer vor der Tür steht, möchte anscheinend dringend reinkommen.

Aber ich will niemanden sehen – außer Mum, und die hat einen Schlüssel. Oder hat sie ihn etwa verloren?

Dann höre ich schnelle kleine Schritte im Flur …

Ich renne ihm nach, aber es ist zu spät – er reißt bereits die Tür auf.

«Mum!», sagt Jay.

Ich brauche ewig, um die Frau auf der Schwelle richtig zu sehen, und noch ein bisschen länger, um zu verarbeiten, dass das Gesicht, in das ich blicke, nicht meiner Mutter gehört.

«Ich dachte, Sie wären meine Mum», sagt Jay und lässt den Kopf hängen.

Nelly lächelt. «Oh, es tut mir leid, dass ich dich enttäuschen muss, Kleiner. Sie ist also nicht zu Hause?»

«Weiß nicht, wo sie ist», murmelt Jay auf dem Weg zurück zum Fernseher.

«Ich habe dir doch gesagt, dass sie arbeiten gegangen ist», ermahne ich ihn, um Nelly zu täuschen.

«Samstags?» Nellys Augenbrauen zucken gleichzeitig nach oben, was wahrscheinlich bedeutet, dass sie mir nicht glaubt.

«Wollten Sie etwas Bestimmtes?», frage ich.

Ihr klebriges Lächeln erlischt. «Ich möchte mit eurer Mutter sprechen. Wann kommt sie wieder?»

Ich zucke betont die Achseln. «Weiß nicht, vielleicht macht sie Überstunden. Danach gehen wir noch weg, zu einem Freund, und kommen erst spät zurück.»

«Verstehe.»

Das glaube ich leider auch – Nelly durchschaut mich und glaubt mir kein Wort. Vielleicht weiß sie sogar, dass ich als Mum verkleidet gestern Morgen das Gebäude verlassen habe.

«Macht nichts», sagt sie. «Ich bin sicher, dass sich unsere Wege demnächst kreuzen werden.» Nelly zeigt Zähne. Wahrscheinlich sollte es ein Lächeln werden, das ist ihr jedoch gründlich misslungen.

Ich sehe ihr nach, als sie zur Treppe schlurft.

Hässliche Steinstufen.

Harte Steinstufen.

Ein Stoß und sie fliegt bis ganz nach unten …

Nelly ist sonnenklar, dass Mum nicht hier war, das weiß ich genau. Ein Anruf von ihr genügt und die Gutmenschen vom Jugendamt stehen wie ein Sondereinsatzkommando vor der Tür.

Ein schneller Stoß und das Problem ist vom Tisch.

Ich könnte behaupten, sie wäre ausgerutscht, ganz einfach.

Tu's! Tu's jetzt, bevor es zu spät ist. Tu es für Jay.

«Ja?» Die Schnüffelnelly dreht sich um, sie steht mit einem Fuß auf der ersten Stufe.

Jetzt erst merke ich, dass ich in der Mitte des Treppenabsatzes stehe und nur noch eine Armlänge von ihr entfernt bin. Ich kann mich nicht erinnern, die Wohnung verlassen zu haben.

Nelly blinzelt und winzige Bröckchen ihres orangefarbenen Make-ups rieseln über ihre Wange. In ihrem Blick spiegelt sich Zorn, aber auch Angst, als würde sie meine Gedanken lesen, als wüsste sie, was ich tun wollte.

Ich schüttle den Kopf, renne in die Wohnung zurück und knalle die Tür zu.

Meine Hände zittern.

Mir ist übel.

War ich gerade wirklich kurz davor, Nelly die Treppe hinunterzuwerfen? Ich hätte sie umbringen können!

Das war doch der Sinn der Übung, oder nicht?

Ich gehe ins Badezimmer, lasse kaltes Wasser ins Waschbecken und tauche mein Gesicht hinein. Dann halte ich den Atem an, bis meine Lunge brennt, und hebe den Kopf, um in den Spiegel zu sehen. Doch dort hängt nur noch der Rahmen, weil Mum das Glas eines Nachts betrunken zerschlagen hat. Das hatte ich vergessen und bin doch froh, dass ich mein Spiegelbild nicht sehen kann – ich fürchte, es hätte mir Angst gemacht.

Danach setze ich mich neben Jay und versuche fernzusehen, doch ich kann mich nicht konzentrieren. Ich stelle mir immer wieder Nelly am Fuß der Treppe vor und eine rote Lache, die sich unter ihrem Kopf ausbreitet. Hätte ich es getan, wenn sie sich nicht umgedreht hätte? Hätte ich sie runtergeschubst?

Noch eine dieser Fragen, die ich nicht beantworten kann. Mein Kopf ist voll von ihnen, sie zischen kratzend darin herum wie die Kakerlaken in der Küche. Am liebsten würde ich mir den Kopf abreißen, damit ich sie nicht mehr hören muss.

Doch ich kann nicht länger so tun, als wäre alles normal. So lange hat Mum uns noch nie allein gelassen.

Ich habe mir eingeredet, es wäre nur eine ihrer üblichen Sauftouren, von denen sie nach einigen Tagen heimkommt, wenn sie kein Geld mehr hat. Aber so war es nicht. Und jetzt will Nelly mit ihr reden und verfolgt uns, bis sie bekommt, was sie will. Ich muss Mum finden. Wo soll ich nur anfangen?

Was weiß ich überhaupt?

Wenig genug. Mum ist am Mittwochabend einfach nicht von der Arbeit nach Hause gekommen.

Immerhin ein Anfang – das ist das Einzige, was ich genau weiß.

Okay … Also warum nicht?

Entweder ist etwas passiert, das sie daran gehindert hat, nach Hause zu kommen, oder sie hat sich entschieden, woanders zu bleiben. Wenn Mum sich umgebracht hätte, in einen

Unfall verwickelt oder verhaftet worden wäre, dann wäre das mittlerweile bekannt. Die Polizei hätte herausgefunden, wer sie ist, und Jay und mich abgeholt. Daraus schließe ich, dass Mum nicht nach Hause gekommen ist, weil sie nicht wollte.

Aber wo ist sie *geblieben*?

In ihrem Zimmer fange ich an, leere die Schubladen, sehe unterm Bett nach und oben auf dem Kleiderschrank. Keine Ahnung, was ich suche – egal, irgendetwas eben: einen Hinweis darauf, wohin sie gegangen sein könnte.

In Mums Zimmer herrscht ein Durcheinander aus schmutzigen Anziehsachen, leeren Flaschen und überquellenden Aschenbechern. Es stinkt. Nach kaltem Rauch, Frittenfett und Parfüm. Es fühlt sich verboten an, in Mums Sachen zu wühlen, und ich habe die ganze Zeit die böse Vorahnung, dass sie gleich in der Tür steht, wenn ich mich umdrehe. Dann wäre ich trotzdem froh – selbst wenn sie mir eine Ohrfeige gäbe, weil ich ihre Sachen durchsuche.

Doch hier ist nichts zu holen, nur Mums Müll: dreckige Turnschuhe in einer Tragetasche von *Parade Wines* in einer Ecke; Magazine und alte Zeitungen am Bett, in denen jedoch nichts rot umkringelt oder offenkundig ausgeschnitten ist. Keine geheimnisvollen Briefe, Quittungen, keine Mitgliedsausweise zwielichtiger Clubs in der Stadt. Keine wichtigen Spuren – nur lauter Zeug, das man auch in den Zimmern anderer Leute finden würde.

Mums Putzoverall liegt auf dem Bett, wo ich ihn hingelegt habe, aber den vom Imbiss kann ich nicht finden. Das heißt, dass sie am Mittwochnachmittag tatsächlich zur Arbeit gegangen ist. Doch was hat sie davon abgehalten, nach Hause zu kommen?

Ich glaube nicht, dass sie es geplant hat, denn soweit ich es beurteilen kann, hat sie nichts mitgenommen. Wenn sie hätte weggehen wollen oder geplant hätte … irgendetwas zu tun …, wäre sie doch nicht erst zur Arbeit gegangen. Also muss auf der Arbeit etwas geschehen sein – falls sie jemals dort angekommen ist. Und wenn sie dort war, wann ist sie wieder gegangen? War jemand bei ihr? Ich muss es herausfinden.

Ich gehe wieder ins Wohnzimmer, wo Jay bäuchlings auf dem Sofa liegt und *Scooby-Doo* guckt – das Ende einer Folge, in der Velma wie immer berichtet, wie sie das Rätsel gelöst hat. *Das war leicht, sagt sie, ich bin nur seiner Spur gefolgt und habe meine Schlüsse gezogen!*

«Treffen wir uns mit Mum?», fragt Jay, als wir auf den Imbiss zugehen.

«Nein, sie ist bei ihrer anderen Arbeit.»

«Oh.» Er ist enttäuscht.

«Komm, Scoob, vergiss nicht, wir sind auf Spurensuche», sage ich in meiner besten Shaggy-Stimme aus *Scooby-Doo*.

Jetzt, da ich gerne möchte, dass Jay so tut, als wäre er ein Hund, will er selbstverständlich nichts damit zu tun haben. Er starrt mich an, als hätte ich sie nicht mehr alle. Vielleicht hat er recht, aber mir fällt nichts Besseres ein und irgendetwas muss passieren.

«Du bleibst hier und hältst Ausschau, Scoob, während ich drinnen auf Spurensuche gehe», sage ich zu ihm, als wir vor der Bude stehen.

Jay zieht die Stirn kraus. «Ich will mitkommen. Scooby und Shaggy bleiben immer zusammen.»

«Man darf aber keinen Hund mit reinnehmen, Scooby,

Kumpel!» Ich mache einfach weiter, imitiere die Stimme und alles, bis die Passanten uns komische Blicke zuwerfen. «Ich bringe dir auch eine Tüte Scooby-Schmeckies mit!»

Jays Lippe zittert, doch schließlich nickt er. «Okay, aber nicht lange.»

Mein Bruder hat mehr mit diesem Hund gemeinsam, als er weiß.

Kaum habe ich Choi's Chip Shop & Takeaway betreten, kribbelt meine Haut und ich spüre Mum, obwohl ich weiß, dass sie nicht da ist.

Mrs Choi schaufelt für einen Typen in Achselhemd und Fußballshorts Pommes Frites in eine Plastikschale. Sie kennt mich, weil ich Mum ein paar Mal besucht habe.

«Was mit deiner Mum?», sagt sie und mein Herz rast.

«Was meinen Sie damit?»

«Sie nicht zur Arbeit – zwei Tage! Salz, Essig?», fragt sie den Mann.

Ich begreife, dass Mrs Choi auch nicht mehr weiß, als dass Mum nicht zur Arbeit erschienen ist. «Sie ist krank», sage ich.

Der Typ dreht sich um und sieht mich an. Er hat einen fetten Sonnenbrand im Gesicht.

«Wann sie wieder zur Arbeit?»

«Weiß nicht. Bald.»

«Wenn nicht bald, gebe den Job jemand anders.»

Das Rotgesicht nimmt seine Pommes und geht.

«Was willst du?» Mrs Choi wartet mit erhobener Kelle.

Ich möchte Fragen stellen, aber jetzt weiß ich gar nicht, wo ich anfangen soll.

«Willst du was essen?»

Meint sie gratis?

«Eine Portion Fritten, bitte.»

Mrs Choi stöhnt und füllt Fritten in eine Schachtel.

«Mittwoch war Mum da, nicht wahr?»

«Mittwoch ja, Donnerstag nein. Salz, Essig?»

«Ja, bitte.»

Sie reicht mir die Fritten. «Ein Pfund fünfzig!»

Als die Tür aufgeht, denke ich, dass es Jay ist, doch er ist noch draußen und betrachtet mich stirnrunzelnd durchs Fenster. Eine Frau mit Sonnenbrille stellt sich hinter mir an.

Ich wende mich wieder Mrs Choi zu. «Ging es ihr gut? Ich meine … Wann ist sie gegangen … am Mittwoch?»

Mrs Choi sieht mich an. «Wie immer.»

«War jemand dabei?»

Sie legt die Stirn in Falten. «Warum willst du wissen? Was passieren? Deine Mum okay?»

«Jep! Absolut! Ich meine, sie ist krank … aber …»

Mrs Choi schüttelt den Kopf. «Dienstag kommt sie, ja? Oder ich hole neue Frau.» Sie bedient die Frau mit der Sonnenbrille. «Ja, bitte?»

Ich bin wirklich zu nichts zu gebrauchen. Ich hätte mir vorher überlegen sollen, welche Fragen ich im Imbiss stellen will. Reine Zeitverschwendung bis auf die Fritten, die ich noch dazu bezahlen musste.

Wir setzen uns in den Schatten auf die Mauer am Waschsalon. Der Duft von Seife und warmer Wäsche mischt sich mit dem sauren Hauch von Essig, aber die Pommes frites schmecken gut. Ein struppiger brauner Hund, dem durchsichtiger Sabber aus dem Maul hängt, beobachtet uns.

«Eklig!», sagt Jay bewundernd und wirft ihm eine Fritte

zu. Der Hund verschlingt sie mit einem Haps und rückt ein bisschen näher. Da ich Jay befehle, ihn nicht zu beachten, wirft er ihm natürlich noch mehr zu.

Ich sehe mich in der Parade-Passage um. Mrs Choi hat gesagt, Mum wäre am Mittwoch zur üblichen Zeit gegangen – das heißt, sie wäre in wenigen Minuten zu Hause gewesen. Warum ist sie nicht angekommen? Wohin ist sie nach Verlassen der Imbissbude gegangen?

Wenn sie sich statt nach rechts nach links gewandt hätte, wäre sie dort vorbeigekommen, wo wir jetzt sitzen, an der Post vorbei und am Nagelstudio und weiter zum Waschsalon.

«Dummer Hund!», sagt Jay.

Der braune Hund jagt eine rote Plastiktüte über den Bürgersteig, doch jedes Mal, wenn er sie fast hat, weht der Wind sie weiter. Jay findet das witzig. Schließlich gibt der Hund auf und die Tüte fliegt durch die Passage zu uns zurück. Sie ist aus dem Spirituosengeschäft, genauso eine lag in Mums Zimmer …

Der einzige Kunde im *Parade Wines* ist ein ungepflegter Typ mit einem silbergrauen Pferdeschwanz, der sechs Dosen Bier und eine Flasche Rotwein kauft. Ich warte, bis er weg ist, und gehe zum Tresen. Der Mann an der Kasse runzelt die Stirn.

«Ich kann dir nur etwas verkaufen, wenn du dich ausweist.»

«Ich möchte auch gar nichts kaufen. Ich suche meine Mutter.»

Er zeigt in den leeren Verkaufsraum. «Sie ist nicht hier.»

«Heute nicht, aber letzten Mittwoch.»

«Mittwoch?» Der Mann schüttelt den Kopf. «Mittwoch war ich nicht da. Wahrscheinlich hatte Ann Dienst.»

«Wissen Sie, wann sie wieder hier ist?»

«Wer, Ann?»

«Jep.»

«Ich müsste im Plan nachsehen.»

«Danke.» Ich lächle.

Seufzend watschelt er zu einem Zettel mit Eselsohren, der an der Rückwand klebt. «Ann», sagt er und fährt mit dem Finger über die Liste. «Montag, Mittwoch, Freitag. Ab sechs.»

«Danke, dann komme ich noch mal wieder.»

Er nickt, doch plötzlich sieht er mich an, als hätte er mich gerade erst richtig bemerkt. «Hey, Moment. Wieso willst du das mit letztem Mittwoch wissen? Das ist drei Tage her. Hast du sie seitdem nicht gesehen?»

Ich habe einen Fehler gemacht.

«Nein! So ist das nicht!» Ich gehe Richtung Tür. «Das ist nicht wichtig, vielen Dank für Ihre Hilfe.»

«Halt, pass auf!»

Die Flaschen fallen wie Kegel auseinander, als ich gegen das Sonderangebot stoße. Zwei kann ich noch festhalten, aber eine dritte kippt außer Reichweite und fällt klirrend auf den Boden! Einen Augenblick lang habe ich noch die Hoffnung, dass sie nicht zerbricht, doch dann springt das Glas, und der Wein ergießt sich in einem schaumigen roten Schwall über den Boden.

Ich haue ab – und lege die beiden Flaschen am Ausgang rasch in einen Einkaufskorb.

«Hey!», schreit der Verkäufer. «Die musst du bezahlen!»

«Ich habe keinen Ausweis!» Vor der Tür schnappe ich mir Jay und sprinte durch die Passage.

Ich werde erst langsamer, als wir im Park sind.

«Warum bist du weggelaufen?», fragt Jay, als ich ihn wieder absetze.

«Ich habe eine Flasche hingeworfen, aus Versehen.»

«Bekommst du keinen Ärger deswegen?»

Ich zucke die Achseln. «Nee!» Allerdings sollte ich mich in dem Laden lieber erst mal nicht mehr blicken lassen. Vielleicht hätte es etwas gebracht, mit dieser Ann zu reden, doch mir wird allmählich klar, dass Fragen andere Fragen aufwerfen, die ich nicht beantworten will.

Im Park ist ungewöhnlich viel los. Ganz hinten stehen mehrere Laster neben einem seltsamen Gebilde aus Metallrohren und -trägern. Weiter weg auf der Wiese entladen Arbeitertrupps graue Absperrgitter von einem Lastwagen. Anscheinend bauen sie hier für das morgige Festival auf. Ich wollte Mum eigentlich fragen, ob sie mitkommt und sich die Queen-Tribute-Band ansieht, doch das war, bevor sie abgetaucht ist.

Jay läuft zur Rutsche, verkündet dann aber, das Metall wäre zu heiß. Mir fällt der Mann im Imbiss wieder ein und mein Nacken brennt. Ich hätte Jay die Kappe aufsetzen oder ihn mit Sonnencreme einschmieren sollen …

Auf einmal habe ich ein Bild von Mum vor Augen. Sie trägt einen großen Strohhut, und ihr Gesicht schwebt nah vor meinem, als sie mich lachend eincremt, damit ich keinen Sonnenbrand bekomme. Ich rieche die Sonnenmilch förmlich und ich spüre die Sandkörner auf meiner Haut. Das war in unserem letzten Urlaub vor Jays Geburt … nur Mum, Oma und ich.

Wir wohnten in einer kleinen Pension, die nur durch eine Straße vom Meer getrennt war, und waren den ganzen Tag am Strand. Abends gingen wir auf die Kirmes am Ende der

Promenade und fütterten die einarmigen Banditen. Damals ist Oma mit mir Autoscooter gefahren, Mum hatte zu viel Schiss, aber ich fand es ganz toll – den Lärm, den Geruch, die blauen Funken über unseren Köpfen und wie Oma mit anderen zusammengeknallt ist und dabei wie eine Irre gelacht hat. Danach haben wir uns Fish and Chips geholt und sind am Strand entlang zurückgegangen, während die Sonne flimmernd im Meer versank.

Das ist so lange her, dass ich gar nicht mehr weiß, ob es wirklich passiert ist. Diese Welt gibt es nicht mehr, das Leben vor Jay, mit Oma und mit Mum, als sie noch glücklich war. Oma ist gestorben, ebenso wie die Mutter, die ich damals hatte. Und der Junge im Autoscooter, wo ist der geblieben?

Ich soll Jay auf der Schaukel anschubsen. Fünf Minuten, sage ich, dann müssen wir gehen. Ich will mich wieder verkriechen, hier draußen habe ich das Gefühl, dass uns alle beobachten.

«Gehen wir heute Abend in die Telefonzelle?», fragt Jay, als wir am Zeitschriftengeschäft vorbeikommen.

«Nein, heute nicht.» Beinahe hätte ich ihm erzählt, dass Baz' Show nur unter der Woche gesendet wird, doch dann fällt mir gerade noch rechtzeitig ein, dass Jay glaubt, ich würde mit einem Schulfreund telefonieren. Ich wünschte, ich könnte ihm die Wahrheit sagen. Ein Geheimnis muss man die ganze Zeit mit sich rumschleppen – und mit jedem Tag, an dem man eine weitere Lüge ausspricht, wird der Sack schwerer, bis man ihn kaum noch allein tragen kann.

«Wann kommt Mum nach Hause?», fragt Jay, als wir die Treppen zu den Heights hochsteigen.

«Ich weiß es nicht. Gleich.»

«Ich wünsch mir, dass sie schon da ist.» Seine Hand schlüpft in meine, heiß und fettig.

«Ja, das hätte ich auch gern.»

Scooby-Doo hat mit dem wahren Leben wirklich nichts zu tun. Es gibt keine passend präsentierten Indizien, nicht einmal Fußspuren, die im Dunkeln leuchten. An unserem Problem würde sich wahrscheinlich sogar Velma die Zähne ausbeißen.

SO'N-TAG
POP IM PARK
WER IST DAS?
WAS?
DIE SCHNECKE AUF DER BÜHNE
MINA ... SOUNDSO

«Wo ist Mum?» Jay sieht mich an, als wäre es meine Schuld, dass sie nicht da ist.

«Hab ich dir doch gesagt. Bei der Arbeit.»

Jay schüttelt den Kopf. «Heute ist Sonntag. Sonntags wird nicht gearbeitet, hat Angie mir beigebracht.»

Warum erzählt Angie ihm so etwas? Was hat Jay ihr gesagt?

«Es gibt auch Leute, die sonntags arbeiten. Denk mal an all die, die in den Geschäften arbeiten.»

«Mum arbeitet aber nicht in einem Geschäft.»

«Sie hat einen neuen Job, zusätzlich.»

«In einem Geschäft? Können wir sie da besuchen?»

«Nein, nicht in einem Geschäft … und auch nicht hier. Sie muss dafür in eine andere Stadt fahren. Vielleicht muss sie auch da bleiben … Deshalb müssen wir jetzt ein Weilchen allein klarkommen.» Mein Herz klopft eine rasche Warnung, doch irgendwas muss ich ihm ja erzählen.

«Sie kommt nicht nach Hause?» Jays Stimme bebt.

«Doch, klar, aber nicht in den nächsten Tagen.» Ich ringe mir ein Grinsen ab. «Und dann hat sie einen Haufen Geld verdient und vielleicht können wir auch in Urlaub fahren!» Was rede ich denn da? Andererseits – wenn ich mir schon eine Grube grabe, darf sie ruhig tief sein.

Jays Miene hellt sich auf. «Ans Meer?»

«Jep! Aber wir dürfen es keinem erzählen.»

«Das mit dem Urlaub?»

«Nein, dass Mum nicht zu Hause ist.»

«Warum nicht?»

«Weil dann vielleicht jemand auf die Idee käme, dass wir das nicht allein schaffen. Möglicherweise würden sie uns wegbringen, zu anderen Leuten, oder die Schnüffelnelly würde für uns sorgen. Das willst du doch nicht, oder?»

Jay schneidet eine Grimasse und schüttelt den Kopf.

«Also erzählst du es niemandem? Nicht mal Angie.»

Erneutes Kopfschütteln. «Nur wenn sie fragt», sagt Jay.

«Was?»

«Ich erzähle nichts, außer wenn sie fragt.»

«Nein! Du darfst ihr das nicht sagen, nicht mal wenn sie fragt.»

«Aber das wäre lügen!»

«Nein, wäre es nicht! Also … jedenfalls keine schlimme Lüge. Du würdest nur nicht die ganze Wahrheit sagen.»

Jay sieht mich zweifelnd an.

«Hör mal, du willst doch auch nicht, dass die Schnüffelnelly für uns sorgt, oder?»

Jay schüttelt den Kopf.

«Ja, aber, wenn du irgendwem erzählst, dass Mum nicht da ist, wird genau das geschehen. Und ich könnte nichts dagegen tun.»

Jay verzieht das Gesicht und kaut auf der Unterlippe. Schließlich seufzt er. «Okay, ich sag nichts.»

Wir haben kaum noch etwas zu essen. Ich sehe im Kühlschrank und in den Küchenschränken nach und stelle alles Genießbare auf den Tisch. Viel Platz braucht es nicht.

Ich frage mich, wie lange man mit einer Diät aus Toast, Marmelade und Monster Munch überleben kann.

Der Rest des Geldes aus Goggel liegt noch auf dem Küchentisch. Ich sortiere die Münzen zu Stapeln und zähle – zweimal – durch, doch es wird nicht mehr. Fünf Pfund und achtunddreißig Pence. Nicht wirklich genug, um für ein paar Tage etwas zu essen zu kaufen.

Als ich dieses Mal in Mums Zimmer gehe, fühlt es sich nicht mehr so verboten an.

Es muss doch etwas geben – irgendeinen Hinweis darauf, wo sie sein könnte.

Mein *Großer Plan* bricht zusammen. Falls ich Mum nicht finde, was nützt es dann, wenn ich den Urlaub gewinne? Wir können nicht ewig so weitermachen; irgendwann merkt jemand, dass sie nicht da ist, und was dann?

Was kannst du schon erhoffen, wenn du so an die Sache herangehst?, sagt Omas Stimme in meinem Kopf.

Selbstverständlich hat sie recht. Ich muss daran glauben, dass ich Mum finde, auch wenn ich keine Ahnung habe, wie ich das anstellen soll.

Ich ziehe die Vorhänge auf, damit es heller wird, und kippe den Inhalt der Schubladen aufs Bett. Kurz darauf liegt alles Mögliche auf dem Überwurf verstreut: alte Feuerzeuge, Schminke, Schmuck – nichts, womit sich etwas anfangen ließe. Auf dem Schrankboden stehen Tüten und Kartons, die vor allem Kleidung und Schuhe enthalten. In der Ecke stehen Mums kniehohe Stiefel – die hat sie geliebt ... die liebt sie. Als ich sie beiseite schiebe, fühlt sich der linke schwer an. In diesem Stiefel hat sie etwas versteckt – das muss etwas Wertvolles sein.

Ich weiß nicht, was ich erwarte – ein juwelenbesetztes Figürchen? Die Antwort auf all unsere Probleme? Jedenfalls keine halbvolle Flasche SavaShoppa-Whisky aus Mums Geheimvorrat. Ich setze mich enttäuscht auf die Fersen. Wahrscheinlich könnte ich die Pulle verkaufen, aber an wen? Mir fällt nur Mum ein – und das ist nicht lustig.

Ich stecke die Flasche wieder in den Stiefel und suche weiter.

Nachdem ich alle Taschen ihrer Jeans, Röcke und Jacken, die im Schrank hängen, durchforstet habe, finde ich weitere sechsundvierzig Pence im Mantelfutter. Unser neues Vermögen beläuft sich auf fünf Pfund und vierundachtzig Pence! Meine Freude grenzt ans Lächerliche.

Ich lasse den Blick durchs Zimmer schweifen; irgendwo muss noch mehr Geld sein.

Mums alter grüner Koffer liegt oben auf dem Schrank. Ich hieve ihn aufs Bett und klappe ihn auf. Der Koffer ist leer – bis auf etwas Hartes, Rechteckiges, das in ein altes T-Shirt gewickelt ist. Es ist eine Schachtel mit alten Fotos. Ich erkenne die Leute auf den Bildern kaum, doch ich weiß, wer sie sind: meistens Mum und Oma, dazu ein paar von meinem Vater, an den ich mich überhaupt nicht erinnern kann. Oma hat mir erzählt, dass meine Eltern sehr jung geheiratet haben, weil Mum mit mir schwanger war. Nachdem mein Vater eine Affäre mit einer anderen hatte, hat Mum ihn verlassen. Zwei Wochen später ist er bei einem Unfall ums Leben gekommen. Oma hat gesagt, das war der Punkt, an dem Mum angefangen hat zu trinken.

Auf einem Foto sind wir alle drauf: Mum lächelt und hat die Arme um die Schultern meines Vaters geschlungen, der direkt in die Kamera blickt. Meine Nackenhaare zittern plötzlich – bis auf die Anziehsachen könnte ich es selbst sein. Gut, ich wusste, dass ich ihm ähnlich sehe, aber es ist, als würde ich in den Spiegel blicken. Es muss hart für Mum sein, dass ich sein Double sein könnte.

Als ich das Foto auf den Stapel zurücklege, bemerke ich etwas auf dem Boden der Schachtel. Es ist ein dünnes, rotes Bausparbuch – das Konto hat Oma bei meiner Geburt für mich eröffnet. Das hatte ich total vergessen. Doch als ich es aufschlage, steht Jays Name oben auf der ersten Seite und nicht meiner. Also hat Oma für Jay auch ein Konto eröffnet. Mein Blick rast über die Daten und Ziffern, die monatlichen Einzahlungen, zehn Pfund normalerweise, manchmal aber auch mehr – fünfzig an Jays Geburtstag, zu Weihnachten zwanzig. Die Gesamtsumme steht in einem Kästchen rechts auf der Seite. Ich muss zweimal hinsehen, weil meine Hand mit dem Sparbuch zittert.

Vierhundertdreiundfünfzig Pfund und sechsundsiebzig Pence!

Wir sind reich!

«Danke, Oma!» Als ich die Seiten des Sparbuchs küsse, streift mein Blick zufällig die nächste Spalte. Es geht um fünfzig Pfund, doch diesmal stehen sie bei den Abhebungen. Der Eintrag ist vom März letzten Jahres – doch da war Oma schon tot. Jay muss die fünfzig Pfund abgehoben haben … Aber das geht ja gar nicht.

Die Wahrheit dämmert mir nur langsam.

Mir ist eiskalt.

Ich blättere mit bebenden Fingern um und entdecke weitere Zahlenreihen, sämtlich bei den Abhebungen: hundert – fünfzig – fünfundsiebzig! Das Guthaben sinkt von einem dreistelligen auf einen einstelligen Betrag. Mein Blick schnellt zum letzten Eintrag: ein Pfund und siebenundneunzig Pence.

Sie hat alles abgeräumt.

Über vierhundert Pfund – und Mum hat sie ausgegeben!

Als ich ruckartig aufstehe, fällt die Schachtel auf den Boden, die Fotos sind überall verstreut.

Ich fasse es nicht, dass sie sich an Jays Geld vergriffen hat!

Dann schleudere ich das nutzlose Sparbuch durchs

Zimmer, drehe mich um und ziehe die Tagesdecke mit ihren Sachen vom Bett. Ich stampfe und trete und matsche ihr Zeug in den Teppichboden, dazu höre ich ein Geräusch: ein tiefes Knurren, das Wut und Enttäuschung ausdrückt. Erst als ich nicht mehr lausche, geht mir auf, dass es von mir kommt.

Mitten in diesem ganzen Chaos falle ich auf die Knie und vergrabe den Kopf in den Händen – meine Kehle brennt vor Tränen, die nicht kommen. Es wäre besser gewesen, wenn ich das Sparbuch gar nicht erst gefunden hätte. Ich hatte ganz vergessen, dass es existierte.

Ich richte mich auf.

Ich hatte vergessen, dass *sie* existierten!

Es gab zwei Sparbücher! Eins für Jay und eins für mich!

Ich wühle in dem Durcheinander am Boden, bis ich die Schachtel zerrissen und halb verborgen unter dem Schminktisch wiederfinde. Es sind immer noch ein paar Fotos darin, sonst aber nichts. Wo ist das andere Sparbuch? Vielleicht hat Mum es irgendwohin getan. Oder sie hat es dabei.

Was denke ich denn? Wenn sie Jays Geld abgehoben hat, steht es mit meinem sicher auch nicht zum Besten.

Oma hat uns die Sparbücher geschenkt, als sie erfuhr, dass sie sterben musste. Ich kann mich daran erinnern, wie wir sie im Krankenhaus besucht haben. Mum war auf die Toilette gegangen und genau in diesem Augenblick hat Oma mir den Umschlag mit meinem Sparbuch gegeben. Sie hat mir eingeschärft, Mum nichts davon zu erzählen – darum habe ich es in meiner Geheimbüchse aufbewahrt, die ich in meinem Zimmer versteckt hatte. Aber das war in unserem alten Haus. Was ist damit passiert, als wir umgezogen sind?

Ich laufe durch den Flur in das Zimmer, das ich mir mit Jay

teile, und krame hektisch in der Kommode, obwohl ich weiß, dass es da nicht ist.

Denk nach, Laurence, wo hast du es hingetan?

Wir sind Hals über Kopf abgereist, mitten in der Nacht. Ich weiß noch, dass Mum mir zugerufen hat, ich solle eine Tasche packen. Was nicht hineinpasste, musste ich zurücklassen. Bei der Vorstellung wird mir übel.

Ich durchsuche alle Schränke, Schubladen und das Regal in unserem Zimmer, auch wenn meine Hoffnung schwindet. Doch es ist leichter, weiterzumachen als sich einzugestehen, dass es nicht da ist.

Es ist nicht da.

Wenn es dagewesen wäre, hätte ich es gefunden.

Es sei denn …

Ich werfe mich auf den Bauch und krieche unters Bett, in ein Meer aus verschwundenen Socken und altem Spielzeug von Jay. Ich entdecke etwas ganz hinten an der Wand … Doch es entpuppt sich als zerknautschte, zerknitterte Ausgabe der *Schatzinsel*. Das Sparbuch ist hier nicht, ich verschwende meine Zeit. Langsam rutsche ich wieder zurück und stoße dabei mit dem Fuß an irgendetwas in der anderen Ecke. Nachdem ich ewig gebraucht habe, mich umzudrehen, erwacht meine Hoffnung wider besseres Wissen erneut zum Leben. Das Ding hat die richtige Form, und als ich die Hand danach ausstrecke, ertaste ich die harten Kanten einer Metallkiste. Ich zerre sie durch den Staub ans Licht.

Meine Geheimbüchse.

Einen Augenblick halte ich sie bloß in den Händen, weil ich mich nicht traue hineinzublicken. In der Kiste müsste ein Kieselstein von dem Strand in Barmouth sein, wo wir mit Oma Ferien gemacht haben, und ein Brief von Chloe Raven mit einem Heiratsantrag – damals waren wir acht. Ich weiß auswendig, was alles in der Büchse ist, doch das bedeutet mir plötzlich alles nichts mehr … außer dem Sparbuch.

Falls es noch da ist.

Bitte, lass es noch da sein!

Die Scharniere knirschen, als ich den Deckel aufklappe, und die Box verströmt einen Geruch, an den ich mich so gut erinnern kann: metallisch mit einem Hauch von Meer – und schon bin ich wieder in meinem alten Zimmer und höre, wie Oma unten mit Mum redet …

Das Sparbuch ist noch da.

Genau wie vorher in dem Umschlag mit meinem Namen.

Doch das heißt noch lange nicht, dass Mum nicht schon dran war.

Ich nehme es aus der Kiste und lege es auf meinen Schoß.

Diesmal steht mein Name auf der ersten Seite. Und wieder die Zahlenreihen mit den regelmäßigen Einzahlungen, Seite um Seite.

Meine Hände zittern. Ich bekomme kaum noch Luft.

Dann wage ich den Blick auf die nächste Spalte mit den Abhebungen … Doch dieses Konto wurde seit Omas letzter Einzahlung nicht angetastet.

Ich wische mir mit dem Handrücken über die Augen und lese den Betrag in der letzten Zeile.

Tausendvierhundertfünfunddreißig Pfund.

Wir sind gerettet!

Pop im Park hat angefangen; wir hören die Musik bis in die Wohnung. Jay möchte auf die Kirmes gehen – und ich habe Han so gut wie versprochen, dass wir uns treffen. Da kommen die Mädchen, die er kennt.

Ich sollte Mum suchen, aber jetzt ist es zu spät dafür. Eine Nacht mehr oder weniger, was macht das für einen Unterschied? Wir haben ein bisschen Spaß verdient.

Han wartet am Tor und raucht. Er zeigt mit dem Kopf auf Jay.

«Wozu hast du den denn mitgebracht?»

«Mum arbeitet. Ging nicht anders.»

Han runzelt die Stirn, doch dann hellt sich seine Miene auf. «Hey! Mädchen mögen kleine Kinder, stimmt doch! Nicht schlecht, Roach, gut mitgedacht.» Er legt mir den Arm um die Schultern. «Gleich geht's ab, Mann, das sag ich dir!»

«Wo ist der Treffpunkt?»

«Vor der Geisterbahn», antwortet Han. «Da kriegen wir sie gleich dran, da ist es dunkel – unheimlich – die werden sich an uns festklammern!» Er wackelt wieder mit den Augenbrauen.

Das wäre alles okay, nur ist Jay leider zu jung für die Geisterbahn und ich kann ihn nicht allein draußen stehen lassen. Warum kann ich nie allein sein? Han muss *seinen* kleinen Bruder nicht mitnehmen. Andererseits hat Han eine Mutter, einen Vater und eine große Schwester zu Hause. Es ist nicht Jays Schuld.

Der Park ist nicht wiederzuerkennen. Anstelle des skelettartigen Gerüsts, das wir gestern beim Aufbau gesehen haben, steht dort jetzt eine Bühne mit allen Schikanen – ein schwarz verschleiertes Halbrund mit Lautsprechertürmen rechts und links und einer Lichtanlage. Eine Band spielt, für die sich außer einer Handvoll Freunde, die vorne an der Schranke lehnen, niemand so richtig interessiert.

Wir gehen zur Kirmes und schlängeln uns durch die

vielen Leute, die auf Liegestühlen oder um Picknickdecken im Gras sitzen oder einfach in der Sonne alle viere von sich strecken. Jay läuft vor zu den leuchtend angestrichenen Wagen und Zelten am anderen Ende der Wiese.

Es gibt eine Reihe von Fahrzeugen, an denen Burger und Hotdogs verkauft werden, was mich schwer in Versuchung bringt, doch das Essen ist teuer und wir sollten lieber noch etwas warten. Allmählich dämmert mir nämlich, dass man mit fünf Pfund und vierundachtzig Pence an einem Ort wie diesem nicht weit kommt.

Jay geht zielstrebig zum Karussell. Eine Runde kostet ein Pfund; das scheint mir teuer dafür, dass man in einem Holzflugzeug sitzt und ein paar Mal im Kreis fliegt, doch ich gebe ihm das Geld. Er sucht sich einen roten Flieger mit schwarzen Kreuzen auf den Tragflächen aus, macht Maschinengewehrgeräusche und tut so, als würde er Leute abknallen, während er durch die Luft schwebt.

Han steht neben mir und simst wie ein Irrer.

«In einer Viertelstunde sind sie da», sagt er, zündet sich noch eine Zigarette an und grinst. «Die sind echt heiß, glaub mir, Mann!» Han leckt seinen Finger ab und macht ein zischendes Geräusch.

«Warum macht er das?», fragt Jay, der plötzlich wieder da ist.

«Schon zu Ende?»

Er nickt und zeigt auf die Achterbahn. «Das möchte ich als Nächstes.»

Macht zwei Pfund, doch zum Glück ist Jay zu klein und darf noch nicht mitfahren. Ich gehe mit ihm zu dem Metermaß auf einem Brett, um es ihm zu beweisen, aber er ist trotzdem sauer und nölt, als wäre es meine Schuld.

«Ich habe Hunger», sagt er und zieht einen Flunsch.

Wir lassen Han, der die ganze Zeit auf sein Handy starrt, an der Geisterbahn stehen. Er sieht schon fast selbst wie eine Dampflok aus – so wie er hin und her tigert, dabei pafft und Qualm über seinem Kopf aufsteigt.

Die Schlange vor dem Imbisswagen ist lang und in eine dichte Wolke aus Röstzwiebeln gehüllt. Mein Magen knurrt. Ich lese die Speisekarte auf dem Brett, das seitlich am Wagen lehnt, und stelle mir das billigste Angebot zusammen. Dann schlage ich Jay Pommes frites vor, aber er möchte einen Hotdog. Das kostet mich die Hälfte unseres restlichen Geldes, doch ich möchte ihn bei Stimmung halten. Wenn er erst mal schlecht drauf ist, kann ich einpacken und nach Hause gehen.

«Sie kommen später», sagt Han und versucht seine Enttäuschung zu verbergen. «Wir treffen uns dann am Eingang.»

«Okay.» Ich bin froh, dass ich Jay von der Kirmes weglotsen kann, bevor er mich weiter auf Kosten treibt.

In der Nähe des Eingangs finden wir einen Platz seitlich der Lautsprecher. Die Band ist fertig und auf der Bühne schieben Typen in schwarzen T-Shirts Equipment über die Bühne.

«Das ist langweilig», sagt Jay. «Ich will wieder auf die Kirmes.»

«Mensch, Jay! Wir sind doch gerade erst ein paar Minuten hier!»

Jay ist gekränkt. Ich schäme mich.

«Tut mir leid … Guck mal, gleich spielt eine neue Band.» Ich lächle ihn an, doch Jay verschränkt die Arme und dreht mir den Rücken zu. Vielleicht war es doch keine so gute Idee, auf das Festival zu gehen. Von der Hitze bekomme ich Kopfschmerzen und mein Magen fühlt sich an, als wäre das Innerste nach außen gekehrt, so einen Hunger habe ich. Überall sehe ich die Leute nur essen, sie laufen an mir vorbei und stopfen sich die Burger rein oder sitzen im Gras, wo vor ihnen auf ihrer Decke der reinste Festschmaus ausgebreitet ist.

Han stupst mich an. «Wer ist das?»

«Was?»

«Die Schnecke auf der Bühne.»

Ich schaue auf und sehe, dass mir ein Mädchen in einem rotgoldenen Blazer zuwinkt. Mittlerweile steht eine ganze Truppe auf der Bühne, alle in der gleichen Uniform. Erst als ein Mann ein Schild mit der Aufschrift *Brass-O* aufstellt, begreife ich, dass es das Mädchen aus der Bücherei ist. Schnell hebe ich die Hand, um zurückzuwinken, aber sie hat sich schon abgewandt.

«Du kennst sie?», fragt Han.

«Nicht wirklich. Ich habe sie einmal getroffen, sie geht auf unsere Schule.»

«Und wie heißt sie?»

«Mina … soundso. Keine Ahnung.»

Er zuckt die Achseln, dreht sich schon weg und hält zum hundertsten Mal Ausschau nach den Mädchen. «Wo bleiben die nur?», sagt er mehr zu sich selbst.

Die *Brass-O's* sind besser als erwartet. Sie spielen jede Menge Songs aus Fernsehserien und andere Hits, aber eben alles mit Trompeten und so. Ich behalte Mina fast die ganze Zeit im Auge, doch sie sieht nicht noch einmal zu mir hin. Sie beenden den Auftritt mit *Hawaii Five-O,* und als sie von der Bühne gehen, bin ich sonderbar enttäuscht.

«Die waren toll!», sagt Jay, der fast die ganze Zeit auf

meinen Schultern gesessen und an meinen Haaren gezogen hat. Nur Han macht einen unglücklichen Eindruck.

«Keine Antwort», sagt er mit besorgtem Blick auf sein Handy. «Sie müssten längst da sein.»

«Es wird jetzt voll», sage ich. «Vielleicht sind sie ja schon hier.»

«Stimmt.» Han nickt. «Ich schicke ihnen eine SMS.»

Meine Augen wandern suchend über die Menge, als mich jemand in die Rippen boxt.

«Du winkst wohl nicht so gerne.» Mina steht in ihrem *Brass-O*-Kostüm neben mir.

Ich werde rot. «Du warst super!», sage ich.

Sie verzieht das Gesicht. «Es ging, würde ich sagen. In ‹YMCA› bin ich die ganze Zeit nicht richtig reingekommen.»

«Das haben wir gar nicht gemerkt. Jay fand es toll.»

Sie senkt den Blick zu Jay und grinst. «Kleinkinder und Rentner klatschen immer, Hauptsache, man macht Krach.»

«Mina!» Ein blondes Mädchen mit kurzem Rock und ärmellosem T-Shirt drängelt sich an mir vorbei und umarmt Mina. Han, der gerade noch schweigend schmollte, sieht auf einmal interessiert aus.

Mina löst sich von dem Mädchen und dreht sich zu mir. «Du kennst Amy aus der Schule?»

Das Mädchen kommt mir vage bekannt vor.

«Das ist Laurence Laurence Roach.»

Amy nickt. «Ich habe dich schon mal gesehen, klar!»

«Ich heiße Han», sagt Han und drängt sich dazwischen. «Raucht ihr?» Er zieht schwungvoll die Zigarettenpackung hervor, aus der prompt die Hälfte auf den Boden fällt.

Amy schüttelt den Kopf und hakt Mina unter. «Komm», sagt sie. «Gehen wir auf die Kirmes.»

Han hockt im Gras und sammelt seine Zigaretten ein. Jay hilft ihm und gibt Han gleichzeitig gründlich Bescheid, dass Rauchen tödlich ist.

«Komm mit», sagt Mina zu mir. «Wir gehen auf die Kirmes. Du darfst mir Zuckerwatte kaufen, dann verzeihe ich dir vielleicht, dass du so unhöflich warst!»

Auf der Kirmes ist jetzt sehr viel mehr los. Blecherne Popsongs dröhnen aus verborgenen Lautsprechern und kämpfen gegen den Krach und die Bässe der Bands weiter hinten auf der Bühne an. Es ist total laut. Kreischende Besucher und quietschende Karusselle, und alles ist in Bewegung. Lichter blitzen und wirbeln und jagen zerhackte Farben über die Menschen, die sich durch die Hitze schieben. Ich halte Jay gut fest, während ich Mina durch die Menge folge und mich frage, was ich hier eigentlich tue. Mir ist schlecht, weil ich ewig nichts gegessen habe und zu lange in der Sonne war. Vielleicht sollten wir nach Hause gehen, ich amüsiere mich jedenfalls nicht so richtig.

Im Gegensatz zu mir wirkt Han richtig fröhlich. Seit er eine Wodkaflasche aus der Tasche gezaubert hat, ist Amy deutlich netter zu ihm. Die Mädchen gehen untergehakt vor uns her und stecken die Köpfe zusammen. Han bietet mir mit einem Grinsen die Flasche an.

«Nein, danke.»

«Greif zu, Mann! Dann kannst du dich besser entspannen.» Er zeigt mit dem Kopf auf Mina und lässt seine Augenbrauen tanzen. «Du hast voll Chancen, Mann, kein Witz!»

Ich schüttle den Kopf. «Wir sind nur Freunde.»

Sind wir das wirklich? Ich weiß gar nicht, was wir sind. Ich kenne sie doch kaum.

Wir stehen mal wieder vor der Geisterbahn. Es ist irgendwie kurz peinlich, als Han und Amy kichernd ans Ende der Schlange torkeln – und Mina mich erwartungsvoll ansieht.

«Jay darf noch nicht rein», sage ich. «Tut mir leid.»

«Doch!», sagt Jay.

«Du bist zu jung.»

«Bin ich nicht!» Jay zieht die Stirn kraus. «Du hast das nicht zu bestimmen.»

Ich zeige auf den Mann am Eingang der Geisterbahn. «Nein, der bestimmt das.»

Jay knurrt und stampft mit dem Fuß auf.

«Es ist sowieso blöd da drin», sagt Mina und hält ihm die Hand hin. «Ich weiß was viel Besseres.»

Jay nimmt Minas Hand und streckt mir die Zunge raus.

Sie führt uns zu einem schäbigen Zelt am Rand der Kirmes. Niemand steht Schlange, der Eintritt ist frei. Über dem Eingang hängt ein Holzschild mit altmodischer Schnörkelschrift:

Lassen Sie sich verzaubern! Treten Sie in eine andere Dimension ein, in ein Land, in dem die Regeln Ihrer Welt nicht gelten. Wir haben Sie gewarnt …

Ehe ich Mina fragen kann, ob das wirklich eine gute Idee ist, grinst sie mich an und verschwindet mit Jay im Zelt.

Ich hetze hinterher und stoße beinahe mit einem lockigen Zwerg zusammen, der auf mich zurennt. Erst als ich aus dem Weg springe, kapiere ich, dass ich selbst der Zwerg bin. Wir sind in einem Spiegelkabinett – na ja, besser gesagt in einem Spiegelzelt.

Jay und Mina stehen einfach da und lachen mich aus. Ich kann sie kaum erkennen, weil es im Zelt so dunkel ist. Ein Schauer läuft mir über den Rücken. Verglichen mit dem

Hexenkessel draußen ist es hier drinnen feucht und erdig, und die Luft hat etwas leicht Klebriges.

Wir folgen den schwach erleuchteten Pfeilen am Boden in eine noch tiefere Dunkelheit. Ich höre Jay und Mina neben mir, doch ich sehe nur ihre Spiegelbilder, die lachend und gestikulierend von allen Seiten kommen. In der einen Minute bin ich klein, in der anderen riesengroß, meine Arme sind wie Gummi und biegen sich nach oben, weit über meinen Kopf. Jetzt ragt Jay über mir auf und ist dreimal so groß wie sonst. Mina ist dünn, dann rund und dick wie ein Beachball. Ich spüre die Anwesenheit weiterer Besucher, Schatten und Gesichter flackern in meine eigenen Spiegelbilder und wieder hinaus, sie stehen auf dem Kopf, kommen von rechts und links, sie verschmelzen zu einer Person, die sich lächelnd in zwei Gestalten teilt, und beide Hälften entfernen sich danach in verschiedene Richtungen. Mir wird ganz schwindelig. Ich gehe zu Jay und Mina, die lachend zusehen, wie ein Mann Grimassen für Jay schneidet – im Spiegel drehen sich seine großen Augen, und er brummt wie ein Ungeheuer. Jay schreit auf und der Mann lacht.

Er kommt mir irgendwie bekannt vor, aber ich kann ihn schlecht erkennen. Ich bin sicher, dass ich ihn schon mal gesehen habe. Das kann gut sein – wahrscheinlich ist ganz Hardacre hier versammelt.

Wie ein Zombie torkelt der Mann zum Spiegel, sein grauer Pferdeschwanz glänzt dabei silbern im flackernden Licht. Diesmal schreien gleich beide, Jay und Mina, und dann knurrt Jay zurück, als er sein riesengroßes Spiegelbild entdeckt. Der Mann tut so, als hätte er Angst, und für einen kurzen Augenblick sehe ich das Gesicht einer Frau, die zuschaut.

Es lässt mir das Blut in den Adern gefrieren. Ich bin wie gelähmt. Meine Augen fixieren eine dunkle, leere Stelle im Spiegel, wo ich vor einer Sekunde, da bin ich mir sicher, in das Spiegelbild von Mums Gesicht geblickt habe.

Als ich mich umdrehe, sehen mich gleich drei Zwerge mit aufgerissenen Augen an. Ich stürze nach rechts und nach links und kämpfe mit der Schwierigkeit, Wirklichkeit von Illusion zu unterscheiden, und finde doch immer nur mein eigenes Gesicht. Ich drehe mich einmal komplett im Kreis und betrachte die Gestalten im Zelt: aufblitzende Gesichter, schreiend, lachend, und im nächsten Augenblick sind sie weg. Einen Moment lang sehe ich es wieder – das Licht scheint auf rotes Haar und auf Augen, die mich ansehen. Ein Gesicht, das nicht lächelt oder lacht – weshalb es mir überhaupt auffällt –, und dann ist es verschwunden und ich bin nicht sicher, ob es überhaupt da war. Doch das kalte Gefühl in den Knochen, das Donnern in meiner Brust verraten es mir. Mum ist hier, ich spüre es.

Ich renne zum Ausgang und stolpere so heftig, dass ich auf Händen und Knien im feuchten Gras lande. Dann rapple ich mich auf, rase durch die Zeltklappe – und die Hitze und der Lärm der Kirmes hauen mich schier um. Menschen, Lichter, Bewegung, überall Leute. Ich drängle mich durch – erst hierhin, dann dorthin –, doch ich kann sie nirgends entdecken. Vielleicht ist sie ja noch drin. Als ich mich umdrehe, stehen Mina und Jay da und sehen mich besorgt an.

«Was hast du denn, Laurence?»

Ich bleibe stehen, atme tief ein und nicke. «Alles okay. Ich … mir ist nur ein bisschen schwindelig. Von den vielen Spiegeln.»

«Du siehst echt schlimm aus.» Mina kommt näher. «Du

machst ein Gesicht, als hättest du ein Gespenst gesehen!» Sie lacht.

Ich lasse den Blick über das Meer von Gesichtern schweifen und zucke die Achseln. «Kann ja sein.»

Nach dem grellen Licht auf der Kirmes wirkt der Park sehr dunkel, als wir uns zur Bühne zurückschlängeln. Gleich kommt der Top Act – die Queen-Tribute-Band. Hinter dem Schlagzeug hängt ein riesiges Banner, auf dem in gezackten roten Buchstaben Sheer Heart Attack steht. So heißt ein Album von Queen, das weiß ich, weil sie Mums Lieblingsband sind.

Die ganze Zeit rede ich mir gut zu, dass Mum nicht in dem Spiegelzelt gewesen sein kann. Dass ich mir das nur eingebildet habe, wegen der Lichter und Spiegelbilder und weil ich ewig nichts gegessen habe. Eine Halluzination, sonst nichts.

Dennoch suche ich weiterhin in der dunklen Menge nach ihr, bis wir ganz vorne angekommen sind.

Ich hieve Jay auf meine Schultern, damit er besser sehen kann. Er ist aufgeregt, weil er so spät und im Dunkeln noch draußen sein darf, während die Scheinwerfer pulsierendes Stroboskoplicht um das Schlagzeug wirbeln und die schweren Boxen summen, bereit, es krachen zu lassen. Han raucht und grinst mich an, mit Amy auf den Schultern, die sich aus der Wodkaflasche bedient.

«Na, froh, dass du da bist?», fragt Mina dicht neben mir.

Ich nicke. «Jep. Und du?»

«Ich konnte ja gar nicht anders!» Sie lacht.

Ich auch nicht, denke ich, als die Bühne in weißem Licht explodiert und das A-Capella-Intro von *Fat Bottomed Girls* aus den Lautsprechern dröhnt. Die Gitarre steigt ein, jetzt gibt es für die Leute um mich herum kein Halten mehr. Amy kreischt, und dann sind alle in Bewegung und schieben sich hüpfend zur Bühne. Jay packt mit beiden Fäusten in mein Haar, aber ich höre ihn jauchzen, als er Amy nachmacht.

Die Band ist gut – laut und stark. Ein krasser Schlagzeug-Beat und ein Bass, der mein Herz bei jedem Ton zum Hüpfen bringt, während die Gitarren aufheulen und knurren wie wilde Tiere im Käfig. Es klingt wie auf der CD – na, jedenfalls fast. Der Sänger gibt alles, doch niemand singt wie Freddie, sagt Mum immer.

Ich drehe mich um und mustere die Gesichter, die von der Bühnenbeleuchtung rot und grün angestrahlt werden. Dann bekomme ich einen Tritt von Jay.

«Ich seh nichts!», ruft er und dreht meinen Kopf nach vorn.

Ich gebe auf. Sie ist nicht hier. Außerdem soll ich mich doch amüsieren.

Nach fünf Songs bin ich schweißgebadet, taub und voller blauer Flecke – und genieße jeden Augenblick. Auf der Bühne tritt der Sänger ans Mikrofon. «Geht's euch gut?», fragt er und versucht wie Freddie Mercury zu klingen, ohne jedoch seinen Midlands-Akzent verbergen zu können. «Habt ihr Spaß?»

Die Zuschauer jubeln, als die Band *Don't Stop Me Now* anstimmt. Ich habe den Song schon tausendmal gehört, aber anscheinend habe ich vorher noch nie richtig auf ihn geachtet. Vielleicht liegt es an der Dunkelheit, an der erfrischenden Nachtluft – oder auch an Mina, die sich an mich lehnt und meine Arme um ihren Bauch schlingt. Ich weiß es nicht und es ist mir auch egal. Ich fühle mich lebendig. Ich bin glücklich, das macht voll Spaß hier, alles genau wie in dem Song. Und *nein* – es soll auf keinen Fall aufhören. Ich schwebe *wirklich* in

Ekstase – ich will Gott und die Welt umarmen. Ich sehe Han an und denke, er ist der beste Freund auf der Welt und Jay der beste Bruder, den man sich wünschen kann …

Und dann sehe ich ihn. Er fällt mir auf, weil er sich durch die Menge drängt und nicht zur Bühne blickt. Der Mann aus dem Spiegelzelt, der mit dem silbergrauen Haar … Und er ist nicht allein. Ich kann seine Begleiterin wegen der wogenden Menschenmenge und der Lightshow nicht erkennen, aber es ist definitiv eine Frau. Eine große Frau.

Ich hebe Jay über meinen Kopf, stelle ihn auf den Boden und schreie Mina ins Ohr: «Pass bitte kurz auf ihn auf, bin gleich wieder da.»

«Wo willst du hin?», brüllt Jay. Aber ich dränge mich bereits durch die aneinandergepressten Körper, den Blick starr auf den Silberkopf in der Menge gerichtet. Ausnahmsweise freue ich mich, dass ich so groß bin, und verliere ihn dennoch ein paar Mal aus den Augen. Ich stolpere, stoße mit anderen zusammen, werde beschimpft und weggeschubst, doch das ist alles nicht wichtig. Ich darf sie nur nicht verlieren.

Es ist Mum, jetzt bin ich ganz sicher, obwohl ich sie immer noch nicht richtig gesehen habe. Ich spüre es – genau wie im Spiegelzelt, als gäbe es ein unsichtbares Band zwischen uns, das mich hinter ihr herzieht.

Das Lied ist zu Ende und der Sänger spricht wieder ins Mikrofon. «Jetzt kommt unser letzter Song», sagt er. Die Zuschauer protestieren. «Und der muss abgehen – ich will alle Hände in der Luft sehen.» Als der Schlagzeuger den Anfang von *We Will Rock You* spielt, klatschen plötzlich alle im Takt und heben bei jedem Beat die Arme. Auch mit einsfünfundachtzig kann ich in einem Meer wedelnder Arme nichts mehr sehen.

Ich pflüge blindlings immer in die gleiche Richtung und komme plötzlich auf der anderen Seite wieder heraus, an einer sonderbar ruhigen Stelle seitlich der Bühne. Ein riesiger Boxenaufbau ragt links von mir in den Himmel; das Licht von der Bühne kommt kaum bis hierher und auch der Sound klingt ganz gedämpft. Irgendwo in meiner Nähe summt ein Generator. Hinter der Absperrung warten zahlreiche lange Laster – doch von dem silberhaarigen Mann ist nichts mehr zu sehen.

Ich schaue nach hinten über den Rasen, zu den Verkaufswagen, die mittlerweile dunkel und geschlossen sind, und entdecke – ein silbernes Zucken im Schatten einer Hecke.

Einen Augenblick später versinkt alles in Dunkelheit. Ich drehe mich um, das Licht auf der Bühne ist vollständig heruntergedimmt. Die Zuschauer jubeln und klatschen immer weiter, doch der Rasen ist schwarz, und das Band der bunten Lämpchen, die das Gelände begrenzen, beleuchtet kaum noch die Stützpfosten. Ich frage mich, was los ist, doch dann donnert es und Farbe spritzt über den Himmel, Leuchtraketen zischen über die staunende Menge hinweg. Das Feuerwerk hatte ich ganz vergessen – das große Finale.

Grün und rot zuckt es über den Himmel, und für einen kurzen Moment sehe ich, wie sich weiter vorne zwei flackernde Gestalten umdrehen und durch die Lücke zwischen zwei Fahrzeugen zwängen. Ich schreie ihnen hinterher, doch meine Worte gehen im Knallen der Feuerwerkskörper unter. Als ich die Stelle erreiche, ist nichts mehr zu sehen. Nur eine dichte, hohe Hecke ragt über mir auf. Ich warte auf die nächste Raketensalve, um ganz sicherzugehen, aber da ist nichts, nirgends ein Ausgang. Wo sind sie bloß? Menschen lösen sich doch nicht in Luft auf.

Langsam treiben die Zuschauer an mir vorbei, und ich begreife, dass das Feuerwerk zu Ende ist. Das war's mit der Show. Ich muss zu Jay und Mina zurück.

Und wieder kämpfe ich gegen eine Welle aus Körpern an und kann nicht sehen, wohin ich gehe. Einige Zuschauer haben Taschenlampen, doch es ist nicht gerade hilfreich, wenn sie sie mir ins Gesicht halten und sagen, dass ich in die falsche Richtung gehe.

Endlich erreiche ich die Stelle, wo wir vorher gestanden haben. Doch die anderen sind nicht mehr da. Der Rasen vor der Bühne ist leer.

Mir ist übel. Wieso habe ich sie verlassen? Was habe ich mir nur dabei gedacht?

Ich renne los – und rufe Jays Namen. Ich weiß gar nicht, wohin ich laufen soll, aber ich kann nicht einfach da stehen bleiben.

Ich falle auf, die Menschen lachen und zeigen mit dem Finger auf mich. Ich taumle durch sie hindurch, bis ganz nach hinten zur Kirmes und wieder zurück über die Wiese zur Bühne. Ich stolpere, falle hin – meine Hände fahren durch Müll und Matsch. Als ich aufstehe und mir den Rotz aus dem Gesicht wische, schmecke ich Blut. Ich renne weiter. Ein Mann in einer Signalweste will mich aufhalten, leuchtet mir mit seiner Laterne ins Gesicht und teilt mir mit, dass ich auf diesem Weg nicht herauskomme.

«Mein Bruder ist da!», schreie ich, stoße ihn weg und laufe weiter.

Ich renne noch einmal um den Rasen und suche an den dunklen Rändern. Dann packt mich jemand am Arm und ich reiße mich los, drehe mich um, bereit, es mit dem Mann in der Weste aufzunehmen.

«Laurence!» Mina steht vor mir. «Hast du nicht gehört, dass ich dich gerufen habe?»

«Was? Wo ist Jay?» Ich packe Mina an den Schultern. «Was hast du mit ihm gemacht?»

«Es geht ihm gut. Amy ist bei ihm!» Sie schiebt meine Hände weg.

«Wo wart ihr?», brülle ich. «Ich bin zurückgekommen und ihr wart weg!»

«Laurence», sagt Mina und legt die Hand auf meinen Arm. «Es geht ihm gut, alles in Ordnung. Komm wieder runter.»

Ich zittere.

Dann atme ich durch und wische mir mit dem Ärmel über die Augen. Ich muss schlimm aussehen, sogar im Dunkeln – voller Rotz und Tränen.

«Wir mussten da weg, wegen deinem Freund», sagt Mina und geht mit mir Richtung Kirmes.

«Was soll das heißen?»

«Die Aufregung war anscheinend zu viel für ihn.» Als Mina stehenbleibt, entdecke ich Han neben dem Spiegelzelt. Er sitzt mit dem Kopf zwischen den Knien im Gras.

«So viel Kotze, du hast echt was verpasst!», ruft Jay und kommt zu uns.

Amy steht ein paar Meter weiter weg und sieht ebenfalls nicht besonders gut aus.

«Das Konzert war fast vorbei», sagt Mina und schüttelt den Kopf. «Beim letzten Song. Ich glaube, das Klatschen hat ihm den Rest gegeben.» Sie imitiert Han, wie er über dem Kopf in die Hände klatscht und dann auf den Boden kotzt. «Der Typ vor ihm war nicht begeistert, wie du dir denken kannst. Wir mussten ihn schnell wegbringen. Es tut mir leid, ich wollte dir keine Angst machen.»

Ich schüttle den Kopf. «Nein! Mir tut es leid. Ich hätte dich nicht mit ihm allein lassen dürfen.»

«Mit wem? Mit Jay oder unserem Romeo da drüben?» Sie lacht, wird aber schnell wieder ernst. «Wo warst du überhaupt?»

Ich mache den Mund auf, um zu berichten, doch dann merke ich, dass ich gar nicht weiß, was ich sagen soll. Wie kann ich es ihr erklären? Gar nicht, es sei denn, ich erzähle ihr alles.

Das würde ich irgendwie wirklich sehr gerne tun, aber es geht nicht.

Deshalb zucke ich nur die Achseln und schüttle noch mal den Kopf. Lächerlich, ich kann ihr nicht mal in die Augen sehen.

«Okay», sagt Mina. «Ich müsste ohnehin mal los und Amy nach Hause bringen, bevor es sie auch erwischt.»

Ich nicke. «Klar! Natürlich – sorry!»

«Ist ja nicht deine Schuld, Großer.»

«Schaffst du das?»

Mina nickt. «Mein Vater wartet wahrscheinlich draußen. Er hat gesagt, er holt uns ab. Ich kann nur hoffen, dass Amy nicht ausgerechnet ins Auto reihert.» Sie zeigt mit dem Kopf auf Han. «Und du, kommst du mit unserem Han Solo klar?»

«Ja.»

«Gut, dann – danke, Laurence Laurence Roach, es war ein denkwürdiger Abend, das muss ich dir lassen!» Sie lacht, legt einen Arm um Amy und führt sie zum Ausgang.

Ich sehe ihr nach. Bevor es zu spät ist, sollte ich ihr noch etwas zurufen. Aber was?

«Laurence!» Jay zieht an meinem Arm. «Ihm ist schon wieder schlecht.»

Han krümmt sich vor dem Zelt und hustet und spuckt. Als ich wieder zum Eingang blicke, sind Mina und Amy verschwunden – von der Nacht verschluckt.

Mit einem Seufzer gehe ich zu Han.

Ich weiß wirklich nicht, was es mit mir und kotzenden Säufern auf sich hat. Man könnte meinen, ich ziehe sie an.

Von wegen, in Ekstase schweben. So ist mein Leben nicht. So wird es nie sein.

Das sollte ich langsam begriffen haben.

MONSTERTAG
RRRRRIIIINNNNGGG
KNATSCH-
VERRÜCKT
LAURENCE?
NICHTS
WILLST
DU ETWA DA
SITZEN BLEIBEN?
...
WEGEN DER
GRABENWÜRMER

Ich könnte mich treten.

In meinem Kopf laufen die Ereignisse der letzten Nacht wie ein Video mit Endlosschleife ab. Ich höre das Gelächter vom Band als Soundtrack, während ich mich immer wieder zum Affen mache. Das Bild friert stets bei Minas Gesicht ein – mit Zoom auf den Blick, den sie mir zugeworfen hat. Ich kann es ihr nicht verübeln. Wieso bin ich einfach so weggelaufen, ohne Erklärung, um zwei Fremden durch den Park nachzujagen?

Lag es an der Müdigkeit? Oder funktionierte mein Gehirn nicht mehr richtig, weil ich nicht genug zu essen bekommen hatte? Oder wollte ich vielleicht zu sehr, dass es Mum war – und dann habe ich es tatsächlich geglaubt? Da habe ich es mit der Kraft des positiven Denkens wohl ein bisschen übertrieben.

Wenigstens das Geld ist echt. Ich fühle das Bausparbuch in meiner Hosentasche. Es lindert den stumpfen Schmerz der letzten Nacht – ein wenig.

An diesem Morgen sitzen wir auf der Mauer am Ende der Einkaufspassage und essen zum letzten Mal *Monster Munch* zum Frühstück. Ich bin fast schon ein wenig wehmütig und spüle die würzigen Reste in meinem Mund mit warmer Limonade runter.

Nach dem Frühstück bringe ich Jay wie üblich zur Schule. Kurz bevor er sich in die Schlange reiht, ermahne ich ihn, niemandem zu erzählen, dass Mum weg ist.

«Weiß ich. Hast du mir schon gesagt!»

«Gut. Vergiss es halt nicht.»

Jay seufzt und verdreht die Augen, als wäre ich ein Idiot.

Der Stadtbus ist voll gestopft mit Leuten, die zur Arbeit gehen: Unglückliche Gesichter verstecken sich hinter Zeitungen und Kopfhörern. Ich setze mich nach hinten und hoffe, dass niemand einsteigt, den ich kenne. Wenn ich heute die Schule schwänze, wird Mr Buchan mich zum täglichen Abzeichnen verdonnern, aber das Geld ist es wert. Von nun an kann ich mit dem Taxi zur Schule fahren – dann bin ich endlich pünktlich. Wozu Superpower, wenn man tausendvierhundertundfünfunddreißig Pfund besitzt?

Die Bausparkasse liegt in der Altstadt von Hardacre. Mit den hohen Fenstern und einem angeberischen Steinbogen über dem Eingang wirkt sie wie ein Minischloss. Ich drücke die schwere Holztür auf und wanke hinein. Mein Magen brodelt wie ein Hexenkessel.

Der Raum ist kühl und still wie eine Bibliothek – und genauso leer.

Die Frau hinter dem Schalter hebt den Blick und lächelt. «Guten Morgen, Sir, wie kann ich Ihnen helfen?» Ein silbernes Namensschildchen an ihrem Blazer weist sie als Sandra aus.

«Hallo, äh … ich möchte bitte etwas Geld.» *Einwandfrei, Laurence.*

«Wie viel möchten Sie denn abheben?»

«Äh … hundert, bitte.» Das sollte erst mal reichen, um Angie zu bezahlen und etwas zu essen zu kaufen. Doch dann muss ich in den nächsten Tagen noch mal in die Stadt fahren, um mehr abzuheben – die Taxifahrten zur Schule nicht zu vergessen … «Ach nein, sagen wir zwei-, nein dreihundert, bitte.»

Sandra lächelt und nickt in die Richtung des roten Bausparbuchs, das ich umklammere. «Wenn Sie mir bitte Ihr Sparbuch geben würden, Sir.»

Ich schiebe es durch den Spalt in der Scheibe.

Gleich nehme ich ein Taxi zurück zu den Heights und gehe einkaufen. Einen ganzen Korb voll bei SavaShoppa, alles, was Jay gerne isst. Heute Abend gibt es bei uns das beste Festessen in der Geschichte! Ich kann es kaum erwarten, wie er dann guckt!

«Dreihundert Pfund, Sir?»

«Ja, bitte.»

Sie schlägt das Sparbuch auf, tippt etwas in den Computer und hält inne. «Ah, wie alt sind Sie, Mr Roach?»

Ich warte zu lange, um zu lügen. «Fünfzehn.» Und weiß sofort, dass es die falsche Antwort ist.

Sandra schlägt das Sparbuch wieder zu. «Ah», sagt sie, «unter diesen Bedingungen kann ich leider zurzeit keine Auszahlung vornehmen. Die bevollmächtigte Person muss ebenfalls anwesend sein.»

«Was?»

«Das ist ein Juniorkonto. Ein Erwachsener hat es in deinem Namen eröffnet. Deine Mutter vielleicht?»

«Meine Oma.»

Sandra lächelt. «Könnte sie vielleicht nächstes Mal mitkommen? Bis zu deinem sechzehnten Geburtstag muss die bevollmächtigte Person bei allen Abhebungen unterschreiben. Danach können wir das Vermögen auf eines unserer üblichen Sparkonten übertragen. Du würdest eine Geldkarte und ein Girokonto mit Überziehungskredit bekommen, sodass du jeden Geldautomaten der angeschlossenen Kreditinstitute benutzen kannst.»

«Meine Oma ist tot.»

«Oh, das tut mir leid.» Sandra wirft einen Blick in mein Sparbuch. «War sie Mrs M. Roach?»

«Nein, das ist meine Mutter.»

Sandras Miene hellt sich auf. «Oh, das macht die Sache sehr viel einfacher. Da deine Mutter die bevollmächtigte Person ist, musst du nur mit ihr herkommen, dann könne wir dir Geld auszahlen.» Sie lächelt und schiebt das Buch wieder über den glänzenden Tresen.

Ich wünschte, ich könnte Sandra erklären, dass es alles andere als einfach ist, mit Mum herzukommen. Aber das lasse ich sein, nehme mein Sparbuch, denke daran, mich zu bedanken, und gehe wieder.

Ich hätte gedacht, dass ich wütend werden würde, aber nein. Ich bin nur müde. Ich sollte zur Schule gehen – und behaupten, ich wäre beim Zahnarzt gewesen oder so etwas, aber ich kann mich nicht dazu durchringen. Deshalb gehe ich einfach los, ohne richtig zu wissen, wohin. Ich setze nur einen Fuß vor den anderen.

Die Musik holt mich zurück – diese nervige Radio-Ham-Erkennungsmelodie, die sich nicht mal richtig reimt: *Number one, for Hardacre and Marston!* Als ich aufblicke, merke ich, dass ich auf dem Bürgersteig vor dem Sender stehe. Wahrscheinlich bin ich schon oft daran vorbeigelaufen, doch ich habe das Gebäude vorher nie zur Kenntnis genommen. Es gibt nicht viel zu sehen, nur eine gläserne Fassade mit einem riesigen rotblauen Logo. Der Sound kommt aus kleinen Lautsprechern über der Tür, mit denen Radio Ham auf die Straße hinaus sendet.

Hinter der Fensterscheibe sieht es wie im Wartezimmer eines Arztes aus, nur mit besseren Stühlen. An der Wand hängen Hochglanzporträts prominenter Mitarbeiter von Radio Ham. Ich überlege, wer Baz sein könnte. Selbst wenn ich das Gesicht an die Scheibe drücke und die Sonne mit den Händen abschirme, bin ich zu weit entfernt, um die Bildunterschriften lesen zu können. Das Foto, das mir am nächsten ist, zeigt einen uralten Knacker mit grauen Haaren, die er zu einer altmodischen Busfahrertolle nach hinten gegelt hat. Das kann meiner Meinung nach nicht Baz sein. Daneben hängen die Bilder einer Frau und eines jungen Schwarzen und dann kommen zwei, die es sein könnten. Der Erste sieht wie ein Fernsehmoderator im Kinderprogramm aus und ist also wahrscheinlich nicht Baz. Bleibt nur noch der dickliche Typ am Ende der Reihe mit den hässlichen Haaren und der Brille. Ich sehe mir das Gesicht an und stelle mir Baz' Stimme dazu vor, als ich merke, dass mich die Frau am Empfang böse anschaut.

Ich trete von der Scheibe zurück und gehe weiter.

Ich hatte gar nicht vor, in den Park zu gehen. Hier bin ich nur zufällig gelandet.

Die Hecke sieht nicht mehr so hoch und dicht aus wie in der vergangenen Nacht und es gibt sogar Lücken, durch die man auf die Wiese sehen kann. Ich gehe daran entlang, bis ich mich an der Stelle wähne, wo der silberhaarige Mann und die andere Person – wer auch immer – verschwunden sind. Die Imbisswagen haben tiefe Furchen hinterlassen und noch immer hängt ein Hauch von gebratenen Zwiebeln in der Luft. Aber das Entscheidende ist das große dicke Loch in der Hecke, durch das man problemlos hindurchkommt. Ich weiß nicht, warum ich es in der Nacht nicht gesehen habe – höchstens weil es so dunkel war, dass ich kaum die Hand vor den Augen sehen konnte. Außerdem lassen die

Reifenspuren darauf schließen, dass ein Fahrzeug vor der Lücke gestanden hat. Immerhin ist jetzt klar, dass ich keine Gespenster gejagt habe.

Die Zweige bleiben an meinem T-Shirt hängen und ich muss mich ducken, um durch die Hecke zu kommen, aber ich bin eindeutig nicht der Erste, der hier durchgeht. Das Gras ist niedergetreten, und auf der anderen Seite sind ebenfalls Fußspuren zu erkennen. Jetzt habe ich es geschafft und begreife, dass auf dieser Seite nicht einfach nur eine weitere Wiese liegt. Einige Meter vor mir gleiten ein paar Enten in einer Reihe über das öliggrüne Wasser des Kanals. Doch zwischen meinem Standort und dem schilfigen Ufer, das zu einem Fußweg ansteigt, liegt ein tiefer Graben mit mannshohem Gras und Brennnesseln. An einer Stelle ist das Schilf weniger dicht und seitlich niedergedrückt, als wäre kürzlich jemand dort hergegangen.

Als ich einen Schritt auf den Kanal zugehe, sinke ich knöcheltief in eiskaltes Wasser. Mein Schwung und der Schock geben mir noch einen Schub nach vorn, und auch mein anderer Fuß platscht ins Wasser, ehe ich es verhindern kann. Jetzt, da ich mittendrin stehe, begreife ich, dass die Gräser in Wirklichkeit aus einem seichten Bach heraus wachsen, der unten im Graben plätschert. In dem schmutzigen Wasser kann ich meine Schuhe nicht mehr sehen. Ich könnte umkehren, aber schließlich bin ich schon nass und sehe keine andere Möglichkeit, durch den Graben zu kommen. Da kann ich auch gleich weitergehen.

Schritt für Schritt arbeite ich mich vor. Bei jeder Bewegung saugen sich Matsch und Gräser an mir fest, und immer mehr Wasser fließt in meine Socken. Ich spähe durch das Schilf zum trockenen Ufer. Jetzt ist es nicht mehr weit. Als ich den Fuß hebe, löst sich mein Schuh mit einem lauten Schmatzen. Ich gerate ins Wanken, balanciere auf einem Bein, und mein Fuß mit der nassen Socke schwebt über der schmutzigen Brühe. Schnell kremple ich einen Ärmel hoch und tauche den Arm ins Wasser. Es ist kalt und schlickig; ich will nicht darüber nachdenken, was alles darin sein könnte. Schließlich bekomme ich etwas Festes zu fassen und ziehe den Schuh aus dem Wasser – voll grauem Schlamm und tropfenden Gräsern.

Es ist für mich selbstverständlich, dass ich den Schuh wieder anziehe – bis ich es versuche. Ich kippe nach vorn und will mich am Schilf festhalten. Doch die Halme geben keinen Halt und reißen. Bevor ich ins Wasser falle, denke ich immerhin daran, den Mund zuzumachen.

Ich sitze bis zum Bauch im eiskaltem Graben. Ich rieche es. Ich schmecke den Sand zwischen meinen Zähnen und spüre, wie das schlammige Wasser langsam in meine Hose fließt. Das ist das perfekte Ende eines perfekten Tages, dabei ist gerade erst Mittag. Als sich die harten Kanten des Sparbuchs in meinen Hintern bohren, fasse ich nach unten, um es zu retten. Doch dann fällt mir wieder ein, dass ich ohnehin nichts damit anfangen kann. Am besten bleibe ich einfach hier sitzen. Ist mir doch egal, ob das Wasser in meine Unterhose dringt. Mir doch egal, wie kalt und matschig alles ist. Passt schon.

«Laurence?»

Bremsen quietschen. Ich hebe den Blick und blinzle gegen die Sonne zu der Silhouette auf dem Uferweg. Ich kann sie nicht erkennen, aber die Stimme ist unverwechselbar.

«Was machst du da?», fragt Mina, wirft ihr Fahrrad hin und läuft die Uferböschung zu mir hinunter.

«Nichts.»

Mina stützt die Hände in die Hüften und sieht mich an.

«Willst du etwa da sitzen bleiben?»

Ich zucke die Achseln. «Und was machst du hier?»

«Es ist Mittagszeit, ich wollte nach Hause.»

Das heißt, es ist schon nach eins. Anscheinend bin ich stundenlang herumgeirrt.

«Bist du durch die Hecke gekommen?», fragt Mina einen Augenblick später. «Wolltest du zum Kanal?»

Ich nicke, ohne sie anzusehen.

«Und warum hast du nicht die Brücke genommen?»

«Welche Brücke?»

«Die da.» Mina zeigt auf einen niedrigen grauen Betonstreifen etwa zehn Meter rechts von mir. Die Brücke ist teilweise vom Dickicht verborgen, aber deutlich genug zu erkennen, wenn man weiß, dass sie da ist.

Mina setzt sich ans Ufer. «Ihr seid wirklich komisch hier im Süden. Ich dachte, die Menschen wären überall gleich, aber das stimmt nicht.»

Sie beobachtet mich, doch ich kann sie nicht ansehen. Ich wünschte, sie würde gehen und mich hier verfaulen lassen.

«Also, ich würde nicht zu lange da sitzen bleiben», sagt sie.

«Wieso nicht?» Ich sehe sie immer noch nicht an.

«Na ja … zum Beispiel wegen der Grabenwürmer.»

«Was?»

«Grabenwürmer. Die setzen sich überall fest.»

«Was sind denn Grabenwürmer?», frage ich und fühle, wie der Schlamm zwischen meinen Beinen schwappt.

«Die sind ungefähr *so* lang.» Mina hält Daumen und Zeigefinger ungefähr acht Zentimeter auseinander. «Sie leben im Schlamm, auf dem Grund von Gräben – daher der Name. Meistens bleiben sie da und vegetieren vor sich hin, fressen tote Fische und so was – sie sind nämlich Fleischfresser und kommen nur heraus, wenn jemand den Grund aufwühlt. Darum tragen Fischer Wathosen – du weißt schon – oder Gummistiefel, die übers Knie gehen. Mein Onkel hat erzählt, dass ein Freund von ihm mal einen Grabenwurm im Stiefel hatte. Er hat nur so kleine Pikser gespürt, als wäre er auf einen Stein getreten oder so, aber der Wurm legt natürlich Eier. Der Fuß von dem Typen hatte eine Beule wie ein Golfball! Mein Onkel hat gesagt, man konnte sehen, wie sich die winzigen Würmer unter der Haut bewegten. Sein Freund musste ins Krankenhaus, wo sie sie rausgeschnitten haben. Der Arzt hat gesagt, er hätte noch Glück gehabt, dass der Wurm ihm nicht in den Hintern …»

In einer mächtigen Woge aus Schlamm und Wasser stehe ich auf und gelange mit zwei großen Schritten ans Ufer. Mina kreischt und wirft sich zur Seite. Ich spüre die Grabenwürmer in meiner Hose, wie sie über meine Beine kriechen und ein ganzes Nest von ihnen zwischen meinen Zehen wimmelt.

Ich hüpfe am Ufer herum, ziehe die Socken aus und schrubbe meine Füße am Gras. Wenn Mina nicht dagewesen wäre, hätte ich auch die Hose ausgezogen, doch sie sieht zu und lacht sich kaputt.

Dann lasse ich den Affentanz – ich hab's kapiert. «Das hast du dir ausgedacht, oder?»

Sie kann vor Lachen kaum sprechen. «Aber so habe ich dich wenigstens da rausgekriegt.»

Ich setze mich ins Gras und werfe eine nasse Socke nach ihr. Dann kann ich nicht mehr und lache mit. Ich habe bestimmt total witzig ausgesehen.

Mina schüttelt den Kopf. «Du bist wirklich ein komischer Typ, Laurence Laurence Roach. Knatschverrückt.»

Plötzlich ist mir nicht mehr nach Lachen zumute.

Ich starre auf den Boden zwischen meinen schmutzigen Füßen und reiße eine Handvoll Gras aus. «Tut mir leid.»

«Was tut dir leid? Ich habe nicht gesagt, dass es was Schlechtes ist. Ich mag verrückte Leute. Ich hüte mich vor denen, die angeblich bei Verstand sind.»

Als ich aufsehe, lächelt Mina; es ist, als käme die Sonne hinter einer Wolke hervor.

Ich müsste mit meinen Sachen in den Waschsalon, aber dafür haben wir selbstverständlich kein Geld. Deshalb lasse ich heißes Wasser in die Badewanne, gebe Shampoo dazu und weiche sie darin ein. Die ganze Zeit denke ich über Mum und den silberhaarigen Mann nach und überlege, ob sie wirklich die Frau im Park war. Denn als ich durch die Hecke am Kanal gestiegen bin, hatte ich auch wieder dieses Gefühl – wie in der Imbissbude –, dass Mum dort gewesen ist. Das hört sich verrückt an, ich weiß, aber was bleibt mir anderes übrig? Ich muss doch glauben, dass Mum da draußen ist. Falls wirklich *sie* die Frau war, die ich zusammen mit dem silberhaarigen Mann gesehen habe, ist sie ganz in der Nähe. Dann könnte ich sie finden.

Ich will unbedingt zum Kanal zurück und weitersuchen, doch dafür habe ich keine Zeit. Ich muss Jay vom Spaßclub abholen und mir dringend etwas einfallen lassen, damit es heute Abend irgendwas zu essen gibt.

Baz redet, aber ich höre nicht richtig zu. Mein Blick ist starr auf die Fenster unserer Wohnung gerichtet. Jay sitzt da oben allein vor dem Fernseher. Er wollte heute Abend partout nicht mitkommen zur Telefonzelle. Es wird nicht lange dauern, aber es fühlt sich trotzdem nicht gut an, schon gar nicht nach dem, was gestern Nacht passiert ist. Ich kann mich nicht konzentrieren.

Baz fragt mich, ob ich an mein Glück glaube.

Ich hätte beinahe gelacht.

«GUT, Daniel – ERSTE Frage. Das spektakuläre Naturphänomen, das wir als Polarlicht bezeichnen, hat noch einen anderen Namen. Ist das A: Aurora Borealis? B: Der Goldene Kompass? Oder C: El Niño? Ich lese es Ihnen noch einmal vor …»

B ist es nicht, das weiß ich – beziehungsweise glaube ich. Aber die anderen beiden … Von El Niño habe ich schon mal gehört, aber sicher bin ich mir nicht. Das nehme ich. *Setz auf dein Bauchgefühl, Laurence.*

«Na, was meinen Sie, Champ?» Baz wartet auf die Antwort.

«A! Das Erste!» *Auf mein Bauchgefühl setzen? Heute? Lieber nicht. Angesichts der Entscheidungen, die ich in den letzten vierundzwanzig Stunden getroffen habe, scheint es mir am sichersten, genau das Gegenteil von dem zu tun, was mein Bauchgefühl mir rät.*

«Daniel», sagt Baz nach einer Pause. «Sie behaupten also, dass A: Aurora Borealis der ZWEITE Name für das Polarlicht ist? Habe ich das richtig verstanden?»

«Ja.» Es fühlt sich an, als würde der Schlagzeuger von *Sheer Heart Attack* in meiner Brust stecken.

«Damit liegen Sie goldrichtig, mein Freund. Aurora Borealis IST tatsächlich die zweite Bezeichnung für das Polarlicht. WUSSTEN Sie, dass es das Gleiche auch im Süden gibt? Das nennt man Aurora AUSTRALIS …» Baz redet plötzlich mit einem haarsträubenden australischen Akzent. «Look at the lights, Sheila, Strewth!» Dann fährt er mit seiner normalen Stimme fort. «Beide Phänomene entstehen durch eine Kollision von ATOMEN in der oberen Atmosphäre, die danach UNTER SPANNUNG STEHEN und ENERGIE in Form von Licht abgeben.

HALLO! Wir ziehen hier nämlich nicht nur eine TOLLE Show ab, mit FANTASTISCHER Musik bis zum Abwinken, mit witzigen Gesprächen und einem WAHNSINNIGEN Quiz, nein, bei uns kann man auch etwas LERNEN!» Baz spielt seinen *Zuschauer-gehen-ab*-Soundeffekt ein.

«Frage Nummer ZWEI!», sagt er. «Weiter geht's mit einem KULTURTHEMA … Sie sind offensichtlich sehr gebildet, Daniel … Haben Sie studiert? Oder haben Sie vielleicht sogar einen TITEL?»

Studiert oder einen Titel? Ich hab noch nicht mal einen Schulabschluss. «Äh … nein –»

«Ah, Sie sind durch die SCHULE DES LEBENS gegangen, genau wie meine Wenigkeit!»

«Jep.» Ich stelle mir Baz im Studio vor, das runde Gesicht, die Brille, das lange, strähnige Haar.

«Guter Mann!», sagt er. «Allerdings wünschen Sie sich vielleicht, Sie HÄTTEN Englisch studiert, wenn Sie die nächste Frage hören.» Einsatz *Erschrockenes Japsen im Publikum*. «Daniel, wer hat die folgenden berühmten Worte GESCHRIEBEN …?» Baz räuspert sich. *«Niemand ist eine Insel, in sich ganz; jeder Mensch ist ein Stück des Kontinents, ein Teil des Festlandes.»* Er hält inne. «Hey! Das war echt GUT! Komm, Cheryl – bitte, gib's zu. Das hat dich berührt.»

«Nicht schlecht», sagt Cheryl.

«NICHT SCHLECHT! Oha, dir eine Freude zu machen ist

aber auch nicht leicht!» Baz lacht. «So, Daniel, meine Frage an SIE lautet: Welche EDELFEDER hat diese Worte verfasst, damit ich sie HEUTE ABEND hier im Radio zu IHREM Hörvergnügen vorlesen kann? War das A: T. S. Eliot? B: John Donne? Oder C: William Shakespeare?»

Ich habe keinen blassen Schimmer. Mr Buchan würde es wissen. Schade, dass ich mir zu seiner Stimme nicht auch noch sein Gehirn ausleihen kann.

Shakespeare könnte stimmen ... Es *klingt* wie Shakespeare, aber vielleicht ist das zu offensichtlich – wie bei dieser Sauerstofffrage. Darauf falle ich nicht noch mal rein. Also A. Aber bei der letzten Frage war es auch schon A – sie nehmen nie zweimal hintereinander denselben Buchstaben. Bleibt B: John Donne.

Baz wartet auf die Antwort.

«B!», sprudle ich hervor, ehe ich meine Meinung ändern kann.

«KORREKT!», sagt Baz. «In der Tat zeichnet der metaphysische Dichter des 17. Jahrhunderts, Mr John Donne, für diese weisen Worte verantwortlich.»

Ich lehne die Stirn an die kühle Glasscheibe der Telefonzelle und ringe mir einen tiefen Atemzug ab. Ich muss mich beruhigen. Gleich habe ich es geschafft. Irgendwie habe ich mit einer unglaublichen Portion Glück richtig geraten – zum zweiten Mal.

«OKAY!», sagt Baz. «Genug Kultur für heute, finde ich. Mir tut schon der KOPF weh. Wie wär's mit einer hübschen kleinen Sportfrage?»

War ja klar.

Was sonst?

«Super!», höre ich mich selbst ins Telefon sagen.

«Ja, dann geht es jetzt WEITER – mit der dritten Frage, und vergessen Sie nicht … noch EINE richtige Antwort, und Sie haben es GESCHAFFT. Nur noch DREI lächerliche Tage! WETTEN, dass Sie schon den Sand zwischen den Zehen spüren, Dan?»

«Noch nicht so richtig.» *Das Einzige, was ich zwischen den Zehen spüre, ist Matsch aus dem Graben am Kanal …*

«Aber bald, mein Freund, sehr BALD! UND … sind Sie bereit?»

«Bereit», lüge ich.

«Ah, die wird Ihnen GEFALLEN», sagt Baz. «Und Sie müssen mir GLAUBEN, wenn ich Ihnen sage, dass ich die Fragen nicht auswähle. Ich lese sie NUR vor! Wenn Sie sich BESCHWEREN wollen, dann bei Cheryl!» Er lacht. «Im Ernst, Daniel, von ENGLÄNDER zu Schotte, ich stelle diese Frage NICHT, um Salz in bittere Wunden zu streuen, EHRLICH NICHT! Das steht eben auf meinem Bildschirm, okay?»

«Okay.» *Jetzt lies die Frage endlich vor – bitte!*

«So, hier kommt's … Bei welchem Club der Football League spielte Torhüter Gordon Banks, als er 1966 mit ENGLAND die Weltmeisterschaft GEWANN? War das A: West Ham United? B: Manchester United? Oder C: Leicester City?»

Baz entschuldigt sich immer noch und redet weiter über Schottland und Fußball – nichts könnte mir gleichgültiger sein. Mittlerweile schlägt mein Herz Purzelbäume, weil ich die Antwort weiß. Ich muss gar nicht raten, ich muss nicht mal etwas anderes sagen als das, was ich raten würde. Ich weiß es!

«C, Baz», sage ich und unterbreche seinen Redeschwall. «Gordon Banks hat für Leicester City gespielt.»

Baz schweigt. Sehr lange. Tote Luft. Doch ich weiß, dass ich recht habe.

Han ist leidenschaftlicher Leicester-City-Fan, schon sein Leben lang. Er redet von nichts anderem und hat mir irgendwann von Gordon Banks erzählt. Ich weiß nicht, wann und warum ich es behalten habe. Egal! Ich hab's gehört und gespeichert.

«VOLL ins Schwarze getroffen!», sagt Baz, begleitet von Publikumsjubel. «HALTEN Sie sich von Ihren Landsleuten FERN, wenn Sie so etwas wissen!»

«Ein Kumpel von mir ist großer Leicester-City-Fan.»

«Ah, verstehe. Wie heißt er denn? Ich kann mir gut vorstellen, dass Sie ihm demnächst einen Drink spendieren.»

Ich denke an Han, wie er auf allen vieren vor dem Spiegelzelt halb verdauten Wodka ins Gras spuckt. «Jep, er trinkt wie ein Fisch.»

«Und wie heißt er? Hört er vielleicht zu?»

Sein Name? Mein Herz klopft. «Freddie», sage ich. «Äh … keine Ahnung, ob er zuhört.»

Hoffentlich nicht.

Bei einer erneuten Wohnungsdurchsuchung finde ich dreiundsiebzig Pence zwischen den Sofakissen im Wohnzimmer und mehrere Kupfermünzen unter Jays Bett. Mit dem, was gestern übrig geblieben ist, reicht es gerade für eine SavaShoppa-Pizza im Sonderangebot. Als ich sie auspacke, ist der Pappboden dicker und wahrscheinlich auch nahrhafter als die Pizza selbst.

Ich schiebe sie in den Backofen und werfe die Pappe auf den Müllstapel, der aus dem Eimer quillt. Dabei kommt der ganze Aufbau ins Rutschen, und bevor ich es verhindern kann, gleitet alles auf den Boden. Das Zeug ist überall: rote Pampe aus Bohnendosen, die schwarze Schale einer Banane, die ich vor einer Woche gegessen habe, Weinflaschen und zerknülltes Papier – was für eine Schweinerei!

Fluchend fange ich an aufzuräumen und quetsche möglichst viel von dem Mist wieder in den Mülleimer. An der Spüle sind eine durchweichte Zigarettenpackung und ein zerknülltes Blatt Papier gelandet. An den Rändern ist das Papier schwarz und flockig, als hätte jemand versucht, es zu verbrennen. Das kommt mir komisch vor. Ich drücke das Blatt wieder auseinander und streiche es glatt. Es ist ein Brief an Mum – gedruckt und förmlich.

Sehr geehrte Mrs Roach,
vielen Dank, dass Sie das Bewerbungsgespräch für die Stelle als Mr Parkers persönliche Assistentin absolviert haben. Ich muss Ihnen leider mitteilen, dass wir uns für eine andere Bewerberin entschieden haben. Da sich viele qualifizierte Kräfte beworben haben, ist uns die Entscheidung nicht leicht gefallen. Allerdings waren wir der Meinung, dass Ihre bisherige Berufserfahrung …

Anstelle des nächsten Wortes kommt ein Loch in der Größe einer Zigarette, das am Rand bräunlich angesengt ist. Der Brief ist davon durchsiebt wie von Einschusslöchern. Besonders schlimm ist es dort, wo die Verfasserin unterschrieben hat.

Jetzt fällt es mir wieder ein: Vor einigen Wochen hatte Mum ein Bewerbungsgespräch in einem Büro in der Stadt. Danach kam sie total aufgeregt zurück, weil es angeblich so gut gelaufen war. Sie hätte den Job in der Tasche – hatte die Frau gesagt. Ich betrachte den hässlichen Brandfleck, der die Unterschrift ausgelöscht hat. In dem Job hätte Mum das Doppelte verdient wie im Imbiss und beim Putzen zusammen.

Sie hatte gesagt, dass wir vielleicht umziehen oder sogar in Urlaub fahren könnten.

Und dann hat sie ihn doch nicht bekommen.

Ich muss Ihnen leider mitteilen …

Warum hat sie mir das nicht gesagt?

Dann kommt mir ein Gedanke, bei dem mein Herz einen Schlag aussetzt, während ich mir das Datum des Briefes ansehe. Letzten Montag. Das bedeutet, dass das Schreiben hier auf Mum gewartet hat, als sie am Mittwochmorgen von der Putzschicht kam. An dem Tag, an dem sie verschwunden ist.

Ich setze mich an den Küchentisch und starre auf den versengten Brief in meiner Hand. Er sieht wie eins dieser Bilder aus, die man ewig anschauen muss, um zu begreifen, was sie darstellen. Erst sieht man nur Punkte, Schnörkel und Farbflächen. Und dann, plötzlich – peng – sieht man ein Bild. Es ist so offensichtlich und man kann es gar nicht fassen, dass man es so lange nicht entdeckt hat.

Jetzt ist mir alles klar. Ich sehe es direkt vor mir …

Mum kommt am Mittwoch von ihrer Schicht nach Hause. Sie ist verkatert, müde und hungrig. Sie holt die Post aus dem Briefkasten, sieht den Brief – und alles ist anders. Das ist es: der Job, auf den sie gewartet hat. Der Job, den man ihr versprochen hat. Sie hat ihre letzte Toilette geputzt!

Mum reißt im Stehen den Umschlag auf, hier in der Küche, genau da, wo ich jetzt stehe.

Sie liest ihn zweimal durch, nur um sicherzugehen. Es kann sich nur um einen Irrtum handeln.

Doch sie weiß, dass es ernst gemeint ist.

Sie wirft den Brief auf den Tisch, zündet sich eine Zigarette an … schenkt sich einen Drink ein und greift wieder nach dem Brief. Sie liest ihn durch – flucht – und hält die brennende

Kippe ans Papier, genau da, wo die dumme Kuh, die ihr den Job versprochen hat, unterschrieben hat. Sie sieht zu, wie das Papier schwarz wird, Rauch aufsteigt und ein Loch erscheint – ein vollkommener, schwarz gesäumter Kreis. Sie macht weiter und flucht bei jedem Brandloch, bis es langweilig wird. Dann zerknüllt sie den Brief und wirft ihn in den Müll.

Jetzt weiß ich also Bescheid.

Dieser Job sollte ihre Rettung sein – ein Ausweg aus einem Leben, das sie hasste.

Und als sie ihn nicht bekommen hat, ist sie trotzdem gegangen.

Weil sie es nicht mehr ertragen konnte.

Ich weiß jetzt Bescheid.

«Warum weinst du?» Jay steht an der Tür.

Ich wische mir mit dem Ärmel über die Augen. «Ich weine nicht, hab nur Heuschnupfen.»

Jay sieht mich an und rümpft die Nase. «Wieso stinkt es hier so?»

Die Pizza!

Ich schnappe mir ein Geschirrtuch und reiße den Backofen auf. Die Pizza ist ein schwelendes Wrack, bis zur Unkenntlichkeit verkokelt und nicht mehr genießbar. Von all den Dingen, die heute schiefgegangen sind, gibt mir das den Rest. Ich sinke mit der qualmenden Pizza in den Händen auf die Knie und lasse meinen Tränen freien Lauf.

Einen Augenblick später schlingt Jay die Arme um meinen Hals und sagt mit dünner, verängstigter Stimme: «Nicht weinen, Laurence. Das ist doch nur eine Pizza.»

Schön wär's.

141

DIENST-TAG
RRRRRIIIINNNNGGG
BARTMAN
KOMM, JAY, BITTE!
ICH HABE HUNGER
JAY KNURRT
EINVERSTANDEN

«Iss dein Frühstück, Jay.»

Ein Stück Toast mit Erdbeermarmelade – mehr haben wir nicht.

«Mein Bauch tut weh!» Jay sieht mich aus Augenschlitzen an und hält sich mit beiden Händen den Bauch.

«Musst du vielleicht aufs Klo?»

Er schüttelt den Kopf und schnieft. So hört es sich immer an, wenn er Anlauf nimmt, um gleich mit dem Weinen loszulegen. Als ich zu ihm hinübersehe, gibt er solch ein Bild des Jammers ab, dass ich lachen muss.

Jay sieht mich böse an. «Das ist nicht lustig!»

«Ich weiß, ich lache dich nicht aus.» Aber ich kann nicht aufhören. Selbst wenn er es versuchen würde: genervter könnte er nicht aussehen.

Dann bricht er in Tränen aus.

Ich gehe neben ihm in die Knie und will ihn trösten, doch er schubst mich weg.

«Geh weg, ich hasse dich!»

«Jay, es tut mir leid, ich hab dich wirklich nicht ausgelacht», sage ich und versuche, ein ernstes Gesicht zu machen.

Ich nehme ihn in die Arme und nach einigen Minuten hört er auf, sich zu wehren. Er fühlt sich heiß und verschwitzt an und sein Haar riecht wie nasser Hund.

«Ich will Mum», murmelt er dicht an meinem Hals. «Wann kommt Mum nach Hause?»

«Das weiß ich nicht.»

«Sie soll jetzt sofort nach Hause kommen!»

«Ich weiß.» Nach kurzem Zögern sage ich: «Sie kann nicht … im Moment. Sie muss an einem anderen Ort sein, damit sie mehr Geld verdienen kann.» Ich rede einfach drauflos und denke mir dabei etwas aus.

Kann ich ihm etwa sagen, dass ich mich frage, ob sie überhaupt wieder nach Hause kommt?

Ich halte es für sicherer, wenn Jay nicht zur Schule geht. So wie er drauf ist, verplappert er sich noch. Ich sehe es vor mir, wie er sich in diesen Zustand hineinsteigert und Miss Shaw erzählt, wie sehr er Mum vermisst, dass er sie seit Tagen nicht gesehen hat und die ganze Zeit mit mir allein ist. Und wie lange dauert es dann wohl, bis das Einsatzkommando der unaufrichtig lächelnden Gutmenschen mit Klemmbrettern vor der Tür steht?

Wenn Jay nicht hingeht, kann ich natürlich auch nicht in die Schule. Aber was soll's, wenn Mr Buchan mich zum täglichen Abzeichnen verdonnert? Zur Schule zu gehen erscheint mir plötzlich sehr viel weniger dringend als die Frage, woher wir etwas zu essen bekommen sollen.

Die eingeäscherte Pizza liegt noch auf dem Küchentisch. Bei ihrem Anblick bekomme ich Magenschmerzen. Drei Stockwerke unter mir befindet sich das SavaShoppa mit vollgepackten Regalen, in denen Schokoladentafeln und pralle Chipstüten liegen; wo es Tiefkühlpizza mit Eiskristallen und große Packungen mit knusprigem Müsli und massenhaft Weißbrot gibt. Mir läuft das Wasser im Mund zusammen.

Das ist nicht richtig. Da unten gibt es so viel zu essen – und wir hier oben verhungern langsam.

Ich fasse einen Entschluss.

«Jay, ich gehe kurz unten einkaufen, bin gleich wieder da. Okay? Bleib in der Wohnung.»

Im SavaShoppa ist nichts los, außer mir ist nur noch eine alte Frau da, die ihren Korb auf einem dieser karierten Einkaufswagen auf Rädern balanciert. Wenn sie sich nicht auf den Einkaufskorb stützen könnte, würde sie wahrscheinlich vornüberfallen. Ich sehe lediglich zwei Angestellte: eine Frau an der Kasse und einen Mann in der grünen SavaShoppa-Kluft, der Milch einräumt. Er wirkt gelangweilt, schläft noch halb.

Jetzt stehe ich hier, aber ich weiß nicht, wie ich es anstellen soll. Ich habe noch nie etwas gestohlen. Nur einmal im Kindergarten ein paar Buntstifte. Damals hatte ich so ein schlechtes Gewissen, dass ich in Tränen ausgebrochen bin und es Mum gebeichtet habe.

Aber das ist etwas anderes.

Ich habe Hunger.

Jay hat Hunger.

Ich muss das tun.

Meine Hände sind feucht. Ich wische sie an der Jeans ab und gehe zum dritten Mal in den Gang mit dem Brot und den Keksen. Als der Verkäufer, der den Milchbestand aufstockt, zu mir hochsieht, drehe ich um und gehe den gleichen Weg wieder zurück. Ich könnte nicht verdächtiger wirken, wenn ich eine Maske aufgesetzt und eine Tüte mit der Aufschrift DIEBESGUT in der Hand hätte.

Es muss etwas Kleines sein, das ich in die Tasche stecken kann. Dann kann ich einfach rausgehen. Ist das denn so schwer?

Ich hole tief Luft.

Mach schon, Laurence, du schaffst das.

Ich bleibe vor der Schokolade stehen. Die Größe stimmt, aber besonders nährreich ist sie nicht. Plätzchen? Zu groß. Ich hätte einen Mantel anziehen sollen, doch wie verdächtig hätte das bei dieser Hitze ausgesehen?

Als ich an den Suppendosen vorbeigehe, knurrt mein

Magen erwartungsvoll. Ich nehme eine Dose Gemüsebrühe und höre, wie der Inhalt darin hin und her schwappt, doch sie passt nicht in meine Tasche. Ich gehe weiter. Brot? Macht eine große Beule. Müsli, Milch, Pizza – kann man vergessen. Das ist bescheuert. Ich kehre zur Schokolade zurück.

Zwei große Marsriegel – einen für mich, einen für Jay. Irgendeinen Nährwert werden sie schon haben.

Ich werfe einen Blick auf den Ausgang. Die Kassiererin füllt Zigaretten nach. Der Mann mit der Milch ist ins Lager zurückgegangen.

Ich sehe die Tür. Noch zwölf Schritte und ich bin draußen.

Beim nächsten Schritt kracht etwas auf meinen Fuß.

«Ooh, Entschuldigung, hat es sehr wehgetan?» Die Frau mit dem karierten Wägelchen blickt zu mir hoch. Der Inhalt ihres Einkaufskorbs liegt überall am Boden. «Ich bin so ungeschickt in letzter Zeit.»

«Nein, alles in Ordnung.» Mein Herz klopft wie verrückt, und in meinem Fuß, der eine Dose Katzenfutter mit Thunfisch abgekriegt hat, pocht es.

«Das tut mir ja so leid.» Sie will sich bücken, um die Sachen aufzuheben, aber bei der Geschwindigkeit, die sie an den Tag legt, wird es dunkel, bis sie unten ist.

Ich erledige das für sie – hebe die verstreuten Sachen auf und lege alles wieder in ihren Korb.

«Danke, das ist sehr freundlich, du bist ein guter Junge.» Sie lächelt und zeigt auf die beiden Marsriegel in meiner Hand. «Lass mich das für dich bezahlen, das ist das Mindeste nach diesem kleinen Unfall.»

«Nein, vielen Dank, das ist doch nicht nötig.» Nicht nötig? Als ob! Ich bin ein Idiot. Sie hat mir gerade angeboten, mir etwas zu essen zu kaufen!

Netterweise besteht sie darauf.

Als ich wieder draußen bin, mit zwei Schokoriegeln in der Hand, blicke ich zum Himmel und nicke ein stummes Dankeschön. Jetzt erst wird mir klar, dass ich beinahe eine Riesendummheit begangen hätte. Wenn man mich nun erwischt hätte? Was wäre dann aus Jay geworden?

Ich nehme zwei Stufen auf einmal – weiche Schokolade und kremigen Karamell im Mund. Meine Zähne schreien auf, aber das ist mir egal. Irgendwie habe ich das Gefühl, als hätte sich das Glück endlich auf meine Seite geschlagen.

Als ich oben ankomme, steht unsere Wohnungstür weit offen …

Jay!

Ich renne hinein und schreie seinen Namen. Jay taucht mit besorgter Miene im Flur auf.

«Was ist los? Die Tür steht …»

Die Schnüffelnelly kommt aus dem Badezimmer und erblickt mich. «Oh, du bist es.»

«Was ist los? Was machen Sie in unserer Wohnung?»

Hinter Nelly kommt noch jemand zum Vorschein: Mr Dawson von nebenan. Ich kenne ihn, weil er sich ein paar Mal beschwert hat, wenn Mum die Anlage zu laut aufgedreht hat – und auch neulich, als sie das Badezimmer kurz und klein geschlagen hat. Er trocknet sich mit einem Handtuch die Hände ab.

«Der Stöpsel steckte», sagt er zu Nelly, ehe er mich sieht.

Ich blicke hinter ihn ins Bad. Der Boden steht unter Wasser und glänzt.

«Es tropft durch die Decke», sagt Nelly. «Ich schicke die Handwerkerrechnung direkt an eure Mutter.»

«Was?» Ich brauche eine Weile, um all die Informationen zu verarbeiten.

«Jemand hat den Wasserhahn aufgedreht und den Stöpsel stecken lassen», erklärt Mr Dawson. «Das Waschbecken ist übergelaufen, deshalb gibt es unten einen Wasserschaden.»

«Oh!» Ich sehe mich nach Jay um, der plötzlich verschwunden ist. «Entschuldigung. Jay hat anscheinend den Hahn nicht wieder zugedreht.»

«Wie kommt es überhaupt, dass niemand auf ihn aufgepasst hat?», fragt Nelly. «Das will ich wirklich mal wissen. Und wenn er nun etwas in Brand gesetzt hätte? Was dann?»

«Wie soll man etwas in Brand setzen, wenn man das Wasser laufen lässt?»

«Komm mir ja nicht so, junger Mann!», sagt sie. «Du weißt genau, was ich meine. Wo ist eure Mutter? Und wieso seid ihr nicht in der Schule?»

«Bei der Arbeit. Lehrerfortbildung.»

«Wie bitte?»

Ich seufze nachdrücklich. «Mum arbeitet. Jays und meine Lehrer sind auf Fortbildung, deshalb haben wir frei.»

«Das heißt, du musst auf deinen kleinen Bruder aufpassen?»

«Ja.»

«Das ist dir ja hervorragend gelungen, was?»

«Ich war nur kurz unten im Laden und habe uns etwas zu essen besorgt.»

Nelly gibt missbilligende Geräusche von sich und wendet sich an Mr Dawson. «Ein Kind sollte nicht auf ein Kind aufpassen, so geht das nicht», sagt sie.

Mr Dawson nickt. «Es gibt Leute, die sollten einfach keine Kinder haben.»

Sie unterhalten sich, als wäre ich gar nicht da, als wäre ich unsichtbar. Oder es interessiert sie einfach nicht, weil ich ja nur ein armseliger Jugendlicher bin. Was ich denke oder fühle, zählt nicht.

«Haben Sie gesehen, wie es hier aussieht?», fragt Nelly. «Schlimm. Ich mache mir Sorgen um die Gesundheit der Kinder. Würde mich nicht wundern, wenn es hier Ungeziefer gäbe. Haben Sie sich die Küche angesehen?»

Ich begreife, dass Nelly sich wahrscheinlich in aller Ruhe umschauen konnte, während Mr Dawson *Die Große Sintflut* eingedämmt hat. Mir reicht's.

«Raus hier!»

Nelly bricht mitten im Satz ab und sie starren mich mit aufgerissenen Augen und Mündern an.

«Wie bitte?»

«Verlassen Sie unsere Wohnung. Auf der Stelle!» Ich zeige auf die offene Tür. Mr Dawson wirkt eingeschüchtert. Ausnahmsweise bin ich froh über meine einsfünfundachtzig und die miese Ausstrahlung.

Nelly lässt sich nicht so leicht abwimmeln. Sie kneift die Augen zu blutunterlaufenen Schlitzen zusammen und beugt sich vor. «Hier ist noch nicht das letzte Wort gesprochen, junger Mann.» Sie bohrt mir einen knochigen Finger in die Brust. «Noch lange nicht.»

Ich zittere, während ich im Flur stehe und darauf warte, dass sie endlich weg sind. Hätte ich doch die alte Kuh die Treppe hinuntergestoßen, als sich die Gelegenheit bot.

Jay hat sich in unserem Zimmer unter der Bettdecke versteckt. Als er mich sieht, bricht er in Tränen aus.

«Es – tut mir – leid – Laurence», schluchzt er.

«Ist nicht schlimm.» Ich setze mich auf sein Bett.

«Wann kommt Mum nach Hause?» Jay rutscht an mich heran, ein heißes, verschwitztes Knäuel.

«Ich weiß es nicht.» Ich bin zu müde, um weiterzulügen.

Dabei habe ich ihn gerade noch angelogen. Als ich gesagt habe, es wäre nicht schlimm. Es ist schlimm. Nelly war vorher schon gefährlich. Doch jetzt hat sie uns richtig auf dem Kieker.

Offenbar bin ich eingeschlafen, denn die Klingel weckt mich wieder auf. Ich bin in Jays Bett und habe so unbequem auf meinem Arm gelegen, dass er taub geworden ist. Es klingelt noch mal, dann klopft jemand. Ungeduldig. Beharrlich. Wahrscheinlich Nelly, die einen neuen Grund gefunden hat, sich zu beschweren. Es ist mir ganz egal, wer es ist – ich will mit niemandem reden. Wir sind nicht da.

Dann höre ich das Klappern des Briefkastendeckels und etwas fällt im Flur aufs Linoleum.

Ich warte und lausche eine Zeit lang, ehe ich nachsehe. Der Brief ist an Mum adressiert, doch ich reiße ihn auf.

Ich hatte recht, er ist von Nelly.

Worte schießen wie Pfeile aus dem Papier heraus – *Kinder … unbeaufsichtigt … vernachlässigt …* Nelly schildert *Die Große Sintflut* bis ins Detail und bittet Mum, sie aufzusuchen. Dann kommt etwas, das mir kalte Schauer über den Rücken jagt: *ich sehe es als meine Pflicht an, die Behörden zu informieren …*

Das war's dann also.

Mum ist weg, und Nelly sagt dem Sozialamt Bescheid.

Ich zerknülle den Brief und werfe ihn durch den Flur.

«Warum muss ich zu der blöden Telefonzelle mitkommen?», fragt Jay und stampft auf jeder Stufe nach unten mit dem Fuß auf.

«Weil du die Wohnung überschwemmt hast, als ich dich das letzte Mal allein gelassen habe!»

«Gar nicht wahr! Und überhaupt …»

«… habe ich gar nichts zu bestimmen. Schon klar.»

Jay knurrt und geht nicht weiter.

«Komm, Jay. Bitte.»

«Ich habe Hunger.»

«Ich weiß. Ich auch …» Ich bin kurz davor, einfach in die Wohnung zurückzugehen. Wieso soll ich mich anstrengen, einen Urlaub zu gewinnen, wenn Mum sowieso nie wiederkommt?

Aber ich muss für eine Weile da raus. Ich halte es nicht aus, darauf zu warten, dass sie kommen und klopfen. Wahrscheinlich verliere ich heute Abend sowieso, dann bringe ich es lieber hinter mich.

Ich gehe vor Jay in die Hocke. «Das ist das letzte Mal, ich schwöre. Bitte, Jay.»

Jay legt die Stirn in Falten und kaut auf der Unterlippe. «Nur wenn du mir Pokémon-Karten kaufst.»

«Einverstanden.» Ich kann mir keine Pokémon-Päckchen mehr leisten, aber eine Lüge mehr oder weniger macht den Kohl nicht fett.

In der Telefonzelle ist schon jemand, doch das macht nichts, denn wir haben noch ein paar Minuten Zeit.

Dann sehe ich, wer es ist.

Bartman erkennt uns auch direkt. Für den Bruchteil einer Sekunde wirkt er überrascht, vielleicht sogar ein wenig verängstigt, doch dann grinst er. Ich hadere noch mit mir, ob ich warten oder aufgeben und in die Wohnung zurückkehren soll, als er das Gespräch beendet und den Hörer auflegt. Wir warten darauf, dass er herauskommt, doch er bleibt in der Zelle stehen, verschränkt die Arme und starrt uns an.

Ich gehe näher heran und rufe durch die Scheibe: «Entschuldigung, aber wenn Sie fertig sind, würde ich gerne telefonieren.»

«Ach ja? Das tut mir aber leid», ruft er zurück.

«Was macht er da?», fragt Jay.

«Er will nicht rauskommen.»

Jay geht zur Telefonzelle und will die Tür aufziehen, die jedoch zu schwer für ihn ist. Deshalb schlägt er an die Scheibe. Bartman schreckt kurz zurück, doch als er sieht, dass Jay ihn nicht zu fassen bekommt, fängt er an zu lachen.

«Wir müssen telefonieren», ruft Jay und zeigt auf den Hörer.

Bartman schüttelt den Kopf.

Jay schlägt noch einmal fester an die Scheibe. «Es ist wichtig!», schreit er, sicherlich weil er seine Chancen auf das Pokémon-Päckchen schwinden sieht.

Bartman zuckt die Achseln.

Jay knurrt, tritt gegen die Tür … und fängt an zu weinen.

Das findet Bartman jetzt richtig witzig, bis zwei Männer vorbeikommen und ihm einen irritierten Blick zuwerfen. Jay bearbeitet die Scheibe mit Fäusten und brüllt: «Komm raus! Komm raus!»

In der Telefonzelle wird es Bartman allmählich zu ungemütlich. Nachdem Jay ihn in die Ecke getrieben hat, hat er jetzt wahrscheinlich zu viel Angst herauszukommen.

Ich gehe hin und hebe Jay, der immer noch schreit und tritt, hoch und trage ihn aus dem Weg.

Bartman sieht mich an, zieht die Tür auf und richtet den Blick auf Jay. «Tut mir leid, ich wollte ihn nicht zum Weinen bringen.»

Ich sage nichts, schüttle nur den Kopf und betrete die Telefonzelle. Sobald ich die Tür hinter mir zugezogen habe, lasse ich Jay herunter.

«Geht's?»

Jay streckt mir sein rotes, tränenüberströmtes Gesicht entgegen und grinst. «Den wären wir los!»

Lachend wähle ich die Nummer von Radio Ham. Hoffentlich sind wir nach dem ganzen Trara nicht zu spät dran.

Es klingelt ewig, bis jemand drangeht.

«Hallo! Hier ist Daniel Roach für *Baz' Bedtime Bonanza.*»

«Hallo?»

«Hallo, ich bin's, Daniel Roach. Ich mache bei *Baz' Bedtime Bonanza* mit – bei dem Quiz. Tut mir leid, ich bin ein bisschen spät dran.»

Nach einer Pause antwortet eine unbekannte Stimme – eine uralte, brüchige Stimme aus weiter Ferne. «Was möchten Sie bitte?»

«Oh, tut mir leid, ich habe mich verwählt.»

«Bill, bist du das?»

«Nein, hier ist Laur – Daniel ... ich muss auflegen, Entschuldigung!» Ich lege auf und fühle mich ganz furchtbar.

«Wer war das?», fragt Jay.

Ich schüttle den Kopf, wähle noch mal und halte inne – meine Finger schweben über den Ziffern, die in die Tastatur geprägt sind, aber leider nicht mehr in mein Gedächtnis. Mir ist die Telefonnummer entfallen. Ich lege den Hörer wieder auf die Gabel und atme durch. *Ganz ruhig. Du kennst sie. Du wählst sie jeden Abend.* Nur stimmt das leider nicht; meine

Finger wissen einfach, wo sie tippen sollen – zumindest war das bis jetzt so.

Kalte Schweißtropfen rinnen mir den Rücken herunter.

Nicht nachdenken – machen!

Ich greife zum Hörer und wähle.

«Hallo? Bill, bist du das?»

Ich knalle den Hörer auf die Gabel und schreie. Fast im gleichen Moment zucke ich zusammen, weil es klingelt.

«Hallo?», frage ich und erwarte, dass ich wieder die alte Dame am Apparat habe.

«Hi, hier ist Cheryl von Radio Ham. Kann ich bitte mit Daniel Roach sprechen?»

«Cheryl, hi, ich bin schon am Apparat.» Gerade rechtzeitig fällt mir mein Akzent wieder ein.

«Hi, Dan! Tut mir leid, Sie haben sich eben ganz anders angehört!»

«Tschuldigung ... äh, ich hatte den Mund voll.»

«Oh, okay – sind Sie denn jetzt bereit? Das Quiz fängt gleich an.»

«Jep. Ich habe versucht anzurufen, aber ich bin einfach nicht durchgekommen.»

«Kein Problem. Ich dachte, ich rufe mal lieber bei Ihnen an. Ohne unseren Champion können wir doch nicht anfangen.»

Zehn Minuten später gehe ich mit Jay durch die Passage und kann gar nicht mehr aufhören zu grinsen. Ich bin eine Runde weiter. Nach einem wackeligen Start lief alles bestens. Vielleicht habe ich mich entspannt, weil mir alles egal war. Eine Frage habe ich falsch beantwortet, doch der Herausforderer war eine Niete, und ich habe trotzdem gewonnen.

Es hört sich blöd an, aber ich habe fast das Gefühl, als

könnte ich nicht verlieren. Als sollte ich diesen Urlaub für Mum gewinnen. Ein Zeichen – dass ich nicht aufgeben soll, weil die Hoffnung zuletzt stirbt, weil Jay und ich immer noch zusammen sind. Ohne Jay hätte ich heute Abend aufgegeben. Ich wäre einfach weggegangen.

Auf der Treppe zu den Heights lege ich ihm den Arm um die Schultern. «Vielen Dank für deine Hilfe. Ohne dich hätte ich es nicht geschafft.»

Jay zuckt die Achseln. «Bitte. Du kannst mir morgen ein paar Pokémon-Karten kaufen.»

«Yeah!» Ich muss lachen. «Das sollte ich wohl besser tun.»

MISTWOCH
RRRRRIIIINNNNGGG
LAVENDEL-
MÖPSE
ER
IST SHAGGY
ICH
BIN SCOOBY
WARUM
VERFOLGEN WIR
IHN?
OKAY,
SHAGGY!

Liebe Mrs Ellison,
das mit der Überschwemmung tut mir leid. Die Jungen haben mir versichert, es wäre ein Versehen gewesen und Laurence hätte nur kurz unten im Laden eingekauft. Ich würde mich freuen, am Wochenende mit Ihnen zu reden, doch in dieser Woche kommen sehr viele Überstunden zusammen, sodass es schwierig würde, Sie vorher zu treffen. Bitte wenden Sie sich nicht an die Behörden, bevor wir uns unterhalten konnten.
Mit freundlichen Grüßen,
Margaret Roach.

Ich kaue an dem Kuli. Der Brief hört sich noch nicht ganz richtig an, aber allein dafür habe ich schon über eine Stunde gebraucht. Dieses «Bitte wenden Sie sich nicht an die Behörden» gefällt mir gar nicht, es klingt ängstlich, außerdem hasse ich es, bei Nelly zu betteln. Doch wahrscheinlich muss ich. Ich sollte ihr das Gefühl vermitteln, dass sie am Drücker ist, dass sie Macht über uns hat – das findet sie sicher ganz toll. Ich füge vor der Bettelarie noch eine Zeile ein:

Sie haben recht, die Jungen sollten nicht allein in der Wohnung sein, aber Laurence kümmert sich normalerweise sehr gut um Jay. Ich habe ihm gesagt, dass er besser aufpassen soll.

Dann schreibe ich das alles noch mal ab und fälsche Mums Unterschrift – wie bei zahllosen Entschuldigungsformularen in der Schule, wenn sie zu betrunken war, um zu unterschreiben. Ich bin immer noch nicht sicher, ob es funktionieren wird, aber etwas Besseres fällt mir nicht ein.

Da wir keine Briefumschläge besitzen, falte ich den Brief, schreibe Mrs Ellison auf die eine Seite und lege ihn in das Bausparbuch auf Mums Schminktisch. Zum Glück ist das Buch einigermaßen gut getrocknet. Die Tinte ist leicht verlaufen und die Ecken haben sich ein wenig gekräuselt, aber es hat die Aktion überstanden. Das ist gut, denn ich brauche es für *Teil eins des großen Plans:* Geld zu ergattern. Und wenn Mum dabei sein muss, um Geld abzuheben, dann muss Mum eben da sein.

Der Rock steht mir gar nicht schlecht, doch meine behaarten Beine ruinieren den guten Eindruck direkt wieder. Ich wende mich vom Spiegel ab und krame in Mums Schubladen nach einer Strumpfhose. Ich habe noch nie eine Strumpfhose getragen und reiße gleich eine große Laufmasche in das erste Exemplar, das ich anprobiere. Beim zweiten Mal bin ich vorsichtiger und ziehe die Strumpfhose über meine Beine, ohne etwas kaputtzumachen – nur hängt der Schritt knapp über meinen Knien. Nach langem Ziehen und Zupfen sitzt sie schließlich halbwegs. Fühlt sich komisch an, aber meine Beine sehen entschieden besser aus.

Jetzt zum Oberteil. Mum steht nicht auf blumige weibliche Kleidung. Die meiste Zeit kleidet sie sich eher wie ein Mann, doch das hilft *mir* kein bisschen, wie eine Frau auszusehen. Schließlich muss eine Bluse mit blauem Blümchenmuster herhalten. Da die Knöpfe verkehrt herum geknöpft werden, plage ich mich lange damit ab. Sieht gar nicht schlecht aus … Aber irgendwas stimmt noch nicht. Nur was?

Dann sehe ich neben dem Bett den schwarzen Spitzen-BH auf dem Boden liegen.

Niemals!

Doch wenn das Ganze funktionieren soll …
Es dauert ewig, das blöde Ding anzuziehen, weil man es im Rücken schließt. Letztlich schlüpfe ich wieder heraus, mache erst den BH zu und ziehe ihn dann über den Kopf an. So etwas Unbequemes habe ich im Leben noch nicht getragen. Die Spitze kratzt und die Träger schneiden in meine Schultern. Keine Ahnung, wie Mum das aushält. Ich stopfe den BH mit der kaputten Strumpfhose und ein paar Socken aus und betrachte mich erneut im Spiegel. Es sieht aus, als würde ich Kartoffeln im Oberteil schmuggeln. Ich brauche etwas, das nicht so klumpt.

Das einzig Geeignete scheint mir ein großer Krug mit Lavendel-Badesalz zu sein, das Oma gehört haben muss. Ich fülle es in zwei Socken ab, mache einen Knoten hinein und stecke sie in die Körbchen des BHs. Jetzt sieht es ziemlich echt aus, nur ist leider eine Seite merklich dicker als die andere. Ich gleiche den Unterschied aus und probiere das Teil noch mal an. So muss es gehen. Ich rieche irgendwie … blumig, würde ich sagen, und das kann ja nun eigentlich nicht schlecht sein.

Dann hole ich Mums schwarze Daunenjacke aus dem Schrank und ziehe sie an. Kann sein, dass es bei dem Wetter komisch aussieht, doch ich brauche noch eine Kleidungsschicht zwischen der Öffentlichkeit und meinen Lavendelmöpsen. Als ich meine Füße in Mums hohe Stiefel zwängen will, muss ich passen. Sie sind mir viel zu klein, ich nehme meine Turnschuhe. Außerdem gehe ich davon aus, dass die Leute nicht unbedingt auf meine Schuhe glotzen werden.

Fertig – ein letzter Blick in den Spiegel. Mit Sonnenbrille ist es eindeutig besser. Sie ist so groß, dass sie viel von meinem Gesicht verbirgt. Zum Glück muss ich mich noch nicht rasieren und sehe mit der Perücke, der Sonnenbrille und einer ordentlichen Portion *Vampire's Kiss* weitestgehend wie eine Frau aus. Doch wird *weitestgehend* reichen?

Muss. Gestern gab es für jeden nur einen Marsriegel zu essen. Es fühlt sich an, als würde jemand Messer in meinen Bauch stechen. Und der ist aufgebläht wie ein Ballon. Wenigstens werde ich Jay dabeihaben – so wirkt der Auftritt glaubhafter. Er zieht sowieso immer die meiste Aufmerksamkeit auf sich; wahrscheinlich falle ich dann gar nicht mehr auf.

Als ich ins Wohnzimmer komme, fällt Jay vom Sofa und bricht in schallendes Gelächter aus. «Du siehst aus wie Mum!», sagt er und wälzt sich über den Boden.

Das ist gut. Wenn Jay schon findet, dass ich wie Mum aussehe … könnte es funktionieren.

«Wir müssen in die Stadt», sage ich zu ihm.

«Wieso?»

«Um Geld abzuheben, damit wir uns etwas zu essen kaufen können.»

«Und Pokémon-Karten», sagt Jay. «Hast du mir versprochen!»

«Jep, ich weiß.»

«Und warum hast du dich als Mum verkleidet?»

«Weil Mum keine Zeit hat, zur Bank zu gehen, und mir niemand Geld gibt. Mum hat gesagt, ich könnte so tun, als wäre ich sie, und etwas abheben. Das heißt, ich brauche deine Hilfe. Okay?»

Jay kaut auf seiner Lippe.

«Als Rückendeckung, du weißt schon, wie Shaggy und Scoob auf geheimer Mission.»

«Partner», sagt Jay grinsend.

«Du sagst es.»

Auf dem Weg nach draußen schiebe ich den Brief unter Nellys Tür hindurch. Gegen ihren Röntgenblick hätte ich aus der Nähe keine Chance, sie würde meine Verkleidung sofort durchschauen.

In dem Moment, als wir in die grelle Sonne und den dröhnenden Verkehr hinaustreten, bleibe ich wie gelähmt stehen. Ich fühle mich nackter als nackt. Unten an der Treppe muss ich gegen den dringenden Wunsch ankämpfen, wieder reinzulaufen und den ganzen blöden Plan in die Tonne zu treten.

«Nelly kommt», sagt Jay nach einem Blick zurück auf die Heights.

Ich nehme seine Hand und gehe los. Nelly ruft uns etwas nach, doch ich tue so, als würde ich nichts hören.

Da wir kein Geld für Busfahrkarten haben, müssen wir den weiten Weg in die Stadt zu Fuß zurücklegen. Ich halte den Kopf gesenkt und sehe niemandem ins Gesicht. Jay erzählt mir die *Scooby-Doo*-Folge, die er am Morgen gesehen hat, und plappert wie immer drauflos.

Das hilft. Allmählich entspanne ich mich. Ich schaffe das. Es ist eigentlich das Gleiche, wie wenn ich mich im Radio als meinen Vater ausgebe. Ich muss nur in die Rolle schlüpfen und dran glauben.

Ich sehe die Ersten aus meiner Schule, als wir über eine Seitenstraße zur High Street gehen. Eine ganze Gruppe in der Uniform der Hardacre-Gesamtschule schlendert auf dem Bürgersteig auf uns zu. Anscheinend ist es schon Mittag – Essenszeit. Ich habe gar nicht gemerkt, dass wir so spät dran sind. Das hat mir gerade noch gefehlt. Und wenn mich jetzt jemand erkennt?

Dann sehe ich zufällig mein Spiegelbild in einem Schaufenster. Das ist ein Schock, aber ein guter. Ich sehe mir kein bisschen ähnlich! Daraufhin gehe ich noch ein bisschen näher an die Scheibe heran. Die Sonnenbrille reißt es wirklich heraus, denn da man mein Gesicht nicht sehen kann, wirke ich mit der Perücke und allem anderen wie eine Frau.

Wir warten an der Kreuzung gegenüber dem Blumenladen darauf, dass es grün wird. Es ist voll, viele Leute haben Mittagspause, essen Sandwichs und reden in ihre Handys. Auf der anderen Seite der Ampel bemerke ich vage Jugendliche in Schuluniform, doch ich sehe absichtlich nicht richtig hin.

Schließlich bleiben die Autos stehen und das grüne Männchen blinkt auf.

«Komm.» Als ich Jay ansehe, winkt er jemandem auf der anderen Straßenseite zu.

In dem Pulk von Schülern steht Mina und winkt lächelnd zurück.

Schlagartig begreife ich, dass ich etwas sehr Wichtiges vergessen habe: Auch wenn meine Verkleidung funktioniert, kann man Jay wie immer gut erkennen.

Es ist zu spät, um wegzulaufen. Mina kommt bereits auf uns zu.

«Hey, Jay!» Sie lächelt, fährt ihm durchs Haar und wendet sich mir zu.

Ihr fallen fast die Augen aus dem Kopf. «Laurence?»

Jay lacht. «Er sieht aus wie Mum!»

Mina schlägt die Hand vor den Mund, beugt sich vor und betrachtet mich genauer. «Du bist es wirklich!» Sie lacht, beherrscht sich dann aber. «Was soll das werden? Ich meine, es sieht toll aus – in der Art von Eddie Izzard, oder wie? Eins muss ich dir lassen – das würden sich die meisten Typen nicht trauen.»

Ich weiß überhaupt nicht, wovon sie redet.

«Du bist doch nicht schwul, oder?», flüstert sie. «Das wäre natürlich ganz egal, also mir jedenfalls, aber ich … also …» Ausnahmsweise fehlen Mina die Worte.

«Nein, ich bin nicht schwul.»

«Wir gehen zur Bank», sagt Jay mit lauter Stimme. «Sie geben nur Mum Geld, aber die ist nicht da, und deshalb musste Laurence sich verkleiden und so tun als ob. Ich gebe ihm Rückendeckung, wie Scooby.»

Genau aus diesem Grund lasse ich ihn nicht in die Schule.

«Was? Ihr verwirrt mich.» Mina zieht die Stirn kraus und schüttelt den Kopf. «Wirklich! Das müsst ihr mir näher erklären. Kommt mit, ich lade euch zu einem Tee ein.»

«Wir sind auf dem Weg zur Bank.»

«In diesem Aufzug? Willst du sie ausrauben?» Sie zieht eine Augenbraue hoch. «Für eine kurze Tasse Tee wird eure Zeit doch reichen.»

«Ich habe kein Geld.»

«Ich hab doch gesagt, dass ich euch einlade. Jetzt komm schon.» Mina hakt sich bei mir ein.

«Wo gehen wir hin?», fragt Jay.

«Ins Café.»

«Super!», sagt Jay. «Ich bin am Verhungern. Wir haben seit Tagen nichts gegessen!»

Knebeln wäre gut.

Das Café ist die reinste Folterkammer. Wir sind von Essen umzingelt: von dem Duft, von den Geräuschen aus der Küche, dem Zischen und Brutzeln und sogar von den Bildern an der

Wand, die köstliche Speisen zeigen. Mein Magen knurrt ehrfurchtsvoll.

«Okay, was möchtet ihr?», fragt Mina und holt ihr Portemonnaie heraus.

«Nur einen Tee, bitte.»

«Ich dachte, ihr hättet seit Tagen nichts gegessen?»

«Er übertreibt», lüge ich.

«Gar nicht wahr!»

«Bacon-Sandwich?», fragt Mina. «Oder ein Triple mit allem: Ei, Bacon und Würstchen? Möchtest du so eins, Jay?»

«Ich möchte Pommes und Bohnen», antwortet Jay.

«Nur was zu trinken, Jay!», fauche ich ihn an.

Mina wendet sich an die Frau hinterm Tresen. «Zwei Triples und einen Teller Pommes mit Bohnen, bitte.» Als Nächstes fragt sie Jay: «Und was willst du trinken?»

«Cola!»

«Bitte.» Ich stupse ihn an.

«Bitte», sagt Jay mit bösem Blick zu mir.

«Tee? La … Laura?», fragt Mina mit einem frechen Grinsen in den Augen.

Ich nicke.

«Wird gleich gebracht.» Die Frau hinterm Tresen wirft mir einen komischen Blick zu.

Als wir durch das Café zu einem Tisch in der hintersten Ecke gehen, spüre ich die Blicke der Gäste. An einem Tisch sitzen Mechaniker in ölverschmierten blauen Overalls. Der Älteste von ihnen, er ist übergewichtig und fast kahl, zwinkert mir im Vorbeigehen zu.

Das findet Mina witzig. Ihre Schultern zucken immer noch, als wir uns setzen, und die Tränen laufen ihr über die Wangen. Es ist heiß hier, ich schwitze und die Perücke juckt zum Wahnsinnigwerden. Ich mache Mums Jacke auf, doch ich fürchte mich zu sehr, sie ganz auszuziehen.

Mina kriegt Stielaugen. «Du hast Möpse!»

Ich zucke die Achseln. «Badesalz. Total unbequem.» Ich reibe mir die Schulter, wo der Träger einschneidet.

«Dann weißt du ja jetzt, was wir erdulden müssen.» Mina lächelt. «Jetzt erkläre es mir bitte noch mal – warum läufst du so rum?»

Da ist sie: die Eine-Million-Dollar-Frage.

Ich könnte ihr die Wahrheit sagen … über alles, doch ich weiß immer noch nicht, ob ich ihr über den Weg trauen kann. Sie mustert mich über den Tisch hinweg – mit dem gleichen Blick wie neulich im Park, als sie mich gefragt hat, warum ich weggelaufen bin.

Die Kellnerin, die das Essen bringt, rettet mich. Jay jubelt und klatscht in die Hände, als sie ihm den Teller mit Pommes und Bohnen hinstellt. Er ertränkt das Ganze in Tomatensoße und haut rein, als hätte er seit Tagen nichts gegessen – was selbstverständlich der Wahrheit entspricht.

Ich lächle Mina an. «Danke, das ist wirklich total nett von dir … also … das alles für uns zu bestellen.»

Sie zuckt mit den Schultern. «Dafür sind Freunde da, oder?»

Ich nicke und beiße in mein Sandwich. In meinem Mund entfaltet sich das Paradies – weiches Weißbrot mit Butter, salzigem Bacon und würzigem Würstchen. Fett und Ei spritzen auf meine Finger und ich bin einen Augenblick lang sprachlos.

«Ich sag doch, die sind lecker.» Mina lächelt, doch dann wird sie wieder ernst. «Du hast meine Frage nicht beantwortet. Was ist eigentlich los, Laurence? Du warst die ganze

Woche nicht in der Schule, und als ich dich das letzte Mal gesehen habe, hast du im Graben gesessen. Heute hast du dich als Frau verkleidet. Entweder bist du ein verrückter Hund oder das hat alles gute Gründe.»

«Er ist kein Hund», sagt Jay mit dem Mund voll Pommes. «Er ist Shaggy, *ich* bin Scooby!»

Mina sieht ihn an. «Meinetwegen, dann seid ihr eben beide verrückt. Ich sitze hier mit den Brüdern des Wahnsinns am Tisch!»

«Wenn überhaupt, bist du wahnsinnig», sagt Jay und runzelt die Stirn.

«Ach, wirklich? Habe *ich* mich vielleicht mit Badesalz im BH verkleidet?»

«Ich hab's dir doch gesagt!», sagt Jay. «Wir müssen Geld holen, um uns etwas zu essen zu kaufen. Wir haben nichts mehr und Mum ist nicht da.» Als er eine Pause macht, schwebt seine Hand mit der Gabel in der Luft und streut gebackene Bohnen auf die Tischdecke.

Ich könnte jetzt eingreifen und ihn zum Schweigen bringen, bevor er Mina alles erzählt. Aber das will ich nicht. Ich möchte, dass sie es erfährt. Ich kann die Last des Geheimnisses nicht mehr allein tragen.

Deshalb beiße ich wieder in mein Sandwich und lasse Jay reden.

«Laurence muss so tun, als wäre er Mum, damit sie ihm das Geld geben», schließt Jay und leckt Tomatensoße von seinen Fingern.

Mina sieht mich über die Teetasse hinweg an. «Ist das dein Ernst?»

Ich zucke die Achseln.

«Ich will dich nicht beleidigen, Laurence, aber glaubst du

wirklich, die in der Bank würden dir abkaufen, dass du eine Frau bist, so aufgetakelt wie du bist?»

«Genau genommen ist es die Bausparkasse.»

«Deshalb funktioniert es trotzdem nicht», schnaubt Mina. «Es sei denn, da arbeiten nur Blinde. Du siehst aus wie eine schlecht gestylte Tunte!»

«Und was soll ich deiner Meinung nach sonst tun?» Das kommt lauter heraus als beabsichtigt.

Ich nehme die Sonnenbrille ab und werfe sie auf den Tisch. In dieser Verkleidung komme ich mir total blöd vor – und noch mehr, weil ich tatsächlich dachte, es würde funktionieren. Außerdem bedeutet es, dass wir wieder da stehen, wo wir angefangen haben: bei null, ohne einen Penny.

Mina isst in aller Ruhe noch einen Bissen und sieht mich eindringlich mit ihren dunklen Augen an. Sie schluckt und nimmt ihre Teetasse.

«Wo ist eure Mutter denn?»

Ich werfe Jay einen flüchtigen Blick zu. «Sie arbeitet woanders», erkläre ich und schüttle gleichzeitig den Kopf.

Mina nickt. «Und jetzt habt ihr kein Geld mehr.»

«Jep.»

Sie trinkt noch einen Schluck Tee. «Ich leihe dir was. Ich war gestern babysitten, jetzt bin ich reich.»

Das Angebot haut mich dermaßen vom Hocker, dass ich sprachlos bin. Dann schüttle ich den Kopf. «Danke, aber das musst du nicht. Es geht schon.»

«Ich weiß, dass ich das nicht muss, aber wenn ich es schon anbiete, kannst du es ruhig nehmen. Du kannst es mir ja zurückgeben. Sonst sitze ich dir für den Rest deiner Tage im Nacken!» Sie grinst.

«Ich kann doch kein Geld von dir nehmen.»

«Warum nicht? Ich dachte, ihr hättet es nötig. So seht ihr jedenfalls aus.»

Ich zucke die Achseln.

«Falls du in dieser Aufmachung in die Bank gehst», sagt Mina, «wartet ein Streifenwagen auf dich, wenn du rauskommst. Das willst du doch nicht, oder?» Sie zeigt mit dem Kopf auf Jay. «Ich nehme an, niemand weiß, dass ihr allein seid?»

«Niemand.»

Mina sieht auf die Uhr. «Ich muss wieder in die Schule. Kommt, wir gehen.»

Ich trinke den Tee aus und nehme den Rest des Sandwichs mit – das lass ich mir nicht entgehen. Als wir zur Tür gehen, fange ich den Blick des kahlen Mechanikers auf. Er grinst mich an und fixiert meine Badesalzmöpse.

«Wir sehen uns, Süße», ruft er und zwinkert mir erneut zu. Seine Kumpel am Tisch grinsen wie die Blöden.

Ich nicke. «Wir sehen uns, Schatz», sage ich mit meiner tiefsten Stimme und zwinkere zurück.

Sein Lächeln verrutscht wie eine fettige Fritte auf einem Teller. Einer seiner Kollegen fängt an zu lachen. Ich winke ihm zu und öffne die Tür.

Mina kriegt sich nicht mehr ein vor Lachen, erst an der High Street hört sie endlich auf.

«Ich mag dich, Laurence Laura Roach», sagt sie und holt etwas aus der Tasche. «Mit dir ist es nie langweilig.» Sie reicht mir einen Zwanzig-Pfund-Schein. «Kommt ihr damit erst mal hin?»

«Brauchst du das Geld nicht?»

«Ich wollte eigentlich gerade ein Geburtstagsgeschenk für Amy kaufen, aber das kann ich auch morgen machen.»

Ich nehme den Zwanziger. Auf einmal ist meine Kehle wie zugeschnürt.

«So, ich muss los. Einer muss ja zur Schule gehen.» Sie nimmt meine Hand und schreibt mit blauem Kuli etwas auf den Handrücken. «Meine Handynummer», sagt sie. «Du kannst mich jederzeit anrufen. Wir müssen uns mal richtig unterhalten.» Dann streckt sie sich und küsst mich auf die Wange. «Pass auf dich auf, Großer.» Sie zerstrubbelt Jays Haar, winkt noch mal und geht.

«Warum hat sie dir auf die Hand geschrieben?», fragt Jay.

Ich zucke die Achseln.

«Sie ist schräg», sagt er und schüttelt den Kopf. «Aber ich mag sie.»

«Ja. Ich auch.»

«Wissen Sie was, Dan, mein Freund», sagt Baz. «Ich werde Sie vermissen. Wir haben schon eine Menge durchgestanden, Sie und ich – aber wie ALLE guten Dinge hat auch das ein ENDE. DAS STEHT ABSOLUT FEST! Wir wissen nur noch NICHT, wann. HEUTE vielleicht? Oder MORGEN?»

Als Baz eine Pause macht, knistert es in der Leitung.

«ZWEI korrekte Antworten. EINE fehlt noch. Nur NOCH EINE Frage und Sie wären IN DER ENDRUNDE!»

Mein Blick geht nach draußen. Vor der Telefonzelle springt mir etwas ins Auge: Ich sehe ein Mann mit einem langen silbernen Pferdeschwanz. Er geht über den Parkplatz. Mein Herz federt wie einer von Baz' dämlichen Soundeffekten, als Silberlocke das *Parade Wines* betritt.

Und wenn nun Mum am Abend des Festivals wirklich bei ihm war? Oder wenn sie immer noch mit ihm zusammen ist? Wenn sie auf ihn wartet, veilleicht gerade in diesem Augenblick? Dann könnte ich ihm folgen und er würde mich zu ihr führen.

«Daniel?», fragt Baz in mein Ohr.

«Ja?»

«Sind Sie noch bei uns, Champ? Ich hatte schon Angst, dass wir Sie wieder VERLOREN hätten.»

«Nein, ich bin hier.»

«Sind Sie BEREIT?»

«Jep.»

Ich fixiere den Eingang des *Parade Wines*.

«Gut. Frage Nummer DREI. Wie heißt das berühmte amerikanische Denkmal, wo die Gesichter ehemaliger Präsidenten in die Bergkette gemeißelt wurden? Ist das A: The Lincoln Memorial? B: Capitol Hill? Oder C: Mount Rushmore? Ich lese noch mal vor …»

Der Mann kommt mit einer roten *Parade-Wines*-Tüte aus dem Geschäft. Das ist zu früh! Wenn er jetzt geht, kann ich ihn nicht mehr einholen. Doch statt links zum Park zurückzugehen, läuft er weiter durch die Passage und drückt die Tür von *Choi's Fish & Chips* auf. Vielleicht habe ich noch eine Chance.

Leider habe ich nicht zugehört, als Baz die Frage gestellt hat.

«Tschuldigung, könnten Sie das noch mal wiederholen?»

«NOCH MAL?!», sagt Baz. «Das ist ABSOLUT gegen die Regeln, aber weil Sie es sind.»

«Danke.»

«Das Denkmal in Amerika, wo die Gesichter der Präsidenten in den Berg gemeißelt sind. Wie heißt das? Ist das A: The Lincoln Memorial? B: Capitol Hill? Oder C: Mount Rushmore?»

«C: Mount Rushmore.» Das weiß ich, weil ich gestern früh mit Jay eine Folge *Scooby-Doo* gesehen habe. Die Truppe machte einen Ausflug zum Mount Rushmore, wo Shaggy und Scooby von den Geistern der Präsidenten über das Denkmal gejagt wurden. Wer sagt denn, dass man beim Fernsehen nichts lernt?

«Das ist Ihre ENDGÜLTIGE Antwort?», fragt Baz.

«Ja.»

Silberlocke ist in *Choi's Fish & Chips* der Nächste in der Schlange.

«Sind Sie ABSOLUT sicher?»

«Ja!» *Mensch, mach schon!*

«ICH WUSSTE, dass es so kommt», sagt Baz. «Habe ich Ihnen nicht GESAGT, dass wir uns voneinander verabschieden müssen?»

Die Tür der Imbissbude geht auf und ein Junge kommt heraus, der auf seine Pommes pustet.

«MEIN FREUND, ich sage AUF WIEDERHÖREN. Es war großartig – ach, was SAGE ICH DENN DA? Es war ÜBERWÄLTIGEND!» Baz spielt traurige Musik mit Schluchzern im Hintergrund.

Der Mann mit dem silbernen Zopf kommt mit einer Plastiktüte von Choi's Imbiss in die Passage zurück. Sie sieht schwer aus. Hat er für zwei eingekauft? Ich muss herausfinden, wohin er geht.

«Es ist nämlich folgendermaßen», sagt Baz. «Ich wäre ENTZÜCKT, wenn wir uns morgen Abend hier bei uns wiederhören würden. GLEICHE ZEIT – GLEICHER ORT – zum FINALE!» Wilder Jubel und Feuerwerkseffekte übertönen ihn beinahe. «Dann ist unser amtierender Sieger DANNY THE ICEMAN Roach nur noch DREI Fragen – DREI Fragen NUR, Leute! –

davon entfernt, einen ALL-INCLUSIVE-Urlaub in der Sonne zu gewinnen!»

Der Werbesong von Hardacre Holidaze klimpert durchs Telefon, während Silberlocke zu der Treppe am Ende der Passage geht. Ich muss los.

«Ich werde da sein», sage ich zu Baz. «Bis morgen.» Dann lege ich auf.

Jay wartet draußen auf mich. Ich nehme ihn huckepack und renne los.

«Wo – laufen wir hin?», fragt Jay und hält sich an meinen Haaren fest, um das Gleichgewicht nicht zu verlieren.

«Wir müssen diesen Mann verfolgen. Den mit dem silbernen Haar.» Ich sehe ihn in einiger Entfernung im Park. Wir müssen näher heran, sonst verlieren wir ihn, wenn er durch die Hecke geht.

«Das ist – der Mann – von – der Kirmes», sagt Jay und hüpft auf meinen Schultern auf und ab.

Ich stöhne. Es ist schwer, im Laufen zu reden, zumal Jay mit den Beinen meinen Hals umklammert.

«Warum – verfolgen – wir – ihn?»

«Erklär ich dir später. Verlier ihn nicht aus den Augen, Scoob!»

«Okay – Shaggy.»

Als der Mann durch das Loch in der Hecke abtaucht, lege ich einen Sprint ein, weil ich Angst habe, ihn endgültig aus den Augen zu verlieren. Bei der Lücke setze ich Jay ab und werfe einen vorsichtigen Blick hindurch – gerade noch rechtzeitig, um zu sehen, wie sich ein Sonnenstrahl im silbernen Haar des Mannes fängt und er links um die Ecke biegt. Ich hebe Jay auf meine Hüfte und schlage mich zur Betonbrücke durch. Das

Objekt, das wir verfolgen, ist schon fast am Wehr, sein Umriss zeichnet sich vor dem Himmel ab.

«Komm weiter.» Ich nehme Jay wieder huckepack.

Der Mann bleibt kurz stehen und spricht mit jemandem auf einem der Kanalboote, die am Ufer vertäut sind. Das ist die Gelegenheit, um seinen Vorsprung aufzuholen – doch zu nah will ich auch nicht an ihn heran. Er soll nicht merken, dass er verfolgt wird. Und so kann Jay endlich auch mal wieder laufen.

Weiter vorn macht der Kanal eine Biegung durch einen kurzen Tunnel unter einer hohen schwarzen Eisenbahnbrücke. Silberlocke verschwindet im Tunnel.

«Wir müssen näher ran», sage ich zu Jay. «Komm, ich heb dich wieder hoch.»

Doch Jay schüttelt den Kopf. «Das tut weh!»

«Dann müssen wir eben rennen.»

«Meinetwegen.»

Wir laufen los, doch schon nach wenigen Metern bleibt Jay zurück. Ich renne weiter. Das Risiko, den Mann nicht wiederzufinden, ist zu groß.

Im Tunnel ist es unheimlich, die Kuppeldecke wirft das Echo meiner Schritte zurück, und ich bin froh, wieder herauszukommen. Am Ufer liegen drei Boote nebeneinander. Der Mann ist auf einer Höhe mit dem ersten, dann geht er am zweiten vorbei auf das dritte zu. Ich bleibe zurück, behalte ihn im Auge und warte auf Jay. Durch den Tunnel kann ich die runde Scheibe des blauen Himmels sehen, doch von Jay fehlt jede Spur. Wahrscheinlich fürchtet er sich, unter die Brücke zu gehen. Eigentlich müsste ich zurückgehen und ihn suchen.

Silberhaar lässt auch das letzte Boot hinter sich.

Wo will er hin? Ich kann ihn nicht länger verfolgen, nicht ohne Jay.

Wusste ich doch, dass ich ihn besser getragen hätte.

Weiter vorn ist noch ein Wehr. Der Mann mit dem Pferdeschwanz steigt auf das Gatter, gelangt über das Wehr auf die andere Seite und läuft am anderen Ufer zurück Richtung Brücke. Ich gehe einfach weiter, damit es nicht auffällt, dass ich ihm folge. Auf einmal sind wir auf gleicher Höhe und nur noch durch den Kanal voneinander getrennt. Er sieht mich über das Wasser hinweg an und nickt mir zu. Ich gehe weiter und warte, bis ich fast an dem Wehr vorbei bin, ehe ich mich umdrehe und die Beobachtung wieder aufnehme.

Er geht zu einem Boot, das bisher unter den überhängenden Ästen einer Trauerweide verborgen war. Es ist kurz und grau mit einer viereckigen Kajüte und runden Bullaugen – kein Vergleich mit den leuchtend bunt lackierten Kanalbooten von eben. Hinter den Fenstern sehe ich einen schwachen gelben Lichtschein und blauen Rauch, der sich aus dem Schornsteinstummel auf dem Dach kräuselt.

In dem Moment weiß ich es ganz genau –

Sie ist da drin.

Ein Gefühl wie ein Hitzeschwall – so intensiv, dass ich erschauere, als es nachlässt.

Es ist genau wie im Spiegelzelt und bei der Verfolgungsjagd durch den Park.

Es ist Mum, das spüre ich.

Ich beobachte noch, wie der silberhaarige Mann an Bord geht, dann drehe ich um und laufe zum Tunnel zurück. Jay wartet auf der anderen Seite. Einen Augenblick lang wirkt er erfreut, mich zu sehen, doch dann verdüstert sich seine Miene.

«Du bist weggelaufen!», sagt er, den Tränen nahe.

«Tut mir leid, Scooby, Kumpel, ich musste den Mann verfolgen. Aber jetzt weiß ich, wo er wohnt. Super, dass du hier geblieben bist und Wache gehalten hast. Danke, Mann.» Ich grinse, obwohl ich nicht sicher bin, ob Jay noch mitspielt. «Wie wär's mit ein paar Scooby-Schmeckies auf dem Heimweg? Na, was meinst du?»

Jay ist hin- und hergerissen zwischen rechtschaffenem Zorn und Pommes.

Die Pommes gewinnen.

Hier draußen auf dem Dach ist es kühl und dunkel. Die Nacht lässt die Rollläden herunter, verabschiedet den Tag und übersät den Himmel mit Sternen. Mit Mühe kann ich die scharfen Umrisse der Bäume an der Grenze zwischen Park und Kanal erkennen. Irgendwo in dieser Schwärze liegt das graue Boot.

Rede ich mir nur ein, dass sie dort ist? Ich habe keinerlei Beweise, nur ein Gefühl, das wie Raketen durch meine Adern zischt und mir zuflüstert, dass sie es ist. Ich muss mir Sicherheit verschaffen, und zwar bald – bevor mir der Kopf platzt.

Voller-Tag
RRRRRIIIINNNNGGG
B: EINE KAKERLAKE
NEIN!
DOCH!
LASS LOS, JAY!
DAS HAST DU NICHT ZU BESTIMMEN!

Ich stehe früh auf, denn mir schwirrt noch der Kopf von der letzten Nacht. Ich will zu dem Boot, ich will unbedingt wissen, ob sie wirklich dort ist.

«Ich gehe nicht zu diesem blöden Kanal!», sagt Jay mit geballten Fäusten.

«Aber wir müssen dem Mann nachspionieren, diesem Typen von der Kirmes, damit wir wissen, was er vorhat. Komm schon, Scooby, Kumpel – ohne deine Rückendeckung kriege ich das nicht hin!»

Jay verschränkt die Arme und sieht mich unter seinem Pony finster an.

Ich weiß nicht, was ich machen soll, schließlich kann ich ihn nicht einfach hier allein lassen. Doch dann springt mir die Antwort sozusagen ins Gesicht – in Form von verschmierten blauen Ziffern auf meinem Handrücken.

Ich bitte Jay, sich nicht von der Stelle zu rühren, bis ich wieder da bin, und schnappe mir die Telefonkarten.

Wie eine Erscheinung taucht plötzlich die Schnüffelnelly in der Mitte der Eingangshalle vor mir auf.

«Guten Morgen.» Ihr Blick geht von mir zur Treppe. «Hast du deinen Bruder heute nicht dabei?»

«Er ist oben …» In meinem Kopf schrillt ein Alarm, doch es ist bereits zu spät. Gesagt ist gesagt.

«Allein?»

«Nein! Mum ist bei ihm.» *Ich Idiot! Was sollte das denn?*

«Ah!» Nellys Augen leuchten auf. «Wunderbar. Dann gehe ich direkt hoch.»

«Nein!»

Nelly, die schon fast unterwegs war, bleibt stehen und sieht mich an.

«Sie macht sich gerade fertig. Sie geht jetzt sofort arbeiten.» Mein Herz hämmert so heftig, dass mir das Denken schwerfällt. «Haben Sie ihren Brief bekommen? Sie hat gesagt, sie wollte sich am Wochenende mit Ihnen treffen – Samstag, glaube ich.»

Nelly seufzt durch ihre geschürzten Lippen. «Ich erwarte sie direkt am Samstagvormittag. Punkt neun Uhr. Sag deiner Mutter, dass ich keine Verspätung dulden werde.»

Ich ersticke in einer Wolke von Altdamenparfüm, als Nelly sich zu mir vorbeugt.

«Aber ich warne dich. Beim leisesten Verdacht, dass bei euch da oben etwas nicht stimmt, gehe ich direkt zum Amt. Habe ich mich klar ausgedrückt?»

Ich sage nichts und sehe sie nur an.

Doch Nelly hält meinem Blick stand.

Und ich sehe als Erster weg.

«Was soll ich tun?» Mina klingt anders am Telefon, mehr wie jemand aus dem Norden. «Ich muss doch zur Schule.»

«Tut mir leid … das habe ich ganz vergessen. Egal. Ist nicht schlimm.» Was für eine dumme Idee, sie zu fragen.

Am anderen Ende höre ich Mina kichern. «Ich hab nicht gesagt, dass ich es nicht tue, oder? Ich dachte nur, du hättest etwas Aufregenderes mit mir vor als auf deinen kleinen Bruder aufzupassen.»

Mein Mund ist wie ausgedörrt. «Äh …»

«Was ist denn nun eigentlich so wichtig an der Sache?»

Ich zögere kurz, doch dann erzähle ich ihr von Mum und dem Boot.

Eine Sekunde lang ist es still in der Leitung. Dann antwortet Mina.

«Okay. Gib mir eine halbe Stunde. Ich muss warten, bis Dad zur Arbeit gegangen ist. Wo wohnt ihr?»

«Kennst du das Einkaufszentrum? Parkview Parade. Da können wir uns treffen.»

Ich habe Mina noch nie ohne Uniform gesehen – bisher hat sie immer entweder die Schuluniform getragen oder das Kostüm der Band. Heute hat sie ein kurzes Kleid mit Rosendruck an, eine Jeansjacke und eine große weiße Sonnenbrille auf. Sie hat sogar Lippenstift aufgelegt. So sieht sie anders aus … ganz anders … Und die Mina in meinem Kopf sagt: *Ich dachte nur, du hättest etwas Aufregenderes mit mir vor …*

«Danke, dass du gekommen bist …», krächze ich, als sie lächelnd ihr Fahrrad auf mich zuschiebt.

«Keine Ursache, Großer. Ich habe heute sowieso Mathe und eine Doppelstunde Bio.» Mina verzieht das Gesicht. Dann wandert ihr Blick an den Heights hoch. «Hier spukst du also herum.»

«Jep. Aber wir gehen besser hintenrum rein.»

Mina mustert die Feuertreppe.

«Hättest du mir das nicht vorher sagen können? Ich bin nicht gerade passend zum Klettern angezogen!»

«Tschuldigung.»

Sie lacht. «Andererseits hätte ich es mir denken können. Kaum bist du in der Nähe, wird es schräg.» Sie streicht kurz über meinen Arm. «Das finde ich gut.»

Mina kettet ihr Fahrrad an die Feuertreppe und steigt hinter mir auf die Müllcontainer. Ich habe das Gefühl, dass sie auch nicht zum ersten Mal über einen Zaun klettert. Als sie die klapprige Leiter sieht, ist sie allerdings weniger erfreut.

«Die soll sicher sein?»

«Bis jetzt hat sie gehalten.»

«Na super! Da fühle ich mich doch gleich viel besser.» Sie hält sich an dem rostigen Metall fest und steigt auf die erste Stufe. «Nicht untern Rock gucken!»

Ich drehe ihr den Rücken zu und betrachte das bröcklige Mauerwerk, bis sie von oben herunterruft.

Als ich oben ankomme, steht Mina auf dem Dach und lässt den Blick über den Park schweifen. «Tolle Aussicht. Von hier kann man fast unser Haus sehen.»

Ich schaue in die Richtung, in die sie zeigt, bis ich in weiter Ferne eine Ansammlung von Bäumen sehe. Mina steht ganz dicht neben mir und ich rieche ihr Parfüm – leicht und frisch, ganz anders als Nellys Insektenspray. Ich muss schlucken – und rücke von ihr ab, weil mir plötzlich einfällt, dass ich diese Jeans bereits so lange trage, dass ich mich an die letzte Wäsche nicht mehr erinnern kann, und dass mein T-Shirt schon stank, als ich es vor zwei Tagen aus dem Schmutzwäschehaufen gezogen habe.

Jay sitzt vor dem Fernseher; er dreht sich nur um, weil Mina Hallo sagt. Doch er erkennt sie erst, als sie die Sonnenbrille abnimmt.

«Ich habe draußen noch etwas zu erledigen», sage ich. «Deshalb bleibt Mina so lange bei dir, bis ich wiederkomme.»

«Warum?»

«Weil ich dich nicht allein lassen kann.»

«Warum?»

«Weil …»

«Ich wollte Zeichentrickfilme sehen», springt Mina ein.

«Wir haben keinen Fernseher, da hat Laurence gesagt, du hättest sicher nichts dagegen, wenn ich mit dir gucke.»

«Ihr habt keinen Fernseher?» Jay sieht sie mit großen Augen an.

«Der alte ist explodiert und wir haben noch keinen neuen gekauft.»

«Explodiert!»

«Echt! Es gab einen lauten Knall und blaue Funken. Unsere Katze hat sich zu Tode erschrocken!»

Das findet Jay witzig.

Mina dreht sich zu mir um. «Geh jetzt besser. Zeig mir nur noch die Küche – nach dieser Kletterpartie könnte ich was zu trinken vertragen.»

Als ich das Licht in der Küche einschalte, flitzen die Kakerlaken in alle Ritzen.

«Hilfe!», ruft Mina und packt mich am Arm. «Was war das?»

Ich betrachte die Küche, die Schränke mit den vielen Fettflecken, den Stapel mit dreckigem Geschirr, den überquellenden Mülleimer … als würde ich die Küche zum ersten Mal sehen, so wie Mina jetzt. Ich lebe schon so lange auf diese Weise, dass es mir ganz normal erscheint. Aber das ist es nicht, oder? Ich würde es Mina nicht verübeln, wenn sie auf der Stelle kehrtmachen, die Beine in die Hand nehmen und sich auf ihr Fahrrad schwingen würde – und nie wiederkäme.

«Kakerlaken», sagt sie nach einer Weile. «Mein Onkel hatte Kakerlaken in seinem Laden – gar nicht leicht, die loszuwerden. Wusstest du, dass Kakerlaken angeblich einen Atomkrieg überleben würden?»

«Nein.»

«Das stimmt wirklich.» Mina sieht zu mir hoch. «Und – holst du mir jetzt ein Glas Wasser?»

Ich spüle einen Becher unter dem laufenden Wasserhahn, während ich versuche, damit klarzukommen, dass Mina hiergeblieben ist.

«Bist du sicher, dass deine Mum auf dem Boot ist?», fragt sie.

«Nicht ganz, aber ich vermute es. Ich muss es unbedingt herausfinden.»

«Aber warum? Ich meine, was könnte sie da wollen?»

«Weiß ich auch nicht genau ... das ist kompliziert.» Ich reiche Mina den Becher. «Für Mum ist es schwer ... nur zu leben, weißt du? Sie ist oft depressiv. Also nicht einfach bloß traurig ... sondern richtig schlimm, als könnte sie nichts mehr bewältigen. Wenn ihr Toast verbrennt, ist das eine mittlere Katastrophe.» Ich zucke die Achseln. «Manchmal denke ich ... hier zu leben, mit mir und Jay ... das ist zu viel für sie.»

Minas Augen sind dunkel und sehr ruhig. Ich wende den Blick ab.

«Sie behauptet, das Trinken würde ihr helfen, sich normal zu fühlen. Manchmal funktioniert es. Manchmal ist sie richtig gut drauf ... Aber es stimmt eben nicht wirklich. Es ist alles zu überdreht, als würde eine Riesenparty abgehen, die außer ihr niemand sehen kann. Zu anderen Zeiten kann sie aber auch richtig sauer werden.»

«Ist sie früher schon mal weggeblieben?»

«Es ist ein paar Mal vorgekommen, dass sie die ganze Nacht aus war, und einmal war sie drei Tage lang weg. Aber da lebte meine Oma noch. Jemand hat sie ohnmächtig auf einer Parkbank gefunden und den Notarzt gerufen. Der Arzt hat gesagt, sie wäre depressiv. Sie würde mit ihrem Leben nicht mehr fertig und wäre deshalb weggelaufen.»

«Und du glaubst, jetzt hat sie es wieder getan?»

Ich zucke die Achseln.

«Was hast du vor?»

«Weiß nicht – erst mal nachsehen, ob sie wirklich da ist.»

«Willst du mit ihr reden?»

«Heute nicht. Ich will sie ja nicht verscheuchen.» Ich grinse. «Ich habe da einen Plan, weißt du? Wenn alles klappt, wie ich es mir vorstelle, kann ich ihr vielleicht etwas bieten, das sie überzeugt, nach Hause zu kommen. Aber das weiß ich erst heute Abend.»

«Wieso, was passiert denn heute Abend?»

«Das kann ich dir leider nicht verraten, sorry. Jedenfalls noch nicht. Aber wenn es klappt, erzähle ich es dir.» Ich zucke die Achseln. «Es war die ganze Zeit geheim, und wenn ich es jetzt verrate, bringt es vielleicht Unglück.»

«Du steckst voller Geheimnisse, nicht wahr, Laurence Laurence Roach!» Sie zieht eine Augenbraue hoch. «Und wie willst du dich diesmal verkleiden?»

Ich muss lachen. «Keine Verkleidung – hoffentlich!»

Mina schüttelt den Kopf. «Na, dann verschwinde. Um sechs kommt mein Vater von der Arbeit, bis dahin muss ich zu Hause sein.»

«Okay, es dauert nicht lange. Danke, Mina.»

Seit Stunden sitze ich hier. Versteckt in den Bäumen über dem Kanal, von Wespen geplagt und allmählich ohne jegliches Gefühl im Hintern.

Wenigstens habe ich das Boot gut im Blick. Die Position könnte nicht besser sein, weil ich auch vom anderen Ufer aus nicht zu sehen bin, wo der Mann mit dem Silberhaar angelt. Er war schon da, als ich gekommen bin, und hat sich seitdem nicht von der Stelle gerührt. Leider regt sich auch an Bord nichts. Es sieht aus, als wäre niemand da. Aus dem Schornstein kommt kein Rauch, kein Licht scheint durch die Fenster … Doch ich weiß, dass sie da ist. Ich habe wieder dieses Gefühl. Es ist so stark, dass ich es fast hören kann – ein leises Summen, das wie ein Leuchtfeuer im Boot pulsiert. Und ich will sie sehen. Ich will es jetzt wissen.

Und wenn sie den ganzen Tag drin bleibt? Mum kann stundenlang schlafen, erst recht, wenn sie nachts gesoffen hat. Ich muss bald gehen, damit Mina zu Hause sein kann, bevor ihr Vater von der Arbeit zurückkehrt. Wie kommt sie wohl mit Jay zurecht? Wenn ich die Augen schließe, sehe ich sie in ihrem Rosenkleid auf dem Dach stehen … und etwas pulsiert tief in meinem Inneren.

Als ich die Augen öffne, bewegt sich etwas an Deck. Silberlocke legt das Angelzeug ab, öffnet die Tür und betritt die Kajüte. Kurz darauf kommt er mit einer schwarzen Mülltüte wieder zurück …

Und hinter ihm erscheint im Rahmen des dunklen Eingangs die blasse Gestalt einer Frau. Ich kann ihr Gesicht nicht erkennen und habe ihre Kleidung noch nie gesehen, aber es ist Mum … Sie muss es sein. Sie reicht Silberhaar eine rote Einkaufstüte von *Parade Wines* und zieht sich wieder zurück. Ich beobachte, wie er das Wehr überquert und die Tüten ins Gestrüpp am anderen Ufer wirft, zurückkommt und die Tür hinter sich schließt.

Mit klopfendem Herzen warte ich, was weiter passiert. Wenn ich sie doch bloß besser sehen könnte, nur um sicherzugehen. Doch mir läuft die Zeit davon.

Aber dann habe ich eine Idee.

Den Müll habe ich in Nullkommanichts gefunden; es ist klar zu erkennen, dass sie ihn schon häufiger hierhin geworfen haben. Überall liegen schwarze Säcke. Ich finde die *Parade-Wines*-Tüte halb vergraben unter einem stacheligen Busch und ziehe sie mit einem Stock heraus. Die Tüte enthält drei leere Weinflaschen – Mums Lieblingsgetränk; eine Plastikschale mit fünf verschrumpelten Pommes, die mit Tomatensoße verklebt sind – Mum kippt gerne viel Ketchup auf ihre Pommes; und dann kommt das Beste: eine leere, etwas durchweichte goldene Zigarettenschachtel der Marke Benson & Hedges. Genauso gut könnte ich in einer Mülltüte bei uns zu Hause wühlen. Bis auf die Kakerlaken würde ich das Gleiche finden.

Mein Herz rast so schnell, dass mir übel wird.

Ich habe sie gefunden.

Ich renne den ganzen Weg zu den Heights wieder zurück. Ich bin ewig weggewesen, Mina bringt mich bestimmt um.

Doch als ich nach Hause komme, sitzen Mina und Jay im Wohnzimmer und malen. Die Wohnung fühlt sich irgendwie komisch an und es dauert ein wenig, bis ich weiß, warum.

«Was ist denn mit dem Fernseher?»

«Nichts», antwortet Mina. «Wir haben ihn ausgemacht.»

«Wir malen», sagt Jay. «Mina hat ein Bild von dir und mir gemalt.»

«Es ist nicht besonders gut.» Zu meiner Überraschung wird Mina rot.

«Es ist toll», sagt Jay, nimmt ein Papier und drückt es mir in die Hand. «Es sieht uns total ähnlich.»

Das Bild zeigt einen kleinen Jungen mit einer Baseballkappe, Hand in Hand mit einem anderen mit ellenlangen Beinen und einem T-Shirt …

«Ich habe keinen Kopf!»

«Ich hatte kein Papier mehr!» Mina zuckt die Achseln. «Ich hatte Jay gemalt und dann wollte er, dass ich dich dazumale, aber ich hatte keinen Platz mehr für deinen Kopf. Tut mir leid.»

«Red keinen Quatsch! Es ist ganz toll.» Jay reißt mir das Bild aus der Hand. «Dein Gesicht würde sowieso alles verderben.»

Mina lacht. «So schlecht sieht Laurence nicht aus.» Dann mustern sie mich beide und runzeln die Stirn. «Obwohl ... vielleicht lassen wir den Kopf doch lieber weg ... Was meinst du, Jay?»

Jay findet das wahnsinnig lustig und wälzt sich vor Lachen auf dem Rücken.

«Ihr seid überhaupt nicht witzig», sage ich. «Keiner von euch.»

Mina steht grinsend auf. «Vielleicht ist das ein guter Zeitpunkt zum Gehen.»

«Wo willst du hin?», fragt Jay und setzt sich schnell wieder auf.

«Ich muss nach Hause.»

«Nein!»

«Doch. Mein Vater schimpft, wenn ich zu spät komme.»

«Nein!» Jay reißt an Minas Arm, um sie zu sich herunterzuziehen.

«Lass los, Jay!», sage ich.

Er wirft mir einen bösen Blick zu. «Nein! Das hast du nicht zu bestimmen!»

«Es tut mir leid, Jay, aber ich muss jetzt wirklich gehen.» Mina geht neben ihm in die Hocke. «Aber ich komme euch wieder besuchen, ja? Wenn das für Laurence okay ist.»

«Der hat das nicht zu bestimmen!»

Sie lächelt. «Na gut, dann komme ich auch so.»

«Wann?»

«Bald.»

«Versprochen?»

Mina sieht zu mir hoch und nickt dann. «Versprochen.»

«Na gut.» Mit einem Seufzer lässt er sie los.

Mina folgt mir in den Flur. «Und, wie ist es gelaufen?»

Ich erzähle ihr, was am Kanal geschehen ist – die Gestalt an Bord und das Beweismaterial in der Mülltüte.

«Nicht gerade umwerfend.»

Das ärgert mich. «Sie ist es. Das weiß ich genau.»

Mina zuckt mit den Schultern. «Na gut … Und was willst du jetzt machen?»

«Weiß nicht. Hängt von heute Abend ab.»

«Ach ja, die nächste geheime Mission. Bist du nicht vielleicht doch ein jugendlicher Spion oder so was?»

«Ja klar, und du hast meine Tarnung durchschaut. Sag's bloß nicht weiter, sonst muss ich dich leider umbringen.»

«Kann ich verstehen.» Sie grinst. «Okay, ich gehe jetzt … Sonst kommt Dad doch noch vor mir nach Hause. Wahrscheinlich soll ich wieder über die Feuerleiter gehen, oder?»

«Nein, du kannst die Treppe nehmen … Aber ich hoffe, es macht dir nichts aus, wenn ich nicht mitgehe. Wenn die Frau aus dem Stockwerk darunter uns zusammen sieht …» Ich zucke die Achseln.

«Du schämst dich wohl für mich?»

«Nein! Es ist …»

Sie lacht und legt mir die Hand auf den Arm. «Ich nehm dich doch nur hoch, Großer.»

An der Wohnungstür bleibt Mina stehen und dreht sich noch mal zu mir um.

«Dann viel Glück heute Abend … bei deiner geheimen Mission.» Sie grinst, stellt sich auf die Zehenspitzen und küsst mich auf den Mund. Es geht so schnell, dass ich es kaum merke.

«Danke!»

Ihre Augenbrauen tanzen. «Du musst dich nicht bedanken, das war nur ein Kuss.»

«Nein, ich meine …» Ich muss schlucken. «Also … wegen Jay. Danke, dass du auf Jay aufgepasst hast.»

«War mir ein Vergnügen.»

Ich sehe ihr über den Treppenabsatz bis zur Glastür nach, wo sie sich umdreht, winkt und unter dieser riesigen weißen Sonnenbrille grinst. Dann ist sie weg. Ich schließe die Tür und gehe in den Flur zurück. So leer hat sich die Wohnung noch nie angefühlt.

Als es klingelt, denke ich, dass es Mina ist.

Vielleicht hat sie etwas vergessen oder ist einfach zurückgekommen, weil …

Ich denke nicht, ich öffne nur die Tür.

Angie aus dem Spaßclub ist da, in einem bauschigen gelben Kleid, und strahlt mich an.

«Hallo, Laurence!»

Was will *die* denn hier? Dann fällt mir wieder ein, dass wir ihr Geld schulden.

«Ist eure Mum da?» Angie wirft einen Blick hinter mich in die Wohnung.

«Sie arbeitet.»

«Wir haben euch schon ein paar Tage nicht mehr gesehen, dich und James», sagt Angie und kommt einfach herein.

Das klingt nicht wie eine Frage, ist aber eine.

«Wir waren krank, alle beide. Mum hat gesagt, wir sollten zu Hause bleiben.»

Angie nickt.

Ihr Blick ist überall. Die Tür zu Mums Zimmer steht offen und man kann sehen, was ich über ihr Bett und auf den Boden gekippt habe. Ich muss Angie loswerden. Wenn sie merkt, dass wir allein sind, ist die Sache gelaufen. Angie liebt kritische Situationen, in denen sie einspringen und jemanden retten kann. Doch ich habe kein Vertrauen zu ihr. Sie würde die Kontrolle übernehmen und alles kaputtmachen. Auf eine Art macht sie mir noch mehr Angst als Nelly, weil es noch schwerer ist, Leute davon abzuhalten, etwas Unerwünschtes zu tun, wenn sie nett zu einem sind.

Angie will gerade etwas sagen, da öffnet Jay die Wohnzimmertür. Er strahlt, als er Angie sieht.

«Hallo, James!» Angie bückt sich und legt eine rosige Hand auf Jays verschwitzte Stirn. «Oh, du glühst ja, mein Kleiner!» Sie sieht mich an. «Seit wann hat er Fieber?»

«Noch nicht lange.» Ich verkneife es mir, mit den Schultern zu zucken. Ich wusste nicht mal, dass er Fieber hat! Doch jetzt, wo sie es sagt, sehe ich auch, dass er blass und armselig aussieht – wie er dasteht in seinem Scooby-Doo-Schlafanzug mit den vielen Marmeladeflecken.

«War er beim Arzt?»

«Mum geht nach der Arbeit mit ihm hin.»

«Das wäre wichtig.» Angie wendet sich wieder Jay zu. «Dir geht's aber wirklich nicht besonders gut, was, mein Häschen?»

Jay schüttelt den Kopf und sieht aus, als würde er gleich weinen.

«Ich könnte mit ihm zum Arzt gehen, wenn euch das eine Hilfe wäre?»

«Nein! Danke. Ich glaube, Mum hat das ... also, irgendwie schon festgemacht ... einen Abendtermin.»

«Mum kommt heute Abend wieder?» Die Überraschung in Jays Stimme ist so offensichtlich, dass Angie sie unmöglich überhört haben kann.

Ich bedenke ihn mit meinem künstlichsten Lächeln. «Na klar!»

Jay runzelt die Stirn und öffnet den Mund. Ich halte den Atem an, weil mir davor graut, was er gleich sagen wird, und wünschte, ich könnte ihn irgendwie aus dem Zimmer lotsen. Dann beginnt die Musik – die vertraute Melodie dröhnt laut aus dem Wohnzimmer.

«Scooby-Doo!», ruft Jay und flitzt zum Fernseher zurück, ohne sich von Angie zu verabschieden.

Ich bin so erleichtert, dass ich beinahe laut gelacht hätte.

Angie weiß, dass der richtige Moment vorüber ist, doch sie wird wiederkommen.

An der Wohnungstür bleibt sie stehen und sieht mich vielsagend an.

«Laurence, wenn du irgendetwas brauchst ... oder jemanden zum Reden ...» Sie legt mir die Hand auf den Arm. «Du weißt ja, wo du mich findest.»

Ich nicke und lächle und sage fünfmal «Vielen Dank», ehe sie endlich geht und ich die Tür schließen kann.

Ein paar Sekunden lang bleibe ich einfach mit geschlossenen Augen dort stehen, während sich die Wohnung wieder in ihre Umgebung fügt, wie eine Klingel nach dem Schellen.

Jays Gesichtsfarbe ähnelt vergammelter Milch. Sein Blick ist glasig, die Lider sind schwer, doch er zieht sich an, um mit mir zur Telefonzelle zu gehen.

«Du brauchst mich», sagt er. «Als Rückendeckung.»

Er sieht echt nicht gut aus, aber wahrscheinlich ist er nur müde. Angie macht gern aus jeder Mücke einen Elefanten. Mit Jay zum Arzt zu gehen kommt überhaupt nicht infrage. Erstens weiß ich gar nicht, wo die Praxis ist – aber selbst wenn, wäre das Risiko einfach zu groß. Zu viele Fragen.

«SO», sagt Baz. «Es ist so weit. Haben Sie sich jemals TRÄUMEN lassen, dass dieser Tag kommen würde, Daniel, mein Freund?»

«Ich habe darüber nachgedacht.»

Baz lacht. «Das kann ich mir DENKEN! Und, stehen die Koffer bereit?»

«Noch nicht.»

«Sehr klug, mein Freund, SEHR klug ... weil Sie nah dran sind. SIE – SIND – SOOOO NAH DRAN!» Theatralische Pause – noch eine typische Angewohnheit von Baz. «Aber Sie haben es noch nicht geschafft. Wenn es nach MIR ginge ... ich würde sagen, AB in den Urlaub! BITTE SCHÖN! Was sind schon drei Fragen mehr oder weniger zwischen Freunden, hm? Aber ich KANN NICHT. Während ich hier mit Ihnen rede, schwenkt Cheryl das DICKE Baz' Bonanza REGELWERK – und GLAUBEN SIE MIR, das ist EIN RICHTIGER WÄLZER! KEIN Buch, das einem die ERZÜRNTE PRODUZENTIN aus großer Höhe an den Kopf werfen sollte.» Baz lacht. «DESHALB ... werde ich Ihnen schon allein um meiner eigenen Sicherheit willen DREI weitere Fragen stellen, Dan – und dann können SIE anfangen zu packen, und ich kann mich ausruhen! Weil … Ich weiß ja nicht, wie es bei Ihnen aussieht, mein Freund – aber ich bin ein WRACK!»

Ich lache.

«Daniel, mein Freund … sollen wir LOSLEGEN?»

«Ja.»

«Guter Mann. FRAGE Nummer eins – Sie sind ein kultivierter Mensch, Daniel, wie sieht es bei Ihnen mit Kunstgeschichte aus?»

«Hm … ganz okay.» Von Kunst habe ich keine Ahnung, aber es *ist* wirklich okay. Ich bin ganz ruhig. Wenn ich es nicht weiß, kann ich ja raten. Ich glaube an mein Glück.

«WELCHER Künstler», sagt Baz, «hat – neben Picasso – die Kunstrichtung erschaffen, die man als Kubismus bezeichnet? War das A: Mondrian? B: Van Gogh? Oder C: Braque?»

Van Gogh ist mir schon mal zu Ohren gekommen, doch das fühlt sich zu leicht an, denn eine von den drei Antworten ist immer eine Falle. Ist es also A oder C? Keine Ahnung! Mein Bauchgefühl sagt mir *überhaupt nichts.*

Kalter Schweiß rinnt mir über den Rücken, als ich zum ersten Mal einen Anflug von Panik verspüre. Dann habe ich eine Idee.

Ich klemme mir den Hörer zwischen Kinn und Schulter und stupse Jay an. Ich strecke meine Hände aus – links habe ich einen Finger ausgestreckt, rechts drei. Eins oder drei – A oder C? Jay sieht mich an und zieht die Stirn kraus.

«Such dir eins aus», flüstere ich.

Jay zuckt die Achseln und tippt meine rechte Hand an – die mit den drei ausgestreckten Fingern.

«C», sage ich zu Baz.

«Daniel. Wir sind jetzt schon ein Weilchen befreundet», sagt er, «und wenn SIE im Pub auf mich zukämen und mir sagen würden, dass PABLO Picasso und GEORGES Braque für die Anfänge des Kubismus verantwortlich wären – wissen Sie WAS? Ich würde es Ihnen glauben … weil Sie ABSOLUT RECHT hätten, mein Freund!» Das künstliche Publikum tobt hinter Baz im Studio.

Ich stoße den Atem aus, den ich angehalten hatte, und recke meinen Daumen hoch für Jay, doch der sieht gar nicht hin.

«NÄCHSTE Frage. Wir bleiben beim Thema Kultur – obwohl, wenn ich EHRLICH bin, ist das eher MEINE Art von Kultur!» Baz kichert. «In dem bahnbrechenden ÜBERRAGENDEN Beitrag zum Zeichentrickfilm von Mr Joe Ruby und Mr Ken Spears – zu WELCHER Hunderasse gehört Scooby-Doo?»

Beinahe hätte ich laut gelacht. Das ist doch nicht zu fassen! Wie liegen die Chancen? Glaube ich an mein Glück? Äh … yeah!

Baz bringt eine miese Scooby-Doo-Imitation und erzählt, wie sehr er immer für Daphne geschwärmt hat. Schließlich kommt er zum Ende der Frage.

«Also, Scooby-Doo – was für ein HUND ist das, Dan? Sie haben die Wahl: A: Deutsche Dogge, B: Dobermann? Oder C: Ein Galgo Español? Spricht man das so aus? Galgo? Oder Golgo? Cheryl?»

«Scooby ist eine Dogge, Baz. A.»

«ABSOLUT korrekt, mein Freund – SELBSTVERSTÄNDLICH ist er das. Sagenhaft! Vom Kubismus bis zum Zeichentrickfilm – Sie sehen, DAS bekommt man in unserer Show geboten: die GANZE BANDBREITE des kulturellen Lebens!»

Noch *eine* Frage.

Ich erschauere.

Noch eine richtige Antwort, und ich habe es geschafft. Dann habe ich die Urlaubsreise gewonnen. Ich kann zu Mum gehen und ihr sagen, dass wir alle hier rauskommen – zwei Wochen in der Sonne. Geritzt.

«Weiter geht's», sagt Baz und im Hintergrund läuft bereits der Anfang von *We Will Rock You* von Queen. Ich sehe eine Wiese mit wild schwenkenden Armen vor mir, fühle meinen Herzschlag und das Beben tausender Stimmen, die im Takt mitsingen. Ich schwebe und blicke nach unten auf zwei Gestalten in der Menge – einen großen Jungen, der die Arme um ein Mädchen in einem rotgoldenen Blazer gelegt hat. Eine unglaubliche Ruhe hat sich meiner bemächtigt. Ich lasse mich von dem Song weit in die Nacht tragen und fülle meine Lunge mit Ekstase.

«Frage NUMMER DREI. Sport.»

O nein!

«Daniel: Welche der folgenden Sportarten zählt NICHT MEHR zu den olympischen Disziplinen? Ist das A: Beach-Volleyball? B: Lacrosse? Oder C: BMX-Radfahren?»

Das musste ja eine Sportfrage werden.

«Nur zur Erinnerung, Dan, wir möchten wissen, WELCHE Sportart NICHT zu den Olympischen Spielen zugelassen ist?»

Ganz ruhig, Laurence. Positives Denken. Du glaubst an dein Glück. Schwebst über dem Publikum – weißt du noch? Finde einfach die Lösung.

In meinen Ohren hören sie sich alle nicht wie olympische Sportarten an, aber das ist genau das Problem. BMX müsste es sein – das ist echt lächerlich –, deshalb ist das wahrscheinlich die Falle. Also eine von den anderen – Lacrosse oder Beach-Volleyball? Ich weiß nicht so richtig, was Lacrosse ist, aber es hört sich nach Sport an. Oder doch Beach-Volleyball? Wo sollen sie den Sand herschaffen?

«Daniel?», sagt Baz.

Ich denke nach, aber da ist nichts – nur große Leere, als hätte ich gar keinen Kopf. So wie auf Minas Bild.

«Ich MUSS Sie um eine Antwort bitten, mein Freund.»

«Beach-Volleyball – A.» *Wegen des Sandes. Woher soll der Sand kommen?*

Stille in der Leitung. Einen Augenblick lang fürchte ich, dass sie mich wieder abgehängt haben, doch dann höre ich Baz atmen.

«Sie haben GESAGT, dass Sie an Ihr Glück glauben», sagt Baz. «DAS HABEN SIE ZU MIR GESAGT! *Baz, ich glaube an mein Glück. SAGTEN SIE!*»

Ich hab's geschafft. Ich habe gewonnen. Er veräppelt mich nur.

«Ja», flüstere ich.

«Sie haben mich GETÄUSCHT!», sagt Baz. «LACROSSE ist die Sportart, die bei den nächsten Olympischen Spielen NICHT im Wettbewerb ist.»

Düstere Westernmusik tönt schaurig durch das Studio von Radio Ham und in mein Ohr. Mir ist schlecht.

Baz ist wieder am Mikrofon. «Aber es ist noch NICHT vorbei, Jungs und Mädels! Daniel hat ZWEI Fragen richtig beantwortet und das bedeutet, dass der Herausforderer ALLE DREI richtig beantworten muss – wenn er das olympische Feuer von Baz' Bonanza tragen will. Doch KANN er das schaffen?»

Keith, ein Software-Ingenieur aus Hardacre, klingt nervös. Er hat Mühe, die Worte richtig rauszubekommen, und Baz muss sich anstrengen, um das Gespräch in Gang zu halten.

Es geht mir langsam wieder besser. Keith muss nur eine Frage falsch beantworten, dann habe ich noch eine Chance.

Die erste Frage ist schwer, aber Keith wartet nicht einmal, bis Baz sie wiederholt – seine Antwort kommt wie aus der Pistole geschossen. Man hört, wie überrascht Baz ist, aber es macht ihm auch Spaß. Für ihn läuft es perfekt. Vielleicht ist es ja das, was sie die ganze Zeit wollten – dass ich an der allerletzten Frage scheitere. Nur eine einzige Frage vom Gewinn des Urlaubs entfernt, und in dem Moment zu versagen. Dann bringen sie jemand Neues ins Spiel und alles fängt von vorne an.

Ich höre kaum zu, als Keith auch die zweite Frage richtig beantwortet. Baz baut ihn voll auf und erinnert ihn daran, dass er nur noch die dritte Frage richtig beantworten muss, um zu gewinnen und mich rauszuschmeißen.

Ich bin draußen.

Am Ende.

Alles vorbei.

Auf einmal bin ich sehr müde.

Ich will nur noch schlafen.

Baz' Stimme kommt wie aus weiter Ferne, als er Keith die letzte Frage stellt.

«In der Zeichentrickserie *Ben 10* gehört Opa Max zu welcher GEHEIMorganisation? Ist das A: Die CIA? B: Die Klempner? Oder C: Die Omnitrix? Sind Sie ein FAN von *Ben 10*, Keith?»

«N-nein», antwortet Keith.

Ein schwacher Hoffnungsfunke glimmt in meiner Brust.

«Mein S-Sohn sieht sich das an.»

Und erlischt.

Die Antwort ist B: Die Klempner. Ich sehe *Ben 10* mit Jay. Alle Kinder gucken das. Die Frage ist leicht – die kann einfach jeder beantworten.

Außer Keith.

«C: Die Omnitrix», sagt er, und ich unterdrücke einen Freudenschrei.

«Daniel, Sie haben GESAGT, Sie glauben an Ihr Glück – ICH HÄTTE NIEMALS an Ihnen zweifeln dürfen! Sie sind WIEDER im Spiel!»

Baz erklärt noch mal die Regeln für die K.o.-Runde. Wenn ich jetzt richtig antworte, habe ich gewonnen.

«Wissen Sie was?», sagt Baz. «Ich frage Sie jetzt nicht, wie Sie sich fühlen. Ich lese schlicht und einfach die nächste Frage vor. Ist Ihnen das so RECHT, mein Freund?»

«Ja.»

In meinen Ohren rauscht das Blut richtig laut. Als ich Jay die Hand auf die Schulter lege, reckt er den Arm und hält meine Finger fest. Rückendeckung, denke ich.

«Daniel», sagt Baz, «welches der folgenden BEDAUERNSWERTEN Tiere stirbt nicht – nicht einmal DANN, wenn man ihm den Kopf entfernt? Ist das A: ein Krebs? B: eine Kakerlake? Oder C: ein Huhn?»

Wie heißt die Redensart? Man läuft herum wie ein kopfloses Huhn. Es gibt eine Folge von *Scooby-Doo,* in der Shaggy und Scooby von einer Bande kopfloser Geisterhühner gejagt werden – aber das ist nicht die richtige Lösung. Ich weiß die Antwort. Und selbst wenn ich sie nicht wüsste, würde ich so antworten. Weil mein Name drinsteckt …

«Eine Kakerlake, Baz.»

Diesmal spart Baz sich seine Schweigeminute und auch seine ruhige Stimme, mit der er so tut, als würde er gleich sagen, das wäre die falsche Antwort. Stattdessen explodiert das Telefon vor Jubel und Hupen, und Baz' Stimme übertönt das Getöse:

«Daniel, mein Freund – ich darf mit GROSSEM Vergnügen verkünden: SIE sind – der GEWINNER – von *Baz' – Bedtime – BONANZAAAAA!*»

Ich glaube, er erwartet, dass ich etwas sage, doch ich kann nicht.

«Ein LUXUS-Urlaub ALLES inklusive für Sie und Ihre Familie – eine großzügige Spende von unseren Freunden bei *Hardacre Holidaze*», sagt er. «Er gehört Ihnen, Daniel. Gut gemacht, mein Freund. SEHR gut gemacht!»

«Danke», quetsche ich hervor.

Dann senke ich den Blick, gerade rechtzeitig, um zu sehen, wie Jay sich über meine Schuhe erbricht.

BLEITAG
ZWEI PARFÜMIERTE ROTTWEILER
LAURENCE
JA?
IST ALLES IN ORDNUNG?
YEAH! BESTENS

Der Wecker zeigt 03:35 Uhr an. Es ist dunkel. Von draußen dringt kein Laut herein.

Jay sitzt mit aufgerissenen Augen im Bett und starrt ins Leere. Er sagt, er geht zur Schule, und ist total am Ende, weil er seinen Schulranzen nicht finden kann. Ich sage ihm, dass es mitten in der Nacht ist, aber er hört gar nicht zu.

«Wo ist Laurence?», fragt er. «Ich will zu meinem Bruder.»

«Ich bin hier, Jay.» Als ich ihn in den Arm nehme, stößt er mich weg.

«Nein! Mein Bruder soll kommen!» Er sieht mir ins Gesicht – seine Augen sind riesig, sein Blick ist voller Angst. Er weiß nicht, wer ich bin, und das macht mich völlig fertig.

Auf einmal stürzt er aus dem Bett und wankt durchs Zimmer.

Er erinnert mich an Mum, wenn sie betrunken ist.

Nachdem ich ihn zum Bett zurückgeleitet habe, liegt er mit angezogenen Knien da, bibbert und starrt ausdruckslos nach oben. Sein Gesicht ist schweißnass und ich spüre regelrecht die Hitze, die von ihm ausgeht.

Angie hat gesagt, er hätte Fieber, er müsste zum Arzt.

Ich gehe ins Badezimmer und öffne das kleine Schränkchen über dem Waschbecken. Neben pinkfarbenen Einmalrasierern und einer alten Zahnbürste stehen Arzneifläschchen und Tablettenpackungen. Auf den meisten Etiketten steht Mums Name und darüber ist die Warnung aufgedruckt: *FÜR KINDER NICHT GEEIGNET.* Ich weiß nicht, gegen welche Krankheiten sie helfen, und bezweifle ohnehin, dass ich Jay irgendwie etwas einflößen könnte. Das ist reine Zeitverschwendung.

Als ich in unser Zimmer zurückkehre, geht es Jay noch schlechter. Er zittert am ganzen Körper. Das sieht aus wie im

Zeichentrickfilm – wenn Scooby-Doo Angst bekommt und in Shaggys Arme springt. Er bibbert wie verrückt und man hört geradezu das Comedy-Knochenklappern, nur ist das hier kein bisschen witzig.

Und wenn er nun etwas richtig Schlimmes hat? Jay könnte an einer Krankheit sterben, ohne dass ich es merken würde. Worum geht es doch immer in der Werbung? Meningitis. Woran sieht man, ob jemand die hat? Da war etwas mit einem Glas und Flecken ... Ich kann mich nicht erinnern!

Ich muss Hilfe holen.

Ich könnte Mina anrufen, doch es ist mitten in der Nacht. Was könnte sie tun? Aufs Rad springen und den ganzen Weg hierher fahren? Und was dann? Sie ist keine Ärztin – sie wird auch nur sagen, dass ich einen Krankenwagen rufen soll.

Etwas anderes bleibt mir gar nicht übrig.

Ich taumle in den Flur – und das grelle Licht lässt mich innehalten. Es ist alles so normal.

Wenn ich einen Krankenwagen rufe, bedeutet das –

dass für uns beide alles zu Ende ist.

Erst die Ärzte –

dann die Polizei.

Aus der Sache kommen wir nicht mehr raus.

Ich hole tief Luft ... und atme langsam wieder aus. Ich muss mich erst mal beruhigen.

Aber eigentlich sollte ich damit nicht allein klarkommen müssen. Das ist ungerecht! Was zum Teufel soll ich denn jetzt tun?

In dem Moment höre ich Jay husten und erinnere mich daran, warum ich hier stehe.

Schnauze, Laurence! Schluss mit dem Selbstmitleid.

Ich gehe wieder ins Badezimmer und spritze mir Wasser

ins Gesicht. Dabei stellt mein Gehirn auf wundersame Weise eine Verbindung her. Jay glüht – ich muss ihn abkühlen. Jetzt fällt mir wieder ein, dass Oma mir einmal einen kalten Waschlappen auf die Stirn gelegt hat, als ich krank war, und wie gut das getan hat.

Da wir keine Waschlappen haben, nehme ich ein langes Stück Klopapier, falte es mehrfach und halte es unter den Wasserhahn. Das Papier zerfällt in meiner Hand.

Ich fluche – und lasse den Blick auf der Suche nach etwas Brauchbarem durchs Badezimmer schweifen. An der Tür hängt ein Handtuch. Ich tränke einen Zipfel mit kaltem Wasser, wringe ihn aus und nehme das Tuch mit in unser Zimmer.

Dort setze ich mich auf Jays Bettkante und lege den kühlen Stoff auf seine Stirn. Er scheint mich gar nicht zu bemerken, er liegt nur da und windet sich. Mit seinen schmutzigen Füßen und den schmalen Knöcheln, die aus seiner Schlafanzughose gucken, sieht er so zerbrechlich aus. Bei jedem Atemzug hört es sich an, als wäre in seiner Brust etwas lose.

Wenn es noch viel schlimmer wird, muss ich den Krankenwagen rufen …

Doch wie viel schlimmer kann es werden?

Ich achte nicht auf die Zeit und merke erst, dass es im Zimmer heller wird, als meine Augen sich blinzelnd gegen das Licht wehren. Mühsam zwinge ich mich, wach zu bleiben. Mein Rücken tut weh, weil ich so lange in dieser unbequemen Haltung gesessen habe.

Ich lasse mich zu Boden gleiten, lege den Kopf aufs Bett, damit ich das Handtuch weiter festhalten kann, und schließe meine Lider.

Die Sonne weckt mich. Brüllend heiß scheint sie ins Zimmer und saugt die Luft heraus.

Jay schläft und das Handtuch auf seiner Stirn ist pulvertrocken.

Mein Körper ist ein Sack Knochen, mein Kopf aus Teig.

Ich krieche zu meinem eigenen Bett, um weiterzuschlafen, doch es ist zu hell und zu heiß in unserem Zimmer.

Dann wacht Jay auf und fängt an zu weinen. Er hat Kopfschmerzen und der Bauch tut ihm auch weh.

Als ich ihn in den Arm nehmen will, stößt er mich weg und verlangt nach Mum.

«Mum ist nicht da.» Ich lehne mich mit geschlossenen Augen an sein Bett.

«Wo ist sie?»

Hat er alles vergessen?

«Das hab ich dir doch gesagt. Sie ist nicht da.»

Ich lasse die Augen zu, aber ich spüre seinen Blick, höre seinen rasselnden Atem.

«Ich will Mum.»

«Ich auch.» Als ich die Augen öffne, blitzt es im Zimmer wie bei einer Kopfschmerzattacke. Ich schließe sie wieder. «Sie ist weg, Jay. Sie wollte nicht mehr hier sein, also ist sie gegangen. Es gibt nur noch dich und mich.» Ich kann ihn hören, kann die abgestandene Luft und seinen Mundgeruch riechen und die glühende Hitze neben mir spüren. Es ist zum Ersticken.

Jay weint leise vor sich hin und schnieft zwischen zwei Schluchzern.

In mir geht etwas kaputt.

«Oh, Scheiße noch mal!» Ich stehe auf und dabei stößt mein Gehirn gegen die Schädeldecke.

Jay sieht zu mir hoch. Sein Gesicht ist ein verquollener Ballon des Elends. Ich kann ihn nicht leiden, weil er schwach und klein und erbärmlich und krank ist – weil er mir so viele Probleme bereitet. Wäre ich nur auf mich gestellt, wäre ich längst nicht mehr hier. Wenn Jay nicht wäre, wäre ich längst weg.

Er sieht mich flehend an, verletzt und erstaunt, doch das macht es nur noch schlimmer, macht es mir leichter, zu gehen.

Als ich den Raum verlasse, weint Jay heftiger und lauter. Das rührt an eine tief verwurzelte Anständigkeit in mir, die ich unterdrücken will, und das macht mich noch wütender und bestärkt mich nur in meinem Entschluss. Ich stapfe mit geballten Fäusten und zusammengebissenen Zähnen durch die Wohnung und atme in engen, scharfen Zügen durch die Nase, doch ich kann nirgends hin. Kann seinem Weinen nicht entkommen.

Ich muss hier raus – ich muss hier weg.

Ich komme bis zur Wohnungstür. Dann trifft mich die Erkenntnis dessen, was ich tue.

Ich denke wie sie.

Ich handle wie sie.

Ich wache auf dem Sofa auf, der Fernseher dröhnt. Mein Nacken tut weh, und als ich mich hinsetze, heulen alle meine Gelenke laut auf.

Jay hat sich am anderen Ende des Sofas in seine Bettdecke gemummelt. Er sieht zwar immer noch wie ein Untoter aus, doch im Vergleich zu heute Nacht ist das eine deutliche Verbesserung.

Ich taumle ins Badezimmer und spritze mir kaltes Wasser ins Gesicht. Die Pfütze von der Toilette reicht schon halb bis zur Tür. Ich muss sie aufwischen … später. Wie viel Uhr mag es sein? Wie lange habe ich geschlafen? Die Sonne versucht sich noch immer einen Weg durch die Vorhänge zu brennen, doch das heißt nichts. Dieser Tag fühlt sich jetzt schon wie zwei an. Vielleicht habe ich die Nacht durchgeschlafen und es ist schon Morgen. Und was wäre das dann, Samstag oder Freitag? Ist das nicht egal?

In meinem vernebelten Hirn will etwas an die Oberfläche drängen. Irgendetwas, das sich auf Samstag bezieht … und mit Mum zu tun hat. Dann fällt es mir wieder ein: Mums Verabredung mit Nelly. *Punkt neun Uhr.*

Ich schwanke in unser Zimmer zurück. Auf dem Wecker ist es 11.51 Uhr. Entweder habe ich den Termin versäumt oder er hat noch nicht stattgefunden. Ich gehe in die Küche und schalte das Radio ein, doch der Lärm sticht wie Nadeln in meinen Kopf. Ich schalte es wieder aus und mache Wasser heiß. Vielleicht hilft ja ein starker Kaffee.

Ich muss wieder zum Kanal gehen und mit Mum reden. Ich will ihr von dem Urlaub erzählen – und sie nach Hause holen, damit sie Nelly davon abhält, beim Jugendamt anzurufen. Doch Jay ist nicht fit genug, um irgendwohin zu gehen, und ich kann ihn nicht allein lassen.

Gleich rufe ich Mina an – und bitte sie noch einmal, auf ihn aufzupassen. Ich bin schon fast an der Tür, als mir einfällt, dass Mina bestimmt in der Schule ist.

Es gibt nichts, was ich tun könnte. Außer zu warten. Doch ich hasse das Warten, ich fühle mich hier eingesperrt. Hilflos.

Ich nehme die Einkaufstüte und laufe rasch durch die Tür. Eigentlich wollte ich Jay nur wenige Minuten allein lassen und kurz einkaufen, aber ich stand in der Schlange und es hat ewig gedauert.

Die Sonne brennt in meinen Augen, als ich an die frische Luft trete. Ich sehe gar nicht hin und laufe mit zusammengekniffenen Augen nach Hause.

Ich sehe Angie erst, als ich fast mit ihr zusammenstoße.

«Laurence!», sagt sie und ist beinahe so überrumpelt wie ich. «Was für ein Zufall! Ich wollte gerade bei euch vorbeigehen und mit eurer Mutter reden. Ist sie da?» Angie nimmt die Treppe zu den Heights.

«Nein!»

Sie bleibt stehen und sieht mich über die Schulter mit einem sonderbaren Gesichtsausdruck an, als würde sie gleichzeitig lächeln und die Stirn runzeln.

«Mum ist nicht zu Hause.»

Angie kommt wieder zu mir zurück. «Gehst du heute nicht zur Schule?»

Einen Augenblick spiegelt sich die Sonne in dem goldenen Kreuz an Angies rosigem Hals und blendet mich. Ich bin wieder der Vampir, der sich wegduckt und aus dem Licht wankt.

«Mir ging's nicht so gut», murmle ich. «Mum hat gesagt, ich soll noch einen Tag zu Hause bleiben.» Schlechter kann man nicht lügen.

«Was hat der Arzt gesagt?»

«Was?»

«Zu James. Ist eure Mutter gestern Abend noch mit ihm hingegangen?»

«Ja. Ja, klar. Äh ...» Ich zucke die Achseln. «Ein Virus oder so was. Er hat das Gleiche, das ich auch hatte. Jetzt bekommt er Medizin.»

«Na prima.» Angie lächelt. «Du kümmerst dich also um ihn, solange deine Mum weg ist.»

«Klar, hab nur eben was zu essen gekauft.» Zum Beweis schwenke ich die Einkaufstüte.

«Wie lange ist sie denn weg? Ich könnte auf sie warten und kurz nach James sehen.» Sie geht wieder Richtung Treppe.

Ich darf sie nicht noch mal in die Wohnung lassen. Darin sind zu viele Lügen vergraben. Fünf Minuten mit Jay, und sie weiß alles.

«Sie ist gerade erst gegangen. Das dauert ewig, bis sie wiederkommt.» Ich renne an Angie vorbei, bis ich zwischen ihr und der Haustür bin.

Sie bleibt stehen und starrt mich an. Jetzt lächelt sie nicht mehr.

«Laurence.»

«Ja?»

«Ist alles in Ordnung?»

«Yeah! Bestens.» Meine Stimme ist schrill und piepsig.

«Du würdest es mir doch sagen, wenn etwas nicht stimmt, oder?» Angie legt mir die Hand auf den Arm. Sie fühlt sich warm und ein bisschen feucht an. Meine Haut brennt.

«Ja.»

«Ich weiß, dass deine Mum … Probleme hatte.» Angie sieht mich scharf an. «Dafür habe ich Verständnis. Ich bin hier, um zu helfen.»

Ich spüre, wie meine Miene sich auflöst. «Ja, vielen Dank. Aber es geht uns gut. Ehrlich.» Ich grinse, nicke und zucke die Achseln, alles gleichzeitig. Wahrscheinlich denkt sie, ich hätte einen Anfall.

Angie lässt meinen Arm los und bedenkt mich mit einem letzten bedeutungsvollen Blick.

«Sagst du deiner Mum bitte, sie soll mich später mal kurz anrufen, mein lieber Laurence? Sie hat meine Nummer. Ich habe sie schon so lange nicht mehr gesehen, wir müssen ein bisschen was aufholen.»

«Ja, klar, mach ich. Tschüs.»

«Auf Wiedersehen, Laurence.»

Sie bleibt unten stehen und sieht mir nach, bis ich oben bin.

Jetzt sind uns schon zwei parfümierte Rottweiler auf den Fersen.

KAMPFTAG
RADIO HAM
ICH WILL POMMES
POMMES
WIR HABEN KEINE POMMES
ICH WILL POMMES

«Was ist das für ein Krach?» Jay blickt vom Wohnzimmerboden zu mir hoch.

Jemand donnert erneut an die Tür und klingelt zweimal kurz, dann lang.

«Das ist nur die Schnüffelnelly. Du musst nicht weiter darauf achten.»

«Was will die denn? Sorgt sie jetzt für uns?» Jay reißt die Augen auf.

Ich schüttle den Kopf. «Sie möchte nur mit Mum reden.»

«Oh», sagt Jay und setzt sich hin. «Ist Mum da?»

«Nein.»

Er sackt wieder zu Boden. «Wann kommt sie nach Hause?»

«Ich weiß es nicht. Hoffentlich bald.»

Ich habe Jay nichts von Mum und dem Boot erzählt. Das soll eine Überraschung werden. Außerdem ist es schon zwei Tage her, seit ich am Kanal war, und ich habe Angst, dass sie vielleicht nicht mehr da ist. Noch ein Grund mehr, heute hinzugehen. Doch vorher muss ich mir den Urlaub abholen – damit wir ihn Mum schenken können, wenn wir sie besuchen.

Wir nehmen den Bus in die Stadt. Jay sieht immer noch wie sein eigenes Gespenst aus, aber von der Haltestelle ist es nicht weit zu laufen. Ich habe Mina angerufen, aber ihr Handy schaltete gleich auf Mailbox. Obwohl ich ihr mehrere Nachrichten hinterlassen habe, hat sie nicht zurückgerufen, sodass ich Jay mitnehmen musste. Es ist schon Nachmittag, wir haben nicht mehr viel Zeit.

Und das ist nicht das einzige Problem – mein *Großer Plan* hat einen fatalen Fehler: Wie soll der längst verschiedene Daniel Roach seinen Gewinn einstreichen? Es ist eine Sache, sich im Radio als jemand auszugeben, der tot ist, aber ihn dazu zu bringen, dass er persönlich erscheint, ist etwas ganz anderes.

Eine Zeit lang habe ich mit dem Gedanken gespielt, mich zu verkleiden, aber irgendwie scheint mir das nicht überzeugend genug. *Ich verkleide mich als meine Mum, aber nicht als mein Dad – das soll mal einer kapieren.* Nach reiflicher Überlegung und sorgfältigem Abwägen der Alternativen habe ich mir – auf der Busfahrt hierher – einen Plan ausgedacht … jedenfalls so ungefähr. Er ist so schlecht, dass ich nur beten kann, er möge funktionieren.

«Okay, Scoob! Wir sind auf einer sehr wichtigen Mission», sage ich und gebe mal wieder den Shaggy. «Und du musst mir dabei helfen – ich brauche deine Rückendeckung! Okay, Kumpel?»

Jay starrt mich an. Einen Augenblick lang fürchte ich, dass er nicht mitspielt, doch dann nickt er und sagt in seiner erstaunlich guten *Scooby-Doo*-Stimme: «Okay!»

«Super! Also, hör zu – kümmere dich nicht darum, was ich da drin sage, das gehört alles zu meinem Plan. Aber *du* darfst nichts sagen.»

Jay zieht die Stirn kraus. «Warum nicht?», sagt er mit seiner normalen Stimme.

«Weil sie nicht merken dürfen, wer wir sind. Das ist eine geheime Mission. Eine verdeckte Ermittlung.»

«Was ist verdeckt?»

«Äh … geheim.»

«Das hattest du schon gesagt.»

«Ich weiß.» Ich schwitze, meine Kopfhaut juckt. «Hör zu, sag einfach nichts, ja?»

Jay nickt.

«Danke, Kumpel.»

Ich stehe auf.

Das klappt nie im Leben.

Die Empfangsdame blickt auf, als wir hereinkommen.

«Guten Tag, kann ich Ihnen helfen?» Sie sieht gelangweilt aus.

«Hallo.» Fast hätte ich wieder meinen schottischen Akzent aufgelegt, doch dann fällt mir ein, dass ich heute nicht Daniel bin. «Äh … mein Dad hat uns beauftragt, seinen Gewinn abzuholen.»

Die Frau schiebt ihre Augenbrauen wie eine Ziehharmonika zusammen. «Wie bitte?»

«Mein Dad – Daniel Roach. Er hat den Urlaub gewonnen. Bei *Baz' Bedtime Bonanza*.»

«Ah!» Sie greift zum Telefon. «Wie war der Name noch mal?»

«Daniel Roach.»

Sie nickt und tippt mit der Spitze ihres Kulis drei Ziffern ein. «Hallo? Ich habe hier Daniel Roach am Empfang. Um seinen Gewinn abzuholen?» Sie nickt und legt das Telefon wieder hin. «Nehmt Platz. Gleich kommt jemand zu euch.»

An einer Wand stehen abwechselnd rote und blaue Stühle – in den Farben von Radio Ham – mit dicken, rechteckigen Kissen. Jay und ich setzen uns nebeneinander unter das gerahmte Foto von Baz. Ich habe richtig geraten, dass er der Letzte in der Reihe mit der Brille ist. Ist er vielleicht sogar hier – kommt er gleich zu uns?

Mein Herz flattert in meinem Brustkorb herum wie ein gefangener Vogel, und ich schwitze. Es ist drückend hier drin und die Sonne brennt durch die gläserne Fassade. Auf dem Schreibtisch steht ein Ventilator, doch der ist auf die Empfangsdame gerichtet. Ich versuche mich auf die Live-Sendung zu konzentrieren, die durch die Lautsprecher dröhnt: ein aktueller Beitrag zur Verkehrslage – auf den großen Straßen um Hardacre und Marston läuft alles reibungslos. Das ist gut.

Hinter dem Empfangstresen wird eine Tür geöffnet und Cheryl kommt herein. Ich weiß, dass sie es ist, obwohl wir uns noch nicht begegnet sind und sie ganz anders aussieht, als ich sie mir vorgestellt habe. Sie lässt den Blick durch den Raum schweifen und runzelt die Stirn, bis die Empfangsdame mit dem Stift auf Jay und mich zeigt. Cheryl geht verwirrt auf uns zu, doch sie lächelt und trägt einen großen goldenen Umschlag.

«Daniel Roach?», fragt sie mit Blick auf mich.

«Ich bin Laurence. Daniel ist mein Vater.»

«Natürlich!»

Sie schüttelt mir die Hand und sieht nach unten zu Jay. «Und du bist bestimmt James.»

Es beeindruckt mich, dass sie seinen Namen behalten hat, weil ich ihn meiner Meinung nach nur selten auf Sendung erwähnt habe.

Cheryl scheint zu erwarten, dass Jay sie begrüßt, doch dann fällt mir wieder ein, dass ich ihm verboten habe, auch nur einen Ton zu sagen.

«Er ist ein bisschen schüchtern.»

«Kein Problem.» Sie lächelt. «Ich weiß noch, wie Baz neulich abends versucht hat, ihn ins Radio zu bringen.»

«Ja! Er ist mitgekommen, um mir zu helfen. Er war meine Rückendeckung, nicht wahr, Jay?» Ich lege ihm eine Hand auf die Schulter.

Als Cheryl die Stirn in Falten legt, bemerke ich meinen Fehler.

«Ich meine natürlich Dads Rückendeckung – uns beide, wissen Sie, als Maskottchen.» *Konzentration, Laurence. Mach jetzt keinen Quatsch.*

«Nun, das hat ja bestens funktioniert!» Cheryl lächelt, doch gleichzeitig sieht sie mich komisch von der Seite an. «Und ist euer Dad auch hier?»

«Nein, er konnte sich nicht freinehmen. Deshalb hat er uns gebeten, herzukommen und den Urlaub an seiner Stelle abzuholen.»

«Verstehe.»

Gott, ist das heiß hier!

«Ich freue mich wirklich, euch kennenzulernen, Laurence, aber leider kann ich euch den Gewinn nicht mitgeben. Euer Vater muss persönlich erscheinen und ihn entgegennehmen.» Cheryl lächelt mich entschuldigend an. «Wir möchten ein paar Werbefotos von ihm mit Baz machen – und natürlich mit den Leuten bei *Hardacre Holidaze*. Für uns ist das eine ziemlich hochkarätige gemeinsame Werbeaktion und das gehört praktisch dazu.»

Ich starre sie an.

«Dein Vater hat bestimmt nichts dagegen», fährt Cheryl fort. «Normalerweise macht das sogar Spaß – und mit dem Termin richten wir uns ganz nach ihm. Baz ist übrigens ganz scharf darauf, ihn kennenzulernen. Wir alle genau genommen.»

Ich nicke. Das hinzukriegen dürfte schwierig werden.

Vielleicht könnte ich mich wirklich ein bisschen aufmotzen … Oder könnte ich vielleicht jemanden dafür anheuern, dass er sich als mein Vater ausgibt? Mr Buchan –

er hat die passende Stimme! Aber so weit wird es niemals kommen, oder?

Sieh's doch ein, Laurence. Diesmal wird das nichts.

«Geht's dir gut?»

«Jep.»

«Nein, ich meinte deinen Bruder. Er ist so blass.»

Ich sehe zu Jay hinunter. Sein Gesicht ist kreidebleich und nass geschwitzt. Nach einem Blick zu mir beugt er sich schlagartig vor und bricht auf den rotblauen Teppich von Radio Ham.

«Oh!», ruft Cheryl und weicht gerade noch rechtzeitig zurück.

«Entschuldigung!»

«Das macht doch nichts.» Sie geht vor Jay in die Hocke. «Soll ich dir einen Schluck Wasser holen, James? Meinst du, das tut dir gut?»

Er nickt.

Sie lächelt und geht zu dem Wasserspender am anderen Ende des Raums.

Jay keucht und schluckt, als würde gleich noch mehr kommen. Das Erbrochene ist vor allem auf seinem T-Shirt und seiner Shorts gelandet. Es ist rosa und ich rieche die Erdbeermarmelade, die er zum Frühstück gegessen hat.

Cheryl kommt mit dem Wasser zurück. «Hier, bitte schön!»

Ich nehme den Pappbecher und halte ihn an Jays Mund. Er trinkt einen Schluck und schnieft.

«Oje, das T-Shirt», sagt Cheryl. «Es ist total hinüber. Der Arme.»

«Das ist nicht schlimm. Zu Hause ziehe ich ihm ein frisches an.»

«Moment mal!» Cheryl hebt verschmitzt den Zeigefinger. «Wir haben oben noch ein paar *Pop-im-Park*-T-Shirts. Die sind ihm wahrscheinlich ein bisschen zu groß, aber so kommt ihr wenigstens besser nach Hause.»

«Das geht schon, wirklich.»

«Nein!» Cheryl legt mir eine Hand auf die Schulter. «Wartet hier, ich gehe hoch und hol eins. Vielleicht finde ich auch noch ein paar Werbegeschenke, zur Aufmunterung oder so.»

«Danke – das wäre super.»

Sie verschwindet lächelnd durch die Hintertür.

In diesem Augenblick sehe ich den goldenen Umschlag auf dem Stuhl neben Jay. Der liegt da einfach so. Cheryl hat ihn wahrscheinlich dort abgelegt, als sie Wasser geholt hat.

Es ist ein dicker, schwerer Briefumschlag. Das glänzende Papier zwinkert mir im Sonnenschein zu.

Er gehört mir. Ich habe ihn gewonnen. Das ist meiner.

«Was machst du da?», fragt Jay.

Ich habe den Umschlag in der Hand und spüre sein Gewicht. Darin steckt nicht nur ein Urlaub – sondern die Lösung für alles. Die Möglichkeit, Mum nach Hause zu locken und wieder zum Lächeln zu bringen. Schutz vor der Frau mit dem Klemmbrett, die auf dem Sprung ist, uns wegzubringen. Es ist unsere einzige Hoffnung. Unsere letzte Chance, die ich jetzt ergreifen muss – bevor es zu spät ist.

«Komm, wir gehen!»

«Aber was ist mit der Frau, sie hat gesagt …»

Ich nehme Jay auf den Arm, ohne die klebrige Nässe und den Gestank von unverdautem Essen zu beachten, quetsche den Umschlag zwischen uns und wende mich zum Empfangstresen.

«Ich bringe ihn nur kurz raus – ich glaube, er bricht gleich wieder!»

Die Empfangsdame nickt, ihr Gesicht ist vor Ekel verkniffen.

Ich will die Tür aufdrücken, doch es geht nicht.

«Du musst ziehen», ruft die Frau hinter dem Tresen.

Ich reiße sie auf, wir sind draußen. Ohne einen Blick zurück renne ich los.

«Ich … muss … gleich …», sagt Jay, der in meinen Armen auf und ab hüpft.

Ich bleibe nicht stehen. Es ist mir egal, ob er mich vollkotzt. Wir müssen abhauen, bevor jemand merkt, was wir getan haben.

Dann kotzt Jay mich voll.

Er weint, er schlägt mich. Ich soll stehenbleiben.

Ich laufe in eine Seitenstraße, über eine Kreuzung und geduckt weiter an einer Reihe geparkter Autos vorbei. Am Ende der Straße biege ich erst rechts und dann wieder links ab. Keine Ahnung, wohin ich laufe. Ich will nur so weit wie möglich fort von dem Radiosender.

Als ich nicht mehr rennen kann, bleibe ich stehen und lege Jay auf den Bürgersteig.

«Idiot!», sagt er und tritt mich.

Ich kann nicht sprechen. Es sticht in meiner Lunge, und meine Beine fühlen sich an, als würden sie jemand anderem gehören. Ich werfe einen Blick über dic Schulter – die Luft ist rein – und stütze mich keuchend auf meine Knie.

Jay sitzt mit dem Rücken zu mir auf dem Bürgersteig, schnieft und schnipst brockenweise Erbrochenes von seinem T-Shirt.

«Es tut mir leid, Jay. Geht's?»

Er schüttelt den Kopf. Er sieht grauenhaft aus – verschwitzt und blass. Nie im Leben kann ich ihm jetzt den weiten Weg zum Kanal zumuten. Außerdem sind wir beide von oben bis unten vollgekotzt. Das ist vielleicht auch nicht der ideale Anblick für die große Wiedervereinigung mit Mum.

Immerhin haben wir den Urlaub ergattert. Ich wische die halbverdaute Erdbeermarmelade vom Briefumschlag und stecke ihn in den Bund meiner Jeans. Eine Ecke des festen Papiers sticht in meine Brust, doch irgendwie gibt mir das im Moment das beste Gefühl der Welt.

Der goldene Umschlag lehnt mitten auf dem Küchentisch an Goggel. Er ist ein wenig zerknittert und kringelt sich an den Ecken, aber eigentlich habe ich das Erbrochene ganz gut entfernt. Ich habe ein schlechtes Gewissen, weil ich ihn geklaut habe und abgehauen bin. Cheryl war nett zu uns, sie wollte nur helfen.

Ich habe getan, was ich musste – sonst nichts.

Und wenn sie die Polizei ruft?

Ich habe nur genommen, was ich rechtmäßig erworben habe. Dieser Umschlag gehört mir.

Andererseits weiß sie sowieso nicht, wo wir wohnen, und kann uns auch keinesfalls aufspüren. Es sei denn, die Polizei stellt Nachforschungen an und stellt fest, dass Daniel Roach längst gestorben ist. Geht das überhaupt?

Doch Cheryl weiß, wie ich heiße, und Jays Namen kennt sie auch. Es kann nicht schwer sein, uns zu finden. Ein paar Anrufe bei den hiesigen Schulen …

Ich betrachte den Umschlag – mein Gesicht spiegelt sich darin wie ein dunkler Schatten.

Er könnte sie direkt auf unsere Spur führen!

Jemand ist an der Tür. Die Liste möglicher Besucher wird immer länger:

das Jugendamt, Nelly, Angie, die Polizei …

Macht nichts, ich muss ja nicht aufmachen.

Es klingelt noch mal. Ich rühre mich nicht von der Stelle.

Jay sitzt im Wohnzimmer vor dem Fernseher. Er sieht besser aus, ganz anders als das Gespenst, das ich zuvor mit in die Stadt genommen habe.

«Ich habe Hunger», sagt er schmollend.

Ich denke an die wunderbare Marmelade, mit der er den Teppich von Radio Ham dekoriert hat. «Mal sehen, was wir noch haben.»

«Ich will Pommes», sagt Jay.

«Wie wär's mit einer Scheibe Toast?»

Jay schüttelt den Kopf. «Pommes.»

«Wir haben keine Pommes.»

Jay hebt die mageren Schultern und starrt auf den Fernseher. «Ich will Pommes.»

Ich sehe schon, worauf das hinausläuft, und überlege, ob der Rest von Minas Geld noch für eine Portion reicht.

Ich bin schon auf halbem Weg in die Küche, als ich etwas höre: ein dumpfes Klopfen aus unserem Zimmer. Auf dem Abtropfbrett liegt die Bratpfanne – ich nehme sie und gehe auf Zehenspitzen in den Flur zurück. Da, schon wieder, es ist wie ein Stich ins Herz. Ich hole tief Luft und stupse die Tür auf.

Mina winkt mir durchs Fenster.

«Ich dachte schon, ihr wärt nicht da», sagt sie, als ich es öffne. «Dann wäre ich völlig umsonst hier hochgeklettert und hätte riskiert, mir den Hals zu brechen.» Sie reicht mir einen schweren Rucksack. «Als du nicht aufgemacht hast, habe ich es halt hintenrum probiert.»

«Tut mir leid! Ich dachte, du wärst … na ja … Ich konnte ja nicht wissen, dass du es bist.»

«Ich habe deine Nachricht bekommen», sagt sie und nimmt zur Sicherheit meine Hand, als sie über die Fensterbank steigt. «Aber ich hatte einen Auftritt und konnte nicht früher kommen.»

«Alles gut, war nicht so wichtig.»

Mina zeigt mit dem Kopf auf die Bratpfanne. «Kochst du gerade?»

«Was? Nein … ich …»

«Ach so! Damit wolltest du mir eins überbraten? Gut, dass ich geklopft habe.»

Ich werde rot. «Nein! Ich dachte …»

Mina lacht. «Hoffentlich habt ihr Hunger.» Sie nimmt mir den Rucksack wieder ab. «Ich habe nämlich tonnenweise Essen mitgebracht – das hat mich auf dem Fahrrad beinahe umgebracht. Davon nehme ich nichts wieder mit nach Hause!»

Als ich aus dem Bad zurückkomme, wo ich mir nach einer Katzenwäsche und dem Einsprühen meiner Achselhöhlen ein anderes T-Shirt angezogen habe, sitzt Mina auf dem Dach. Sie hat eine große, blaukarierte Tischdecke ausgebreitet und das Essen darauf verteilt. Es gibt Plastikbehälter mit Bratwürstchen im Schlafrock, Chipstüten, Sandwichs, Tomaten, leuchtend orangefarbene Möhrenstücke und eine große Flasche Limonade.

Mina steht vor ihrem Festmahl und stützt die Hände in die Hüften. Sie trägt ein schwarzes *Ramones*-T-Shirt und eine abgeschnittene Jeans. Ich muss die ganze Zeit auf ihre Beine starren.

«Wow!» Mehr fällt mir dazu nicht ein. Ich meine das Essen – aber nicht nur.

Mina runzelt die Stirn. «Ich glaube, es ist ein bisschen mit mir durchgegangen. Ich hatte nicht daran gedacht, dass ich das alles schleppen muss.»

«Es ist einfach super!» Plötzlich habe ich einen Kloß im Hals und einen schrecklichen Moment lang befürchte ich, gleich in Tränen auszubrechen. Keine Ahnung, warum. Vielleicht liegt es auch nur an dem unglaublichen Anblick der vielen Speisen – oder daran, dass Mina das für uns getan hat.

Ich will Jay bestechen, mit einem Teller Sandwichs und einer Chipstüte vor dem Fernseher sitzen zu bleiben, damit kann ich bei ihm aber nicht landen. Sobald Mina «Picknick auf dem Dach» sagt, strahlen seine Augen, als hätte sie ihn gerade nach Disneyland eingeladen.

Ich packe ihn in die Ecke, möglichst weit weg von der Dachkante, und sage, dass er sofort wieder rein muss, wenn er versucht, sich von dort wegzubewegen.

«Das hast du nicht zu bestimmen!», sagt er, den Mund voll Chips.

«Wer denn dann?»

Er zeigt mit seinem kurzen Kinderfinger auf Mina.

Sie lacht. «Und ob! Ich habe voll das Sagen!»

Während wir essen, redet Jay ununterbrochen, wenn er nicht gerade etwas in den Mund steckt. Er plappert wie immer zusammenhanglosen Blödsinn: beliebige Einfälle in Kombination mit *Scooby-Doo*-Folgen. Ausnahmsweise freue ich mich darüber, weil ich dann selbst den Mund halten kann. Nachdem ich so viel gegessen habe, bis mein Magen sich wie ein Fußball anfühlt, lehne ich mich ans Dach und schließe die Augen. Nicht etwa, dass ich vorhätte einzuschlafen …

Plötzlich wache ich ruckartig auf.

«Da bist du ja wieder!» Mina grinst.

«Ich hab nur mal eben die Augen zugemacht.»

«Als ob. Und geschnarcht hast du auch nicht, was?» Sie lacht und verschränkt ihre kühlen, dünnen Finger mit meinen. Ein Stromstoß zuckt durch meinen Körper.

«Und wie war es neulich abends? Das mit der geheimen Mission, meine ich – oder kannst du immer noch nicht darüber reden?»

Ich zögere aus reiner Gewohnheit, doch dann erzähle ich ihr alles über das Quiz und den Besuch bei Radio Ham und schließlich auch von meinem Plan, morgen noch einmal zum Kanal zu gehen.

«Wow!», sagt Mina, als ich endlich wieder still bin. «Das ist wirklich ein großes Geheimnis. Du steckst voller Überraschungen, nicht wahr, Laurence Laurence Roach.» Sie lächelt und ihre Augen sind groß und dunkel.

«Hey, Mina?», sagt Jay.

«Was ist, Kumpel?»

«Lief *Scooby-Doo* auch schon im Fernsehen, als du klein warst?»

«Ja! Das habe ich immer nach der Schule geguckt.»

«Und wen findest du am besten?»

Mina hält immer noch meine Hand und malt mit dem Daumen eine Acht in meine Handinnenfläche, immer wieder, bis meine Haut summt.

«Scooby natürlich», antwortet sie. «Und du?»

«Jep, Scooby.» Jay nickt mit ernster Miene. «Und dann Shaggy und dann Fred.»

«Und was ist mit Velma und Daphne?» Mina schwingt ihr Bein über meins und kratzt mit ihrem Fuß über mein Schienbein. Es tut irgendwie weh und ist gleichzeitig schön.

Jay zuckt die Achseln. «Die gehen auch.»

«Velma findet immer die Lösung», sagt Mina.

Jay zieht die Stirn kraus und denkt darüber nach. «Scooby hilft ihr aber. Und Shaggy.»

«Ja, klar, die ganze Gang hilft mit.»

Jay nickt. «Willst *du* in *unserer* Gang mitmachen, Mina? Bei mir und Laurence?» Er blickt mich fragend an, ob das okay ist. «Ich bin Scooby und er ist Shaggy. Wer könntest du sein? Velma vielleicht – wenn du möchtest?»

Mina lacht. «Wenigstens sehe ich ihr ähnlicher als Daphne, würde ich sagen!»

Jay zuckt die Achseln.

«Du hast doch hoffentlich nichts dagegen, wenn ich bei eurer Gang mitmache … Shaggy?», fragt Mina grinsend. Sie drückt meine Hand und kratzt noch mal mit dem Fuß über mein Schienbein.

Es wird dunkel. Endlich lässt die Hitze nach und eine leichte warme Brise weht übers Dach. Ausnahmsweise dringt der Gestank der Imbissbude nicht bis ganz nach oben und der Lärm der Parade-Einkaufsmeile scheint weit weg zu sein. Jay döst in der Ecke, eingemummelt in seine Bettdecke. Mina liegt neben mir, ganz mit mir verschlungen, den Kopf auf meiner Schulter. Ich spüre ihren Atem auf meiner Wange und ihren Herzschlag durch mein T-Shirt.

Als das Licht am Himmel schwindet, verschmelzen die Dachkanten mit der Dunkelheit der Nacht. Es fühlt sich an, als schwebten wir, als flögen wir auf unserer magischen Karodecke hoch über der Stadt unter einer Million funkelnder Sterne.

SÖHNTAG
DU HAST KINDER?
DU UND ICH
WIR SCHAFFEN DAS SCHON
UND MINA!
UNSERE GANG!

Es ist schwül, die Luft voll sirrender Insekten. Ich sehe das Boot in seiner schattigen Höhle unter den herunterhängenden Ästen, doch kein Mensch ist in Sicht. Mum mit Sicherheit nicht.

An der Absperrung bleibe ich stehen.

«Wir müssen da rüber.»

«Wieso? Wo gehen wir hin?» Jay betrachtet das schmale Wehr und die weiße Gischt, die darüber hinweg abwärts in den Kanal fließt.

Ich beantworte seine Frage nicht und strecke die Hand aus. «Dir passiert nichts. Ich sorge dafür, dass du nicht reinfällst.»

Jay weicht einen Schritt zurück und verschränkt die Arme.

«Na gut, wenn du hier bleibst, gehe ich eben allein auf die andere Seite.»

Er reißt die Augen auf.

«Wie du willst.»

Ich sehe ihn förmlich denken – sein Blick zuckt über den Treidelpfad bis zu dem schwarzen Schlund des Tunnels.

Er macht einen Schritt auf mich zu.

«Sehr gut, Scooby, Kumpel! Du schaffst es!»

Jay umklammert meine Hand, wir steigen auf das Wehr und arbeiten uns Zentimeter um Zentimeter weiter vor, während das Wasser kalt rauschend unter uns verwirbelt. Wir brauchen nicht einmal eine Minute, und schon sind wir drüben.

Kaum hat Jay wieder festen Boden unter den Füßen, als er zum Wehr zurückblickt.

«Das war lustig», sagt er. «Können wir das noch mal machen?»

«Klar, auf dem Rückweg.»

«Nein, jetzt!»

Ich schüttle den Kopf und laufe den Hang hinter. Auf dieser Seite gibt es keinen Treidelpfad, nur hohes Gras und Schilf, doch zu dem grauen Boot führt eine unübersehbare Trampelspur. Das kleine Schiff ist wahrlich keine Schönheit. Es ist stellenweise verrostet und der Lack blättert ab. Mehrere Löcher an den Seiten sind mit Holz vernagelt. Das Boot ist Schrott und völlig verdreckt – eine schwimmende Version der Heights. Kein Wunder, dass Mum sich wie zu Hause fühlt.

Ein Fenster ist zugenagelt, vor den anderen hängen schäbige Vorhänge. Sie sind zugezogen, sodass ich nichts sehen kann. Doch aus dem Schornstein steigt eine schwache Rauchfahne, also ist jemand da.

Ich sage Jay, dass er im Schilf stehen bleiben soll, gehe zur Tür und klopfe. Dann warte ich – mit hämmerndem Herzen –, doch es dringt kein Laut nach außen. Ich klopfe noch mal.

Diesmal höre ich etwas – das Murmeln einer Stimme.

«Was machst du da?», ruft Jay.

Als ich gerade antworten will, hustet jemand und macht sich am Türschloss zu schaffen. Die Tür wird aufgezogen und ich stehe dem silberhaarigen Mann direkt gegenüber. Er trägt ein verschlissenes Jeanshemd, das offen steht und eine lederne Brust mit drahtigem, grauem Haar entblößt. Um den Hals hat er eine Kette mit einer großen Bronzemünze und seine grauen Bartstoppeln sehen aus wie Eisenspäne. Er hat eine Fahne – es riecht wie billiges Aftershave.

«Wer bist du?», fragt er und blinzelt mich mit hellen, wässrigen Augen an.

«Äh …»

Er beugt sich vor, wirft einen Blick über das Ufer zum Wehr und sieht mich wieder an. «Was willst du? Ich kann Kinder nicht leiden.»

«Ich bringe einen Brief.»

«Einen Brief? Wie ein Postbote siehst du nicht aus, Junge. Was ist das für ein Brief?»

«Er ist für … für Margaret Roach.»

Seine Augen funkeln nur eine Millisekunde lang, doch es ist mir nicht entgangen.

Er schüttelt den Kopf. «Für wen?»

«Margaret Roach.»

«Nie gehört.» Er will die Tür schließen.

«Sie ist meine Mutter!»

Der Silberhaarige verharrt. «Sag das noch mal!»

«Margaret Roach … Sie ist meine Mutter. Sie ist auf diesem Boot.»

Er beugt sich zu mir vor. «Wer hat dir das denn erzählt?»

«Niemand.»

Er sieht mich bohrend an, als könnte er so herausfinden, ob ich die Wahrheit sage. Nach einem Moment knurrt er, und ich gehe davon aus, dass er mir glaubt.

«Tja, ich kann nur sagen, dass sie nicht hier ist. Und nie hier war. Kapiert?»

Ich nicke, das scheint mir das Sicherste. Obwohl ich weiß, dass er lügt – ich sehe es ihm an.

Auf einmal schreit Jay hinter mir etwas und läuft auf das Boot zu. Er legt beide Hände an das nächstgelegene Bullauge und schlägt an die Scheibe.

«Da ist Mum!», ruft er und zeigt auf das Fenster. «Ich habe sie gesehen!»

Silberhaar sieht aus, als wollte er gleich einen Mord begehen.

Einen Augenblick sagt niemand etwas. Dann hören wir alle die Stimme. Sie kommt aus dem Inneren des Bootes – weit weg und schläfrig, aber doch laut genug …

«Phil! Wer ist da? Mit wem redest du?»

Ich zucke zusammen, als hätte ich einen Stromschlag bekommen.

«Niemand!», ruft Phil und fixiert mich.

Doch Jay hat die Stimme auch gehört und steht jetzt neben mir. Er verrenkt sich den Hals, um einen Blick ins Boot zu werfen.

«Mum!», schreit er.

Es kracht im Boot, Sachen fallen um, und dann schwebt Mum aus der Dunkelheit empor. Sie ist sehr blass, ihre Augen liegen tief in den Höhlen, ihr Haar ist verfilzt und fettig.

«Mum?», fragt Jay leise und verwirrt.

Sie steht neben dem silberhaarigen Mann im Bootseingang und legt ihm eine Hand auf die Schulter, damit sie nicht umfällt. Sie betrachtet uns mit einem vernebelten entnervten Blick und schwankt leicht. Es ist der Happy-Hour-Taumel, sie ist betrunken.

«Hallo Mum.» Die Worte zerkratzen meine Kehle.

Beim Klang meiner Stimme blinzelt sie und runzelt die Stirn. «Laurence?»

Ein Wort.

Mein Wort aus ihrem Mund schließt ein schmerzendes Loch tief in meinem Inneren und reißt gleichzeitig ein neues in meine Brust. Hitze steigt mir in die Augen und presst die Tränen heraus. Ich will aufs Boot, will mich in ihre Arme werfen und weinen. Sie soll mir über den Kopf streichen, mich küssen und sagen, dass jetzt alles gut wird. Mummy ist da, alles in Ordnung.

«Du hast Kinder?» Silberhaar dreht sich zu ihr um, doch sie hört ihn anscheinend gar nicht. Mit einem breiten, besoffenen Lächeln klettert sie vom Boot.

Mum lacht, als sie stolpert und beinahe hinfällt, doch dann steht sie vor uns im Gras.

«Meine schönen Söhne!», sagt sie und breitet die Arme aus.

Nach kurzem Zögern rennt Jay auf sie zu und wirft sich auf sie. Mum geht in die Knie und drückt ihn an sich, lachend hält sie ihn im Arm. Dann blickt sie hoch und hält mir ihre Hand hin – ihre weißen Finger zittern in der Luft. Ich habe Angst, sie zu berühren, Angst, dass Mum nur eine Vision ist. Dann nehme ich ihre Hand und sie zieht mich zu sich hinunter in das Knäuel aus Gliedmaßen, in den Geruch von Körpern und Tränen und den süßlichen Gestank des Alkohols.

Viel zu schnell löst sie sich wieder von uns und setzt sich mit glänzenden Augen auf die Fersen. Sie sieht den silberhaarigen Mann an, der vom Bootseingang zuguckt.

«Phil! Das sind meine Jungs!»

Knurrend dreht Phil sich eine Zigarette.

«Ihr seid es wirklich», sagt sie und wischt sich die Tränen von den Wangen.

«Was machst du hier, Mum? Wo warst du denn die ganze Zeit?»

Sie hält meinem Blick einen Augenblick lang stand und sieht dann Jay an. «Ach, mein JayJay! Du bist ja richtig groß geworden!»

Jay grinst. «Wir waren auf der Kirmes! Der Freund von Laurence hat gekotzt! Alles auf den Rücken des Mannes vor ihm!»

«Mum.» Ich starte einen neuen Versuch.

«Auf der Kirmes! Wie schön!» Mum zieht Jay auf ihren Schoß.

«Mum! Was tust du hier?»

Phil fasst mich an der Schulter. «Kann ich kurz mit dir reden?»

Ich lasse Jay bei Mum und folge Phil ein kurzes Stück am Ufer entlang.

Als wir außer Hörweite sind, bleibt er stehen und zündet sich die Zigarette an. Er bläst eine Rauchfahne über meinen Kopf und bietet mir den Tabak an. «Willst du?»

«Nein … danke.»

«Brav.» Er nickt zu Mum und Jay. «Und sie ist wirklich eure Mutter?»

«Ja.»

«Wo ist euer alter Herr?»

«Mein Vater ist gestorben.»

«Und wer sorgt dann für euch?»

«Keiner.»

Phil kneift die Augen zusammen. «Keiner?»

Ich zucke die Achseln. «Seit wann ist sie hier … bei Ihnen?»

«Seit zwei Wochen.» Er nimmt einen Zug. «Ich habe sie aus dem Kanal gefischt.»

«Was?»

«Echt! Hab ihr das Leben gerettet!»

Das Atmen fällt mir schwer. «Wann?»

«Vor zwei Wochen. Zum Glück habe ich das Platschen

gehört. Und dann ist sie da hinten aufgetaucht.» Er zeigt mit dem Kopf auf den Tunnel. «Ich habe sie schnell rausgezogen.»

Es ist ihm nicht anzumerken, ob er weiß, dass es ein Selbstmordversuch war, oder ob er an einen Unfall glaubt.

«Haben Sie den Notarzt gerufen?»

«Ich habe sie erst mal aufs Boot gebracht. Hab sie abgetrocknet und aufgewärmt. Dann ist sie ohnmächtig geworden.»

«Warum haben Sie nicht den Notarzt gerufen? Oder die Polizei?»

Phil legt die Stirn in Falten. «Jetzt hör mir mal gut zu. Wie gesagt, ich habe mich um sie gekümmert. Es war mitten in der Nacht, da hab ich sie ausschlafen lassen.»

«Und dann?»

«Was meinst du?» Sein Blick verdüstert sich.

«Was am nächsten Tag passiert ist! Sie ist seit zwei Wochen weg!»

«Wird sie von den Bullen gesucht?» Phil wirft einen schnellen Blick auf den Kanal, als würde er damit rechnen, von Polizeikolonnen eingekesselt zu werden.

«Nein.»

Brummend zieht er an der Zigarette, doch dann setzt er plötzlich eine andere Miene auf. Eben hätte ich noch geschworen, dass er sich Sorgen macht, aber jetzt hat er einen ganz anderen Gesichtsausdruck. Als ob er sich amüsiert.

«Willst du damit sagen, du hast es nicht gemeldet, dass sie seit zwei Wochen weg ist?»

Ich weiß nicht, wie viel ich ihm verraten darf, doch was spielt das noch für eine Rolle? «Das weiß keiner. Ich habe niemandem was gesagt.»

Phils Mundwinkel zucken, gleich beginnt er zu lächeln «Wieso nicht?»

«Weil sie uns sonst in Pflegefamilien gesteckt hätten.»

«Ah ...» Er nickt und schnipst den Zigarettenstummel ins Wasser.

«Hat sie Ihnen nicht gesagt, dass sie eine Familie hat? Haben Sie nicht darüber nachgedacht, woher sie kam?»

«Was geht mich das an? Ich hab's dir schon gesagt – Kinder hat sie nie erwähnt.»

Ich glaube ihm.

«Egal, du hast etwas von einem Brief gesagt.»

Ich nicke. Das hätte ich beinahe vergessen. «Er ist für Mum.»

Wir gehen zu der Stelle zurück, wo Mum und Jay zusammen im Gras sitzen, und ich ziehe den goldenen Umschlag unter meinem T-Shirt hervor. Er ist jetzt völlig zerknittert, doch er funkelt noch immer in der Sonne. Er tönt noch immer wie ein magischer Gegenstand.

Mum schreit leise auf und streicht über den Umschlag. «Was ist das?»

«Mach ihn auf.»

Sie sieht mich an, öffnet ihn und lässt einen Hochglanzprospekt von *Hardacre Holidaze* in ihren Schoß fallen.

«Das ist ein Urlaub, ich habe ihn gewonnen. Ein Urlaub in der Sonne – mit allem inklusive.»

Benommen blättert Mum in dem Prospekt und wackelt wie ein Vogel mit dem Kopf. Sie hat es immer noch nicht begriffen, das ist offensichtlich.

«Ein Urlaub, Mum! Umsonst! Du kannst irgendwohin fahren, wo es schön warm ist. Das ist alles gratis, schon bezahlt. Ich habe es gewonnen. Für dich!»

Sie kneift die Augen zusammen und versucht sich zu konzentrieren. «Ein Urlaub? Für mich.»

«Yeah!»

Mum fährt mit den Fingern über den Prospekt, als könnte sie nicht glauben, dass er tatsächlich da ist, und sieht dann hoch zu Phil. «Unglaublich, was mein Sohn getan hat, was?» Ihre Stimme bricht, sie hat Tränen in den Augen. Genau wie ich es mir vorgestellt habe – irgendwie jedenfalls. Sie hält die Broschüre wie eine Trophäe hoch in die Luft. «Ein Urlaub! Ein Gratisurlaub! Wir können fahren, wohin wir wollen!» Sie sieht wieder mich an. «Das stimmt doch, oder?»

«Jep.»

Phil wirft mir einen zweifelnden Blick zu und greift nach dem Prospekt.

«Wir können wegfahren, irgendwohin, wo es warm ist, ans Meer!» Ihre Augen glänzen vor Glück. «Ein Urlaub würde dir guttun!», sagt sie und zupft an Phils Hosenbein.

Es trifft mich wie ein Schlag auf die Brust. «Nein!»

Mum sieht mich an.

«Du fährst mit uns!»

Sie runzelt die Stirn.

«Der Urlaub ist für uns. Für mich, dich und Jay!» Achselzuckend sehe ich Phil an. «Tut mir leid.»

Schnaubend wirft er den Prospekt ins Gras.

Der Glanz ist aus Mums Gesicht gewichen. Sie wirkt wieder betäubt, als wäre sie gerade aufgewacht und wüsste nicht, wie sie hierhergekommen ist.

«Mum? Geht's?»

Sie schubst Jay von ihrem Schoß und will aufstehen, stolpert und fällt ins Gras.

«Es wäre besser, wenn ihr jetzt geht», sagt Phil und hilft ihr auf die Beine.

«Was reden Sie denn da? Sie geht mit uns nach Hause.»

Phil sieht Mum ins Gesicht. «Möchtet du mitgehen, Mags?»

Als sie mich ansieht, laufen ihr die Tränen über die Wangen.

«Bitte, Mum! Wir brauchen dich!»

Sie schüttelt den Kopf und geht rückwärts Richtung Boot.

«Mum! Nelly hat beim Jugendamt angerufen. Wenn du jetzt nicht mitkommst, dann stecken sie uns in eine Pflegefamilie!»

Sie bleibt stehen, doch sie hält den Kopf gesenkt und sieht mich nicht an. Als sie antwortet, kann ich sie kaum verstehen, so leise spricht sie. «Ich kann nicht. Ich schaffe das nicht mehr. Es tut mir leid!»

«Mum!»

Silberhaar hilft ihr aufs Boot und dreht sich noch mal zu mir um. «Wie es aussieht, möchte die Dame hierbleiben.»

«Aber … sie ist unsere Mum!»

Er hebt die Schultern. «Na und? Willst du mir erzählen, ein großer Junge wie du könnte ohne seine Mummy nicht überleben, oder was?» Phil seufzt. «Sieh es mal so, Junge – schon mal darüber nachgedacht, warum sie nicht nach Hause gekommen ist? Warum sie die ganze Zeit hier ist? Weil es so ist, wie sie gesagt hat – sie schafft es nicht mehr. Sie will euch nicht … und ich auch nicht.»

Er geht an Bord und zieht die Tür hinter sich zu. Sie rastet ein und er verriegelt sie von innen.

Als ich mich wieder umdrehe, steht Jay hinter mir und starrt das Boot an.

«Komm, wir gehen nach Hause.» Ich strecke die Hand aus.

«Und was ist mit Mum?», fragte er mit einem Schluchzer. «Kommt sie nicht mit?»

«Nein.»

«Warum nicht?»

Ich seufze. Was hat er gehört? Wie viel hat er verstanden?

«Weil sie noch ein bisschen hierbleiben möchte, das ist alles.»

«Wieso?»

«Weiß ich nicht. Ist eben so.»

«Kommt sie denn trotzdem bald nach Hause?»

«Ja, klar!», lüge ich. «Bis dahin müssen wir uns allein durchwurschteln, okay?»

Während wir das Wehr überqueren und zum Tunnel zurückgehen, lässt Jay das Boot nicht aus den Augen.

«Du und ich, wir schaffen das schon», sage ich mit meiner besten Kindermoderatorenstimme.

Jay schnieft und nickt. «Und Mina.»

«Genau – und Mina.»

«Unsere Gang, wie bei Scooby-Doo», sagt Jay.

«Jep … so ähnlich.»

OHNTAG
TRÜMMERHAUFE
ICH HASSE BADEN
BIST DU SCHON SAUBER?
WARTE HIER
SUPER

Jay beschwert sich, weil er Hunger hat. Er möchte etwas zum Frühstück. Aber es gibt nichts mehr zu essen und wir sind wieder pleite.

Der goldene Umschlag liegt auf dem Küchentisch. An einer Seite ist er aufgerissen und zu der abgewischten Kotze haben sich Grasflecken gesellt. Es ist nur ein glänzender Briefumschlag, keine Lösung für nichts.

Wenn Mum nicht nach Hause kommt, ist es aus und vorbei.

Mittlerweile denke ich, dass Jay ohne Mum und mich vielleicht sogar besser dran wäre. Er würde sofort zu Pflegeeltern vermittelt, in eine richtige Familie, wo er eine Chance auf ein normales Leben hätte. Sobald ich wüsste, dass er gut versorgt ist, könnte ich mich aus dem Staub machen. Nur meinetwegen würden sie kaum Himmel und Erde in Bewegung setzen. Ich gehe für sechzehn durch, locker … Dann besorge ich mir einen Job und ein Zimmer zum Wohnen …

Ich weiß nicht, wie lange ich noch die Energie habe, allen etwas vorzumachen.

Es schellt. Gedämpfte Stimmen hinter der Wohnungstür. Nelly und noch jemand – ein Mann. Jetzt sind sie also da. Ist es das Jugendamt oder die Polizei? Nicht dass es wichtig wäre. Sie klopfen so laut, dass die Kette rasselt. Und wenn ich nicht aufmache … treten sie dann die Tür ein?

Ich sitze mit angezogenen Knien auf dem Linoleumboden am anderen Ende des Flurs und warte ab, was passiert. Ich behalte die Tür im Auge und warte auf den Lärm – darauf, dass der Lack sich wölbt und das Holz splittert.

Nichts geschieht.

Sie sind wieder weg.

Ich bin enttäuscht.

Ich trete gerade noch rechtzeitig aufs Dach, um die Schnüffelnelly am Fuß der Treppe zu sehen, die zur Parade-Passage führt. Sie spricht mit einem Mann, der eine Jeansjacke trägt – wahrscheinlich der Sozialarbeiter, der für unser Viertel zuständig ist. Er schüttelt Nelly die Hand, steigt in einen roten Citroën 2CV und fährt los. Er ist weg, aber er wird wiederkommen.

Wir sollten lieber packen, Kleidung und so etwas, damit wir beim nächsten Mal bereit sind. Vielleicht sollte ich Jay in die Badewanne stecken und ihm die Haare waschen. So wie er jetzt riecht, will ihn sicher niemand haben. Bei der Vorstellung schnürt sich mir der Hals zu.

Nicht denken, Laurence. Tu es einfach.

Ich gehe in die Wohnung zurück. Dort suche ich eine Reisetasche.

Nein, zwei …

Für den Fall, dass wir nicht zusammenbleiben.

«Ich hasse Baden!», sagt Jay. Er steht mit verschränkten Armen in der vollen Wanne.

«Ich weiß, aber wir müssen sauber sein, wenn wir gehen.»

«Wohin denn?»

«Wir ziehen für eine Weile zu jemand anderem. Nur bis Mum zurückkommt.»

Jay kneift die Augen zusammen. «Zu wem?»

«Das weiß ich noch nicht, aber es wird jemand Nettes sein.» Ich will lächeln, aber das macht mein Gesicht nicht mit.

Dann hole ich ein Handtuch, und als ich ins Bad zurückkomme, sitzt Jay mit unglücklicher Miene im Wasser.

«Bist du schon sauber?»

Er schüttelt den Kopf. «Es ist zu kalt.»

Ich halte die Hand unter den Warmwasserhahn – das heraussprudelnde Wasser ist eiskalt. Mit einem lauten Fluch drehe ich ihn zu. «Warte hier.»

In der Küche stelle ich den Wasserkocher an. Es knallt – ein blauer Blitz – und stinkt nach verschmortem Plastik. Einen Augenblick lang starre ich nur den Wasserkocher an. Dann schalte ich ihn aus und wieder an, ein paar Mal, doch das rote Lämpchen bleibt dunkel. Tot.

Etwas zerreißt. Tief in meinem Inneren. Etwas, das ich mühsam zusammengehalten habe – seit Tagen, Wochen oder gar Jahren.

Jetzt löst es sich auf.

Gerade halte ich noch den nutzlosen Wasserkocher in der Hand, doch im nächsten Augenblick sitze ich auf dem Boden – allerdings muss es dazwischen ein Erdbeben gegeben haben, denn um mich herum sieht es aus, als wäre die Küche explodiert. Der Tisch ist umgedreht, der Mülleimer liegt auf der Seite und alles fällt heraus. Die Wand hat Pockennarben von explodierten Lebensmitteln und Porzellanscherben. Ich zittere, schnaube durch meine Nase und sehe Blut an einem Schnitt in meiner rechten Hand.

War ich das?

Eine Erinnerung an Mum blitzt auf, wie sie vor Jahren in einem Meer kaputter Sparschweine sitzt …

Ich höre etwas. Mein Blick fällt auf Jay, der mich von der Tür aus beobachtet. Er ist nackt, er zittert. Als ich ihn ansehe, läuft er davon.

«Jay!» Während ich mich aufrapple, quietscht und knirscht der Müll unter meinen Turnschuhen. «Jay!»

Er ist ins Badezimmer gerannt und schrubbt sich hektisch mit dem Schwamm ab. Er weint und zittert. Er sieht mich nicht an.

«Jay?»

«Es geht schon. So kalt ist es gar nicht.» Jay zwängt die Worte durch seine klappernden Zähne.

«Na, komm.» Ich hebe ihn aus der Wanne, hülle ihn in das Handtuch und drücke ihn an mich. «Es tut mir leid. Ich wollte dir keine Angst machen. Ich war nur plötzlich … so wütend.»

«Ich bin noch nicht sauber», schluchzt er in mein Ohr.

«Das macht nichts. Sie werden uns schon nehmen, wie wir sind, nicht wahr?»

Er nickt. «Wo kommen wir hin?»

Ich trockne seinen Rücken ab und schüttle den Kopf. «Keine Ahnung.»

Unsere Sachen stehen fertig gepackt im Flur: Mums alter grüner Koffer für Jay und ein Rucksack für mich. Es war kein großer Aufwand, unser Zeug zusammenzupacken, zumal das meiste dringend gewaschen werden müsste. Ich habe Jay angewiesen, sein Lieblingsspielzeug zu suchen, und möglichst viel in seinen Koffer gequetscht.

Jemand schlägt an die Tür. Sie sind wieder da. Jetzt ist alles gelaufen.

Ich gehe in den Flur, bleibe an der Tür stehen und lege die Hand auf die kühle Klinke.

So sollte es eigentlich nicht ausgehen.

Doch es ist leicht, die Tür zu öffnen.

Loszulassen.

«Und? Wie kommt ihr so klar?» Mina schwebt an mir vorbei in den Flur. «Wie wär's mit Pommes? Ich habe eine Portion mehr gekauft, weil ich dachte, ihr habt vielleicht Hunger.»

«Mina!», sagt Jay und kommt aus dem Wohnzimmer.

«Hallo, Kumpel, Lust auf Fritten?»

«Yeah!» Jay klatscht in die Hände.

«Soll ich Teller holen?» Mina geht zur Küche und bleibt wie angewurzelt an der Tür stehen. «Krass!» Sie sieht mich an. «Was ist denn hier passiert?»

Mit einem Achselzucken dränge ich mich an ihr vorbei durch den Trümmerhaufen.

«Wie geht es euch denn nun?», fragt Mina. «Ist eure Mutter wieder hier?»

Ich schüttle den Kopf.

«Sie bleibt bei ihrem Freund», sagt Jay, der sich an Mina und an die Pommes hält. «Wir wohnen bald eine Zeit lang bei anderen Leuten.»

«Super!», sagt Mina und sieht mich gleichzeitig fragend an.

Sie kippt ein paar Pommes auf einen Teller und reicht ihn Jay. «Willst du nicht ein bisschen fernsehen, Kumpel, während ich hier mit Laurence rede?»

Auf dem Dach ist es kühl und die Luft fühlt sich auf meinem Gesicht wie kaltes Wasser an.

«Was hat Jay da gesagt?», fragt Mina und setzt sich. «Wo ist eure Mutter?»

Ich erzähle ihr von der katastrophalen Begegnung am Kanal und meiner Entscheidung aufzugeben.

«Du hast dich wozu durchgerungen?» Sie hält inne, eine Fritte baumelt zwischen ihren Fingern.

«Was soll ich denn sonst tun? So geht es nicht weiter. Das Jugendamt stand schon vor der Tür. Irgendwann erwischen sie uns ja doch.»

«Ihr müsst eure Mum eben dazu bringen, zurückzukommen.»

«Als ob! Ich habe dir doch gesagt, dass sie nicht will.»

Mina steckt die Fritte in den Mund und kaut nachdenklich.

«Und sie war betrunken, als ihr da wart?»

«Sie konnte kaum stehen.»

«Da hast du's! Man kann doch niemanden ernst nehmen, der kaum stehen kann! Die Leute machen die bescheuertsten Dinge, wenn sie betrunken sind. Dinge, die sie in nüchternem Zustand nie tun und noch nicht mal sagen würden. Das weißt du doch auch!»

«Kann sein.»

Mina seufzt. «Wie lange ist sie jetzt weg?»

«Weiß nicht. Vierzehn Tage … fünfzehn.»

«Zwei Wochen.» Mina zeigt mit einer Fritte auf mich. «Zwei Wochen, die du überlebt hast – und dabei hast du dich auch noch um Jay gekümmert. So eine lange Zeit, und jetzt gibst du einfach so auf?»

«Ich kann sie nicht zwingen, nach Hause zu kommen! Wenn sie gar nicht hier sein will!» Die Worte kleben im Hals.

Mina rutscht neben mich und legt mir die Hand auf den Arm. «So ist es doch nicht, Laurence. Sie weiß nicht, was sie tut. Sie ist krank.»

Ich starre auf den Boden und kämpfe mit den Tränen.

«Sie ist auf dem Boot, weil es das Einfachste ist», sagt Mina. «Wenn sie mit diesem Phil zusammen ist, muss sie kein schlechtes Gewissen haben – weil er auch trinkt. Sie muss nicht mal darüber nachdenken. Deshalb müssen wir sie von ihm wegholen. Und zwar so früh, dass sie noch keine Zeit hatte, sich zu betrinken.»

Ich denke an Mums Blick, als sie vor mir zurückgewichen ist. «So funktioniert das nicht.»

«Mensch, Laurence! Wenn du dich hören könntest! Du gibst dich schon geschlagen, bevor es überhaupt losgegangen ist.»

Aus irgendeinem Grund taucht ein Schimmer von Omas Gesicht vor meinen Augen auf – eine Botschaft aus dem Jenseits. Oma hat ihre strenge Miene aufgesetzt. *Willst du wohl zuhören, Laurence Roach?*, sagt sie mit erhobenem Zeigefinger. *Das Mädchen weiß, wovon es redet*.

Ich sehe zu Mina hoch und zucke die Achseln. «Okay, es ist wahrscheinlich einen Versuch wert. Du hast recht.»

«Endlich hat er es kapiert!»

Sie grinst, und für einen Moment lächelt Omas holografisches Antlitz und zwinkert mir zu, bis es wie eine Seifenblase zerplatzt und verschwindet.

Oma hätte Mina gemocht. Das steht außer Frage.

DIESER-TAG!!!
JAYS GEIST
SHAGGY?
JA, SCOOB?
IST MUM IN GEFAHR?
NEIN, ABER ...

Es ist noch früh – kurz nach acht. Trüber Dunst hängt über dem Kanal, sodass man die Wasseroberfläche kaum erkennen kann. Doch es ist schon warm. Außer Jay und mir ist niemand hier und unsere Schritte knirschen auf dem staubigen Treidelpfad.

«Shaggy?» Jay lugt unter dem Schirm seiner Kappe zu mir hoch.

«Ja, Scoob?»

«Wollen wir jetzt wirklich Mum retten?»

«Wir versuchen es zumindest – ja.»

Jay runzelt die Stirn. «Ist der Mann … der mit den silbernen Haaren … ist das ein Böser?»

«Ja … kann man sagen.»

Er reißt die Augen auf. «Ist Mum in Gefahr? Hält er sie gefangen?»

«Nein, aber … also … Wir möchten eben, dass sie mit uns nach Hause geht, oder?»

Er nickt. «Und wie machen wir das?»

«Mina hat einen Plan – hab ich dir doch schon gesagt.»

«Hab ich vergessen.»

Ich seufze. «Wir treffen uns mit Mina an der Brücke …»

«Velma.»

«Was?»

«Sie heißt Velma, nicht Mina.» Jay schüttelt den Kopf und gibt missbilligende Geräusche von sich. «Schau mal! Da ist sie ja!»

Er läuft vor bis zu der Stelle, wo Mina auf uns wartet. Sie sitzt in einer abgeschnittenen Jeans und einem ärmellosem T-Shirt auf dem Fahrrad und hat sich eine alte Hundeleine umgehängt.

«Wo hast du die denn her?»

«Wir hatten mal einen Hund.» Mina schlingt die Finger in die Schlaufe am Ende. «Nach seinem Tod brachte Dad es nicht fertig, die Leine fortzuwerfen. Sie hing noch an der Hintertür.» Sie zuckt die Achseln. «Seid ihr so weit?»

Ich werfe einen Blick über sie hinweg auf die Eisenbahnbrücke in der Ferne – und auf den Tunnel, der wie ein Maul aussieht, das uns verschlingen will.

Mina legt mir die Hand auf den Arm. «Keine Sorge, Großer, das klappt schon. Ich hab's in den Knochen.»

«Was?»

Sie lacht. «Ach, das sagt mein Vater immer. Los jetzt! Ich gebe euch zehn Minuten, um euch in Position zu bringen, dann komme ich.»

Unter den Bäumen, wo Phil den Müll hingeworfen hat, liegen Jay und ich auf der Lauer und warten auf Mina. Sie müsste längst hier sein. Irgendwas läuft schief.

Dann höre ich Schritte – jemand rennt – und Mina saust an uns vorbei.

«Hilfe! Helft mir doch! Bitte!»

«Mina!», sagt Jay. Seine großen Augen leuchten weiß im dunklen Dickicht.

Ich nicke und schaue zu, wie sie das Wehr überquert. Von hier aus kann ich zwar das Boot sehen, doch die Tür ist auf der anderen Seite. Mina ruft immer noch um Hilfe. Es klingt sehr weit entfernt und wird vom Rauschen in meinen Ohren beinahe übertönt. Dann wird es plötzlich still, nur die Fliegen summen und das Wehr rauscht in der Ferne. Wir warten.

Und warten.

Was, wenn es doch nicht funktioniert?

Wenn Mina Phil nicht aus dem Boot lotsen kann?

Dann höre ich Stimmen.

Ich werfe einen vorsichtigen Blick durch die Äste und sehe sie – Mina überquert zusammen mit Silberlocke das Wehr. Sie hat es geschafft!

Nur drei Meter von uns entfernt laufen sie vorbei, und ich ziehe Jay hinter einen dicken Baumstamm.

«Er heißt Syd», erklärt Mina. «So ein großer Hund hat ihn angefallen und dann ist er weggerannt! Und jetzt finde ich ihn nicht wieder.» Sie schnieft, als hätte sie geweint. «Das war genau hier – hinter der Brücke.»

Phil brummt etwas, doch sie sind schon zu weit weg, als dass ich noch etwas verstehen könnte.

Nachdem ich bis zwanzig gezählt habe, trete ich aus dem Schutz der Bäume. Wir können gerade noch sehen, wie Mina und Silberlocke im Tunnel verschwinden.

«Los!»

Wir rennen zum Wehr, das Jay diesmal ohne zu murren überquert. Dann sind wir im Schilf und laufen zum Boot.

Die Tür ist verriegelt – war ja klar. Als ich ans Holz schlage, blättert jede Menge Farbe ins Wasser.

«Mum! Mach auf! Wir sind's, Laurence und Jay!»

Auf dem Boot rührt sich nichts. Absolute Stille.

Und wenn sie weg ist?

Ich donnere noch einmal an die Tür.

«Laurence!» Jay packt meinen Arm und zeigt auf das kleine runde Fenster an der Seite der Kajüte. Ich erhasche einen Blick auf ein Gesicht, ehe der gelbe Vorhang wieder über das Bullauge gezogen wird.

«Jetzt ist sie wieder weg!», sagt Jay.

«Nein!» Ich gehe zur Tür zurück und bearbeite sie mit den Fäusten. Der Krach erschüttert das Boot, es schaukelt im Wasser.

«Mum! Mach die Tür auf! Ich muss mit dir reden!»

Ich gebe schon die Hoffnung auf, dass sie überhaupt antworten wird, und überlege, ob wir irgendwie einbrechen können, als von drinnen jemand ruft. Die Tür wird aufgerissen.

Ich trete einen Schritt zurück, als Mum vom Boot taumelt und die Augen gegen das helle Sonnenlicht abschirmt.

Jay läuft mit ausgestreckten Armen zu ihr, bleibt aber verwirrt stehen, als sie die Hand hebt und zurückweicht.

«Was macht ihr hier? Was wollt ihr?» Ihre Stimme ist rau und barsch.

«Wir bringen dich nach Hause.»

«Wo ist Phil?»

«Weggegangen.»

«Wie weggegangen?»

«Mach schon, Mum, wir haben nicht viel Zeit.»

«Wo ist er hingegangen?»

«Ist doch egal. Du kommst jetzt mit nach Hause.» Ich schaue auf ihre nackten Füße. «Hast du keine Schuhe?»

«Was?»

«Hast du keine Schuhe? Oder noch Sachen im Boot?»

Sie sucht immer noch Phil – ihr Blick wandert nervös über den Treidelpfad.

«Mum, bitte!»

Jay hängt sich an ihre Hand. «Ja, komm, Mum – wir retten dich!»

Sie zieht die Stirn kraus und sieht ihn an. «Was redest du denn da?»

«Mum! Wir müssen gehen!»

«Wohin denn?»

«Nach Hause.»

So wie sie mich anstarrt, hätte ich auch «auf den Mond» oder sonst was sagen können.

«Ich kann nicht.»

«Wieso nicht?», fragt Jay …

Und alles endet.

Keine Vögel mehr, kein Wind. Keine Fliegen.

Stille.

Mum sieht Jay an. Jay sieht Mum an.

Dann fängt er an zu weinen. Er steht nur da – mit rotem Gesicht und heult.

Mum sinkt auf die Knie und Jay fällt ihr um den Hals.

«Ich bin einfach nicht gut für euch», sagt sie und blickt zu mir hoch. «Ich schaffe es nicht, Laurence. Am Ende tue ich euch immer nur weh.»

«Du bist krank, Mum. Es ist nicht deine Schuld.» Ich habe einen Kloß im Hals und es ist schwer, das alles auszusprechen. «Das hier tut dir nicht gut, du musst nach Hause kommen. Wir können dir helfen.»

Sie schüttelt den Kopf. «Es würde nicht funktionieren, Laurence, ohne mich seid ihr besser dran.»

«Das stimmt überhaupt nicht! Wir brauchen dich! Die stecken uns in eine Pflegefamilie!»

Doch sie hört gar nicht zu. «Es ist bestimmt eine nette Familie. Die sich um euch kümmert. Bei der es euch gut geht.»

«Gar nicht! Das wird genauso wie beim letzten Mal!»

«Hey!» Der Ruf dringt aus einiger Entfernung zu uns, doch ich weiß, von wem er kommt.

Als ich mich umdrehe, rennt Phil schon auf uns zu.

«Was ist hier los?» Er bleibt stehen, macht sich ein Bild von der Lage und reißt den Kopf zu Mina herum, die gerade übers Wehr kommt. «Das war eine Falle! Es gibt überhaupt keinen Hund und hat nie einen gegeben! Sie sollte mich nur hier weglocken!»

Er baut sich vor mir auf, als wollte er mich schlagen.

«Phil!» Mum kommt schwankend hoch. «Lass ihn in Ruhe! Kein Grund zur Aufregung, sie gehen jetzt.»

«Aber nicht ohne dich.» Meine Stimme bebt.

Als Phil blitzschnell die Hand hebt, zucke ich zusammen, doch er schnappt sich nur das Vorderteil meiner Kapuzenjacke, ballt die Faust und zieht mich zu sich heran.

«Ich habe es dir schon einmal gesagt – ihr seid hier nicht erwünscht!» Sein Atem weht über mein Gesicht, er stinkt nach Kippen und Restalkohol. «Ihr geht jetzt. Du, dein Bruder und deine kleine Freundin mit dem nicht vorhandenen Hund – sonst …»

Er bricht ab, reißt die Augen auf und lässt mich los. Dann schwankt er. In dem Moment sehe ich Jay – er hängt mit den Zähnen hinten an seiner Shorts und knurrt durch den Stoff.

«Du kleiner …», flucht Phil und schlägt nach ihm.

Jay duckt sich, rollt über das Schilf und rappelt sich auf. Er wirkt ängstlich. Wahrscheinlich wird ihm klar, dass er diesmal den Mund endgültig zu voll genommen hat.

Silberlocke will sich auf ihn stürzen, doch Jay ist zu schnell. Er läuft weg, an Mina vorbei am Ufer hoch zum Wehr. So schnell war er noch nie – es ist fast schon lustig, wie der silberhaarige Mann knurrend hinter ihm her stolpert, obwohl er ihn auf keinen Fall mehr einholen kann. Jay ist schon an der Absperrung und klettert wie ein Könner hinüber. Dort wirft er einen Blick über die Schulter, um zu sehen, ob Phil ihn immer noch verfolgt, und dann –

Gerade war er noch da.

Und dann ist er weg. Einfach so.

Einen Herzschlag lang sind alle wie gelähmt.

Dann kreischt Mum, und ich renne los.

Phil und Mina sind vor mir, sie rasen zum Gatter. Als ich das Ufer erklommen habe, ist Phil schon im Wasser, doch von Jay ist nichts zu sehen.

«Wo ist er?»

Mina hält etwas Dunkles, Tropfendes hoch. Es dauert einen Moment, dann erkenne ich Jays Kappe. «Die schwamm im Wasser», sagt Mina, weiß im Gesicht. «Er muss untergegangen sein.»

«Nein!» Mum drängt sich vorbei und springt in den Kanal, bevor ich sie aufhalten kann.

Sie geht in aufspritzender Gischt unter und taucht hustend und um sich schlagend wieder auf. Phil bekommt sie zu fassen, bevor sie wieder nach unten gezogen wird, und versucht mühsam, sie an Land zu schleppen.

Ich schleudere die Turnschuhe von den Füßen.

«Laurence, was hast du vor?» Mina hält mich am Arm fest. «Du kannst doch nicht …»

Ich hole tief Luft und springe.

Das Wasser ist kälter als erwartet. Der Schock schlägt mir die Luft aus der Lunge, ich komme spuckend hoch, meine triefende Kleidung ist schwer und zieht mich nach unten.

An der Seite des Wehrs bemühen sich Phil und Mina, Mum aus dem Wasser zu ziehen, doch sie kämpft dagegen an und schreit nach Jay.

Ich bin auf mich allein gestellt.

Wieder schnappe ich so viel Luft wie möglich und tauche. Die Dunkelheit und die plötzliche Stille machen mir Angst. Ich greife blindlings um mich in die schlammige Tiefe – doch da ist nichts. Ich drehe mich um, kämpfe gegen das dringende Bedürfnis an, an die Oberfläche zu schwimmen, trete verzweifelt nach unten aus und wühle im leeren Wasser. Ich kann ihn nicht finden!

Meine Lunge schreit, mein Herz platzt gleich.

Von Panik überwältigt schaltet mein Gehirn ab. Ich kralle mich zum Licht, doch meine Kleidung ist zu schwer, die Strömung aus dem Wehr zu stark. Ich schreie und das Wasser schluckt den Klang meiner Stimme und stopft ihn zurück in meinen Hals.

Ich ertrinke.

Ich sterbe …

Hände an meinem Arm. Sie ziehen mich hoch. Ins Licht. An die Luft –

Ich klammere mich an den silberhaarigen Mann, huste und würge den Kanal heraus, bis ich wieder sprechen kann.

«Wo ist Jay? Habt ihr ihn?»

Phil schüttelt den Kopf und zieht mich hinüber an die Seite des Wehrs, wo Mum und Mina warten.

«Ich kann Jay nicht finden!», rufe ich. «Es ist zu dunkel! Zu viel Wasser.»

Mina laufen die Tränen über die Wangen, als sie die Hände ausstreckt, um mir aus dem Wasser zu helfen.

«Was machst du da? Ich muss Jay finden!»

«Nein!» Phil packt meine Schultern. «Er ist untergegangen. Wir können nichts mehr für ihn tun. Das Wasser ist hier dreieinhalb Meter tief. Willst du auch ertrinken?»

«Das ist mir egal! Ich lasse ihn nicht im Stich!»

Ich will mich losreißen, doch der Kanal hat mich sämtliche Kräfte gekostet. Deshalb muss ich hilflos zulassen, dass sie mich herausziehen – auf den harten Beton seitlich des Wehrs.

«Laurence!» Mum heult. Sie kniet neben mir und streckt die Hände nach meinem Gesicht aus, doch ich stoße sie fort.

«Fass mich nicht an! Das ist alles deine Schuld!» Kreischend zeige ich mit dem Finger auf sie. «Er ist tot, nur wegen dir!»

Mum zuckt zurück, als hätte man auf sie geschossen –

«Nein!», flüstert sie und schüttelt den Kopf. «Nein!»

Ich wende mich von ihr ab – und erstarre von Kopf bis Fuß.

Zwischen den Bäumen am anderen Ufer sehe ich ein Gesicht; blass und durchsichtig leuchtet es im Schatten …

Jays Geist. Er beobachtet uns.

Es muss sein Geist sein, denn er ist tot. Ich habe gesehen, wie er in den Kanal gefallen ist.

Habe ich ihn wirklich gesehen?

Hat einer von uns tatsächlich gesehen, wie er ins Wasser gefallen ist? Wir waren alle zu weit weg. Und wenn er hineingefallen wäre, sich aber hätte retten können, bevor Phil und Mina zur Stelle waren?

Ich starre sein Spektralgesicht an und habe Angst, auch nur zu blinzeln, da sich dann möglicherweise die Vision auflöst.

Ich öffne den Mund, doch die Worte verheddern sich und ich kann nur Minas Hand nehmen und ans andere Ufer zeigen.

Als Mina flucht, ist der Zauber gebrochen.

Mum ist als Erste bei ihm. Sie schließt Jay in die Arme und fällt schluchzend auf die Knie. Dann lehnt sie sich zurück und hält ihn auf Armeslänge von sich fort. «Was zum Teufel hast du dir dabei gedacht?»

Jay blinzelt und reißt erstaunt den Mund auf.

«Ich dachte, du wärst tot!», schreit Mum, ehe sie ihn wieder umarmt, sein Haar streichelt und ihn küsst, immer wieder, immer wieder.

Jay hebt den Kopf und sieht mich an.

«Hast du nicht gesehen, dass ich ins Wasser gesprungen bin?», frage ich ihn. «Ich wäre beinahe ertrunken, weil ich dich gesucht habe.»

Er nickt.

«Warum hast du nicht gerufen?»

Als Jay über meine Schulter hinweg zu Phil blickt, macht es bei mir Klick. Jay ist vor ihm davongelaufen – gejagt von dem Bösen. Er ist ins Wasser gefallen, aber irgendwie wieder rausgekommen. Wahrscheinlich hat er Phil kommen sehen – der seiner Meinung nach immer noch hinter ihm her war – und ist weitergelaufen, bis er sich zwischen den Bäumen verstecken konnte.

Ich gehe vor ihm auf die Knie und drücke ihn an mich. «Du Idiot!», flüstere ich ihm zu und küsse ihn auf den Scheitel.

«*Selber* Idiot», murmelt er und fängt an zu weinen.

Ich fasse es nicht, dass ich am Kanal sitze und Tee trinke. Phil hat mir ein T-Shirt und Shorts geliehen – Jay hat auch eins bekommen, das an ihm wie ein Kleid aussieht. Er schmiegt sich in Mums Schoß; sie hat ihn nicht mehr losgelassen, seit wir vom Wehr zurückgekehrt sind. Phil lehnt rauchend an seinem Boot und sagt nicht viel. Mina sitzt neben mir. In ihrem Top und der kurzen Hose sieht sie aus, als wäre sie zum Picknicken hier. Wahrscheinlich sehen wir alle so aus, doch für mich fühlt es sich eher wie die verrückte Teeparty des Hutmachers bei *Alice im Wunderland* an.

Das Problem ist, dass ich nicht weiß, was als Nächstes passiert, und ich habe zu viel Angst, um zu fragen.

Zum Glück haben wir dafür Jay.

«Ich habe Hunger», sagt er und sieht hoch zu Mum. «Können wir jetzt nach Hause gehen?»

Eine Ewigkeit lang sagt sie nichts. Sie sitzt wie erstarrt da. Allmählich glaube ich, dass sie ihn nicht gehört hat – doch dann nickt sie.

«Ja», sagt sie. «Wir gehen jetzt nach Hause.»

Jay klatscht in die Hände und schlingt die Arme um ihren Hals.

Das ist es dann wohl.

«Setz dich noch kurz zu Laurence», sagt Mum zu Jay. «Ich muss mit Phil reden.»

Sie laufen am Ufer entlang und ich kann nur hoffen, dass er sie nicht umstimmt.

Mina drückt meine Hand. «Na, habe ich nicht gesagt, dass es funktioniert?»

«Du meinst, das gehörte alles zu deinem Plan? Auch, dass beinahe alle ertrunken wären?»

«Äh, nein … natürlich nicht.» Sie erschauert. «Obwohl du echt ein Held bist – so wie du ins Wasser gehechtet bist. Dumm, aber mutig. Du weißt schon, dass man niemandem hinterherspringen soll, oder? Man soll ein Seil suchen oder einen Stock …»

Ich sehe sie nur an.

«Ja, schon klar …» Sie zuckt die Achseln. «Trotzdem … ist alles gut ausgegangen.»

Als Mum zu uns zurückkommt, lächelt sie. Phil sieht gar nicht glücklich aus.

Mehr denn je hoffe ich diesmal, dass Mina recht behält.

In dem Moment, in dem wir in die Passage einbiegen, entdecke ich den roten Citroën.

Mum hält sich noch ganz gut aufrecht, aber das hier gehört zu der Art von Neuigkeiten, die sie an ihren dunklen Ort zurückbringen können.

«Mum! Ich glaube, das ist unser Sozialarbeiter!»

Sie bleibt stehen und blickt an den Heights empor. Das Gebäude wirft wie ein riesiger Grabstein seinen Schatten über uns.

Ich überlege gerade, ob wir alle die Feuertreppe nehmen und uns aufs Dach retten können, als oben die Haustür aufgeht und der Sozialarbeiter vor uns steht – mitsamt der Schnüffelnelly, die mit einem fetten, triumphierenden Lächeln auf uns zeigt.

259

WIRRWOCH
PRÜGELOPFE
MUM!
ER IST DA!
MUM! BIST DU FERTIG?
ICH MACHE JETZT AUF

«Mum! Aufwachen! In einer halben Stunde kommt er!»

Ich gehe zum Fenster und ziehe die Vorhänge auf. Die Sonne knallt an die Scheibe wie ein lüsterner Gaffer, der unbedingt einen Blick auf den Horror hier drinnen werfen will.

Mum hat den Kopf auf die andere Seite gedreht und sich komplett in der Decke verheddert. Sie trägt noch genau das Gleiche wie gestern, hat nichts ausgezogen.

Als wir nach Hause gekommen sind, ist sie direkt in ihr Zimmer gegangen. Ich dachte, sie würde uns fertigmachen, wenn sie sieht, in welchem Zustand die Wohnung ist – erst recht, wenn man bedenkt, was ich mit ihrem Zimmer gemacht habe –, doch sie schien es gar nicht zu merken. Sie schwebte nur mit diesem sonderbaren Gesichtsausdruck durch die Wohnung, als wüsste sie nicht mehr, was sie hier sollte. Nach einer Stunde fand ich sie im Tiefschlaf mitten im Chaos auf ihrem Bett.

Gestern hatten wir großes Glück. Der für uns zuständige Sozialarbeiter teilte uns nur eben mit, er wäre gerade zu einem Notfall gerufen worden und würde uns deshalb am nächsten Morgen besuchen.

Und das ist heute. In einer halben Stunde ist er da!

«Mum!» Ich rüttle an ihrer Schulter. «Mum!»

Ich müsste dringend ihr Zimmer aufräumen, doch dafür reicht die Zeit nicht. Mina ist der Ansicht, dass der Sozialarbeiter sich hier gründlich umsehen wird, um sich ein Bild von unseren Lebensumständen zu machen. Darum haben wir uns gestern Abend alle Mühe gegeben, die Wohnung so herzurichten, als würde hier wirklich jemand gerne wohnen wollen.

Das Wasser, das ich in einem kleinen Topf auf den Herd gestellt habe, kocht endlich. Ich gebe für Mum Instantkaffee und zwei Löffel Zucker in einen Becher und echten Kaffee, wie er im Café serviert wird, in einen zweiten. Mina hat gesagt, es wäre gemütlich und einladend, wenn es nach frisch gebrühtem Kaffee riechen würde; das hat sie in einer Styling-Sendung im Fernsehen gesehen. Also, ich würde sagen, es braucht erheblich mehr als Kaffeeduft, damit unsere Wohnung gemütlich und einladend wirkt, aber probieren kann man es ja mal.

Ich stelle den Becher neben dem Bett auf den Boden.

«Mum! Ich habe dir einen Kaffee gekocht.» Ich rüttle wieder an ihrer Schulter. «Du musst aufstehen. Er kommt jeden Moment. Bitte!»

«Geh weg. Ich bin krank.» Eine dünne Stimme, vergraben unter der Bettdecke.

Ich hatte schon befürchtet, dass es so kommen würde, wenn Mum den Schock, Jay beinahe verloren zu haben, erst einmal verdrängt hätte und kapieren würde, dass sie wieder hier ist. Aber ich gebe jetzt nicht auf – auf keinen Fall. Nach allem, was wir durchgemacht haben, und nach allem, was ich getan habe.

Ich hole ein Glas aus der Küche und gehe zum Kleiderschrank. Mums Stiefel stehen wie gehabt in der Ecke. Nach kurzem Zögern hole ich die Flasche SavaShoppa-Whisky hervor. Koste es, was es wolle … Habe ich das nicht gesagt? Ich sorge vorausschauend dafür, dass der Flaschenhals mit einem leisen Klirren ans Glas schlägt, als ich einschenke.

«Mum.» Ich beuge mich vor, sodass ihr der Whiskyduft um die Nase weht. «Trink das. Dann geht's dir besser.»

Im Bett rührt sich nichts.

«Mum! Bitte.»

Ich lausche dem fernen Fernsehplappern, während der Duft von frisch gebrühtem Kaffee ins Zimmer dringt. Dessen Wirkung mit Sicherheit verpufft, wenn Mum nicht mal aufsteht.

Schließlich rollt die Welle aus Bettzeug auf mich zu und Mums schweißnasses Gesicht lugt aus einem Schlitz hervor.

«Warum machst du das?» Ihr Stimme ist brüchig wie verbranntes Papier.

«Was meinst du?»

«Warum – du mir einen Drink gibst.» Sie verdreht die Augen zu dem Glas. «Es macht dich wahnsinnig, wenn ich trinke.»

Ich zucke die Achseln. «Gleich steht der Sozialarbeiter vor der Tür. Ich bin darauf angewiesen, dass du aufstehst.»

Meine Hand zittert so, dass der Whisky sich im Glas kräuselt. Dann nimmt Mum das Glas, hält es einen Augenblick lang nur fest und starrt in die Flüssigkeit, die golden in der Sonne leuchtet. Sie kippt den Whisky auf ex – und erschauert.

«Ich habe dich nicht verdient», sagt sie. «Ich habe euch beide nicht verdient.» In ihrer Stimme schwingen Tränen mit. Ich habe das gleiche Gefühl wie vor Jahren mit den Sparschweinen, dass ich sie umarmen sollte oder so – doch ich zögere und der Moment ist vorbei.

«Wir können dir helfen, Mum», murmle ich stattdessen. «Wir können dir helfen, gesund zu werden.»

Sie nickt und blickt in das leere Glas.

Ich reiche ihr die Flasche, sie gießt sich noch etwas ein, trinkt das Glas zur Hälfte leer und schenkt nach. Wenn sie so weitermacht, ist sie betrunken, bis der Sozialarbeiter kommt.

Doch jetzt ist es zu spät. Eher könnte ich einem Pitbull seinen Knochen entreißen als ihr die Flasche wegnehmen.

«Keine Sorge», sagt sie, weil sie es möglicherweise an meinem Gesicht abgelesen hat. «Nur so viel, dass ich es schaffe – ja?»

Ich nicke.

«Dann los!», sagt Mum. «Verschwinde, damit ich mich umziehen kann. Es sei denn, du willst, dass er mich so sieht.»

Ich bin in der Küche, als es klingelt. Die Wohnung erschauert, während der Klang verebbt.

«Mum! Er ist da!» Ich klopfe an die geschlossene Tür ihres Zimmers.

«Mum! Bist du fertig?»

Ihre Antwort ist so erstickt, dass ich daraus nicht ableiten kann, in welchem Zustand sie ist.

Es klingelt noch mal.

«Ich mache jetzt auf.»

Ich gehe durch den Flur bis zur Wohnungstür und verharre mit der Hand über der Klinke.

Das ist die letzte Chance wegzulaufen. Übers Dach und die Feuerleiter. Wir könnten es noch schaffen …

Aber ich habe es satt wegzulaufen. Manchmal muss man eben aufstehen und kämpfen. Als ich einen Blick über die Schulter werfe, sind sie plötzlich da: Die dicht gedrängten Reihen meiner Armee stehen vor ihren Zimmern und beobachten mich – eine Frau, die ohne SavaShoppa-Whisky nicht aus dem Bett kommt, und ein Sechsjähriger, der sich für Scooby-Doo hält.

Ich halte ihnen den hochgestreckten Daumen entgegen und öffne die Tür.

Der Sozialarbeiter heißt Chris und wirkt irgendwie zerknittert und erschöpft. Er lächelt und schüttelt mir die Hand. Ich blicke mich nach Mum um, doch ihre Zimmertür ist wieder geschlossen.

«Mum ist nur …» Ich zucke die Achseln. «Sie kommt gleich.»

«Super!», sagt Chris und folgt mir in den Flur. «Du gehst auf die Hardacre-Gesamtschule, nicht wahr?»

«Jep.» Ich trage meine Schuluniform – Mina meinte, das würde einen guten Eindruck machen. Aus unerfindlichen Gründen schwenke ich meine Krawatte für Chris.

«Ich hatte ein Gespräch mit …» Er runzelt die Stirn. «Mr Duncan?»

«Buchan.» In meinem Kopf schrillt die Alarmglocke. Mit wem hat Chris alles gesprochen? Wie viele Lügen muss ich aus meinem Gedächtnis kramen?

«Äh … möchten Sie einen Kaffee?»

Er sieht mich überrascht an. «Ja! Sehr gerne, danke.»

Wir drücken uns beide vor der Küchentür herum und belauern uns. Ich würde wirklich gern vor ihm verbergen, dass wir keinen Wasserkocher haben – für den Fall, dass Wasserkocher auf der *Liste der unabdinglichen Bestandteile eines sicheren und angemessen ausgestatteten Haushalts* stehen. Andererseits will ich ihn auch nicht mit Jay allein lassen.

Chris fällt die Entscheidung für mich. «Ich warte im Wohnzimmer, okay?»

«Okay.» Ich kann schließlich schlecht Nein sagen.

Ich überlege gerade, ob ich Mum noch mal rufen soll, als die Tür zu ihrem Zimmer aufspringt und sie im Flur erscheint.

Sie trägt ihr Bewerbungskostüm: einen grauen Rock mit Nadelstreifen, dazu den passenden Blazer, eine schwarze

Strumpfhose und eine weiße Bluse. Sie hat sich geschminkt und hochhackige Pumps angezogen. Darin sieht sie … fast normal aus. Vielleicht ein bisschen zu aufgedonnert, doch im Vergleich zu eben ist es eine geradezu magische Verwandlung.

«Was?», fragt Mum und hebt die Schultern.

«Nichts. Du siehst gut aus.»

Sie zieht eine Augenbraue hoch und blickt an mir vorbei ins Wohnzimmer.

«Er ist da?»

«Ja, ich koche gerade Kaffee für alle.»

Sie nickt und wirft einen Blick zurück zu ihrem Zimmer.

«Geh schon vor – ich bringe den Kaffee gleich», sage ich, ehe sie ihre Meinung ändern kann.

«Ja.» Mum holt tief Luft. «Gut, also dann …» Sie bricht ab. «Laurence … Ich weiß nicht, ob ich das schaffe.»

«Doch, ganz bestimmt.» Ich lächle und hoffe, dass sie nicht merkt, wie schnell mein Herz klopft. «Sei einfach … freundlich.»

Mum schneidet eine Grimasse und nickt schließlich. «Meinetwegen.»

«Mum.»

Sie sieht mich an.

«Danke.»

Sie nickt, lächelt verhalten und stöckelt ins Wohnzimmer.

Ich gieße das heiße Wasser in die Kaffeebecher und wünschte, meine Hände würden nicht so zittern.

«Möchten Sie noch eine Tasse Kaffee?»

«Nein, danke, Laurence, ich bin gut versorgt.»

«Etwas Süßes?» Ich schiebe ihm den Teller mit der Gebäckmischung vor die Nase.

«Danke, ich habe noch.»

Ich komme langsam zu dem Schluss, dass Chris in Ordnung ist. Jedenfalls ist er ganz anders als die Frau aus meinem Traum, die mit dem Klemmbrett. Eigentlich benimmt er sich gar nicht wie ein Sozialarbeiter –

Zumindest so lange, bis er den Mund aufmacht …

«Ihr wart eine Zeit lang nicht in der Schule?» Er lächelt.

«Ich war krank. Wir waren beide krank.» Ich sehe zu Jay hinüber, der fernsieht und nichts mitbekommt.

«Das tut mir leid für euch. Und, geht's jetzt besser?»

«Unbedingt. Wir gehen nachher wieder in die Schule.»

«Sehr gut.» Chris notiert sich etwas, das ich aus dieser Entfernung nicht lesen kann. Er wendet sich an Jay.

«Dir ging es auch nicht so gut, James?»

Jay starrt auf den Fernseher.

«Jay!», zische ich.

Er hebt den Kopf.

«Geht es dir jetzt besser?», fragt Chris.

Jay hat ihn noch gar nicht richtig wahrgenommen. Er zieht die Stirn kraus und nickt. «Jep, mir geht's gut.»

«Ich glaube, er erinnert sich nicht mehr an alles», erkläre ich Chris, bevor Jay etwas sagen kann, das uns belastet. «Er war ein paar Tage ziemlich neben der Spur. Er wusste kaum, wo er war, hat gebrochen und so weiter.»

«O ja!», sagt Jay. «Ich habe in die Telefonzelle gekotzt und … woanders auch.» Er legt die Stirn in Falten. «Da, wo die nette Dame war, wo wir mit dem Umschlag weglaufen mussten, sodass sie mir doch kein neues T-Shirt geben konnte.»

Mir bleibt das Herz stehen.

«Ach ja?» Chris sieht mich an.

Ich ringe mir ein Lachen ab. «Jay ist in einem Geschäft schlecht geworden und die Verkäuferin war total sauer, da bin ich mit ihm weggelaufen!» Ich zucke die Achseln.

«Und wo war eure Mum, als das alles passiert ist?» Er wendet sich an Mum, die stocksteif auf ihrem Stuhl sitzt und die Lehnen umklammert, als hätte sie Angst, sonst in den Weltraum zu sausen.

Ich antworte für sie. «Arbeiten.»

«Wo arbeiten Sie, Mrs Roach?»

Mum sieht ihn an.

«In einem Büro im Industriegebiet», erkläre ich. «Als Reinigungskraft.»

«Und in der Imbissbude», sagt Jay.

«Also zwei Jobs.» Chris schreibt noch etwas in seinen Notizblock und wendet sich wieder an Mum. «Da haben Sie ja viel zu tun?»

Ihr Blick ist glasig und ihre Hände zittern.

Komm schon, Mum, reiß dich zusammen!

Chris behält sie im Auge, der Stift schwebt über dem Notizblock. In dem Ringbuch hat sich ein Krümel verfangen und ich rede mir ein, dass wir davonkommen, wenn der Krümel nicht herunterfällt.

Mum blinzelt. «Zwei Jobs, ja.»

Luft strömt in meine Lunge.

«Ich brauche zwei Jobs, damit ich die Wohnung bezahlen und Essen auf den Tisch stellen kann. Die beiden sind nicht so leicht satt zu kriegen, wie Sie sich vorstellen können.»

Chris nickt. «Und ob! Ich habe auch zwei Jungs, ein bisschen älter als Ihr Laurence.» Er lächelt.

Jetzt kommt's.

«Sie sind also oft außer Haus, um zu arbeiten?»

Wusste ich's doch. Erst so tun, als würden wir uns freundlich unterhalten, und dann …

«So oft nun auch nicht!» Mums Stimme hat jetzt eine gewisse Schärfe. «Sie sind nicht ewig allein hier, falls Sie darauf hinauswollen. Im Übrigen ist Laurence sehr wohl in der Lage, ein paar Stunden auf Jay aufzupassen!»

Chris hebt beschwichtigend die Hand. «Das glaube ich Ihnen aufs Wort. Ich *will auf gar nichts hinaus,* Mrs Roach. Niemand beschuldigt Sie oder die beiden Jungen wegen irgendetwas.»

«Nun, irgendjemand passt es doch nicht, sonst wären Sie nicht hier, oder?»

Es ist, als wäre Mum plötzlich aufgewacht. Sie erinnert mich an Jay – der gleiche angriffslustige *Das-haben-Sie-nicht-zu-bestimmen*-Gesichtsausdruck.

«Das haben wir der neugierigen Ziege von unten zu verdanken, nicht wahr? Ich weiß genau, dass sie es war. Kein Grund, mir etwas vorzulügen.»

Ich wünschte, sie würde das Maul halten. Gleich macht sie alles kaputt.

Chris seufzt. «Anscheinend verstehen Sie sich nicht besonders gut mit Mrs Ellison.»

«Das kann man wohl sagen!», schnaubt Mum. «Sie will uns rausekeln, seit wir hier eingezogen sind. Sie konnte mich von Anfang an nicht ausstehen – eine alleinerziehende Mutter. Das habe ich ihr direkt angesehen, der verklemmten alten Kuh!»

«Alte Kuh!», sagt Jay.

Einen Augenblick lang ist Chris überrascht, doch dann lacht er. Eigentlich will er gar nicht lachen, aber er kann nicht anders.

Mum starrt ihn an, mit dunkel brennenden Augen, kurz vorm Explodieren.

Dann fängt sie aus heiterem Himmel an zu kichern. Man spürt förmlich, wie sich die Spannung löst, als würde das Wohnzimmer auf einmal nicht mehr den Atem anhalten. Bis Chris wieder auf sein Ringbuch blickt.

«Mrs Ellison sprach von einer Überschwemmung … und einem Feuer? Sie hatte offensichtlich den Eindruck, dass die Jungen auf sich gestellt waren, als das passiert ist.»

Mum sieht mich an.

«Es hat nicht gebrannt.» Ich lasse meine Stimme vor Erschütterung triefen. Jetzt fällt es mir leichter, seit ich das Gefühl habe, dass auch Chris keine hohe Meinung von der Schnüffelnelly hat. «Ich hab nur Toast gemacht und dann ist der Rauchmelder angesprungen – das war schon alles.»

Chris nickt und notiert es sich. «Trotzdem gut, dass es bei euch Rauchmelder gibt. Und was ist mit der Überschwemmung?»

Nelly hat es ihm sicher genau beschrieben und wahrscheinlich hat er auch mit dem anderen Nachbarn gesprochen, der dabei war. Also bleibe ich lieber bei der Wahrheit, sonst denkt er noch, dass alles, was ich sage, gelogen ist.

«Wir haben den Stöpsel dringelassen und dann ist das Wasser im Waschbecken übergelaufen. Es war ein Versehen. Und überhaupt war es nur ganz wenig Wasser und ganz bestimmt keine Überschwemmung. Sie hat so getan, als würde ihre ganze Wohnung unter Wasser stehen!»

«Ja, ich muss schon sagen, dass mich der Schaden, den sie mir unbedingt zeigen wollte, nicht aus den Socken gehauen hat.» Chris schüttelt den Kopf. «Als hätten wir nicht auch ohne diese albernen Beschwerden genug zu tun.»

Er klappt seinen Notizblock zu. «Gut, ich würde sagen, das reicht. Es wäre nett, wenn ich mich noch kurz umsehen dürfte.»

Die Wohnung sieht viel schlimmer aus, als ich gehofft habe. Chris ist auch nicht sonderlich begeistert.

«Wie lange wohnen Sie schon hier?», fragt er, als er aus dem Badezimmer kommt, wo Minas blauer Toilettenreiniger den Gestank von Moder und Pipi nur unzulänglich vertrieben hat.

«Neun Monate ungefähr.» Mum zuckt die Achseln.

Als ich in der Küche das Licht anschalte, flitzt eine Kakerlake über das frisch geputzte Abtropfbrett und verschwindet hinter der Spüle.

«Was war das?»

«Ein Käfer», antworte ich rasch. «Die gibt's hier manchmal.»

«Käfer?»

«Jep.»

Chris geht zur Spüle und blickt prüfend in den Spalt an der Wand. «Stehen Sie auf der Warteliste für eine neue Wohnung?», fragt er und verrenkt sich den Hals, um hinter den Herd zu sehen.

«Nein», sagt Mum.

«Sie würden direkt ganz oben landen», sagt Chris. «Als alleinerziehende Mutter mit zwei Kindern. Ich rede mal mit meinen Kollegen beim Wohnungsamt.»

Mum sieht ihn an. Sie steht nicht gern auf Listen. Sie hat kein Vertrauen zu seinen Kollegen beim Wohnungsamt. Doch ausnahmsweise hält sie den Mund.

Als Chris den Kühlschrank überprüft, bin ich froh, dass

ich auf Mina gehört habe. Sie hat vorgeschlagen, ihn mit Lebensmitteln zu füllen. Zum Glück hatte Mum etwas Geld in der Handtasche, mit dem ich mich gestern Abend bei SavaShoppa eingedeckt habe.

«Das ist dann sicher dein Zimmer», sagt Chris und geht aus der Küche in den Flur.

«Ja, meins und Jays, wir teilen uns eins.»

Er nickt. «Die Sterne sind schön.»

«Ja, die hat Mum angeklebt. Wie die echten Sternbilder.» Ich zeige an die Decke. «Das ist der Große Wagen ... und da hinten ist Orion ... Ein paar sind abgefallen.»

Sein Blick ist überall. Er lässt ihn durchs Zimmer schweifen und sucht nach Gründen, uns fortzuschicken. Dann sieht er mich an und lächelt. Dennoch kann ich seine Miene nicht deuten.

«Schönes Zimmer», sagt er.

Chris packt sein Zeug zusammen und spült den Rest der Kekse mit kaltem Kaffee hinunter. Noch ein paar Minuten – dann ist er weg und ich kann wieder richtig atmen.

Jay sitzt immer noch vor dem Fernseher, mittlerweile so wie sonst bäuchlings auf dem Boden, die Füße auf dem Sofa. Seine Hose ist über die Knie gerutscht und enthüllt dünne weiße Waden und einen fiesen blauen Fleck, der wie ein schmutziger Händeabdruck aussieht.

Chris sieht ihn im selben Moment wie ich. Er stellt den Kaffeebecher ab und beugt sich über den Stuhl. «Da hast du dir aber ganz schön wehgetan, James. Wie ist das passiert?»

Jay blickt zu Chris hoch und runzelt die Stirn. Er hat den blauen Fleck anscheinend noch gar nicht bemerkt. Er hebt die Schultern.

«Das war, als ich den Mann gebissen habe, um Shaggy zu retten.»

Ich höre auf zu atmen.

«Was?», fragt Chris.

«*Scooby-Doo*», krächze ich. «Wir haben Scooby-Doo gespielt. Ich bin Shaggy und er ist Scooby.»

Chris starrt mich an.

«Velma war auch da», sagt Jay. «Die ganze Gang!» Er grinst und dreht sich wieder zum Fernseher um.

Mein Mund ist trocken. «Das muss passiert sein, als wir gestern gespielt haben», quetsche ich hervor. «Er krabbelt viel rum … also, wenn er so tut, als wäre er ein Hund.» Ich zucke die Achseln, aber es ist hoffnungslos. Wir sind geliefert.

Chris legt die Stirn in Falten und sieht uns nacheinander an: Jay mit dem violett angelaufenen blauen Fleck, der wie ein Tattoo aussieht und signalisiert: *Prügelopfer*; Mum am Fenster, in die Ecke getrieben, bereit zu kämpfen; und mich – der wie ein Idiot grinst und nickt, weil mir nichts Besseres einfällt.

«Das hat mein Bruder auch gemacht! So getan, als wäre er ein Hund.» Chris lächelt und schüttelt den Kopf. «Er hat in einem Körbchen am Fußende seines Bettes geschlafen. Unsere Mum ist fast durchgedreht!» Er lacht. «Und jetzt arbeitet er als Hundeführer bei der Polizei! Das findet er ganz toll.»

Ich nicke und lächle und mühe mich, den Kloß im Hals herunterzuschlucken.

Endlich stehen wir wieder an der Wohnungstür.

«Hat mich gefreut, Sie und euch alle kennenzulernen.» Chris streckt die Hand aus und wir schütteln sie brav. «Und heute Nachmittag geht's wieder in die Schule?»

Ich nicke.

«Guter Junge! Das prüfe ich nach!» Er grinst und wendet sich an Mum.

«Vielen Dank, dass Sie sich die Zeit genommen haben, Mrs Roach. Sie haben doch nichts dagegen, wenn ich nächste Woche wiederkomme?»

«Wozu?» Mums Augen funkeln.

«Vielleicht habe ich dann schon gute Neuigkeiten für Sie.»

Sie zuckt die Achseln.

Chris lächelt und winkt auf dem Weg zur Treppe. «Alles Gute», ruft er noch, während Mum die Tür schließt und sich ans Holz lehnt.

«Wahnsinn!», sagt sie und schließt die Augen. «Ich brauche einen Drink.»

Ich kann nicht schnell genug von der Schule nach Hause kommen. Ich hätte mich nicht von Mum überreden lassen sollen, schon heute Nachmittag wieder hinzugehen. Wenn ich zurückkomme, ist sie bestimmt weg, wetten?

Ich habe den Schulhof schon halb überquert, als ich sie sehe – sie steht vorm Schultor auf dem Bürgersteig und raucht. Jetzt trägt sie Jeans und T-Shirt und eine dunkle Brille.

«Mum!»

Sie lächelt, wirft die Zigarette weg und drückt sie mit der Schuhspitze aus. «Ich dachte, ich hole dich zur Abwechslung mal ab», sagt sie und nimmt den goldenen Umschlag aus der Handtasche. «Wie wär's, wenn wir uns jetzt diesen Urlaub organisieren?»

«Yeah …»

«Ich habe zu Hause gesessen», sagt Mum und hakt sich bei mir unter, «und gedacht: *Was für eine Müllhalde! Meine*

Jungen sollen nicht in so einer Wohnung wohnen! Und dann habe ich den Umschlag gefunden – mit dem Urlaub, den du für uns gewonnen hast. Und ich hab gedacht: *Genau, wir brauchen Ferien – die Jungs und ich! Wir müssen einfach mal weg hier!*» Mit einer breiten Geste zeigt sie auf Hardacre und strahlt mich an.

Das Ladenlokal von Hardacre Holidaze liegt ganz am Anfang der High Street und ist durch eine Stichstraße von der übrigen Stadt getrennt. Hier oben wirken die Geschäfte verstaubt und verlassen wie schwarz gewordene Fußnägel kurz vorm Abfallen. Das blaue Schild über dem Schaufenster des Reisebüros glänzt mit den Palmen und der munteren Schrift heller als die Umgebung.

Als wir an der Ampel warten, fällt mir etwas Wichtiges ein.

«Mum! Wenn wir reingehen, darfst du nicht sagen, dass ich den Urlaub gewonnen habe. Du musst ihnen erklären, dass es Dad war.»

«Was?» Sie sieht mich fragend an.

«Ich musste so tun, als wäre ich er. Man muss achtzehn sein, sonst darf man nicht mitspielen.»

«Aber wieso dann dein Dad? Warum hast du ausgerechnet ihn genommen?»

«Es musste jemand sein, der so heißt wie wir.» Ich zucke die Achseln. «Tut mir leid.»

Als ich die Tür aufdrücke, erklingt laute Hawaii-Musik und wir betreten ein künstliches Tropenparadies.

Eine Wand ist von oben bis unten mit dem Foto eines menschenleeren Strandes beklebt und über den wolkenlosen blauen Himmel zieht sich der Slogan *Nicht nur Urlaub – die schönsten Holidaze deines Lebens!*

Eine Frau, die wie eine Stewardess gekleidet ist, schwebt mit orangefarbenem Gesicht auf uns zu.

«Guten Tag, was kann ich für Sie tun?» Ihre Zähne sind so weiß, dass sie beim Lächeln buchstäblich aufleuchten – ich schwöre.

«Wir möchten gerne einen Urlaub buchen», sagt Mum, als könnte man hier noch etwas anderes kaufen.

«Haben Sie ein bestimmtes Ziel im Auge?» Die Frau geht mit uns zu einem Schreibtisch, der zwischen zwei Papppalmen steht, und wir setzen uns auf die Plastikstühle.

«Ich möchte ins Warme», antwortet Mum. «Nach Griechenland vielleicht?»

«Griechenland ist wunderschön.» Die Frau tippt auf ihrer Computertastatur. «Wir bieten Pauschalreisen nach Korfu, Thassos, Kefalonia oder Zante an ... Was für eine Art Urlaub schwebt Ihnen denn vor? Sind Sie nur zu zweit?»

«Nein, zu dritt», sagt Mum.

«Zu viert», erinnere ich sie. «Dad will bestimmt auch mitkommen.»

Mum starrt mich kurz an und fängt an zu lachen. «Stimmt! Wie konnte ich das vergessen?»

«Mit anderen Worten: ein Familienurlaub? Zwei Erwachsene, zwei Kinder?»

«Ja, genau, wir vier. Das wird dein Dad sich doch nicht entgehen lassen, oder?» Mum sieht mich mit hochgezogenen Augenbrauen an.

«Und welche Unterbringung wünschen Sie? Wir haben mehrere Fünfsternehotels im Angebot sowie geräumige Villen für Selbstversorger oder auch Apartments.»

«Ooh, Hotel, bitte!», sagt Mum. «Ich möchte mich verwöhnen lassen! Mit Swimmingpool!» Sie stupst mich an und zwinkert mir zu. Sie ist glücklich, sie hat ihren Spaß.

Die Frau nickt. «Dann wollen wir doch mal sehen …» Bei dem Geräusch, das ihre Fingernägel auf der Tastatur machen, muss ich an die Kakerlaken in unserer Küche denken.

«Da haben wir ja schon was …» Sie dreht den Bildschirm so, dass wir auch etwas sehen können. «Zum Beispiel das Hotel in Lyttos auf Kreta. Fünf Sterne, direkt am Strand. Mit fünf Swimmingpools!»

«Fünf!», sagt Mum.

«Oder das Beach Retreat in Zante. Auch eine schöne Lage … Aber dort gibt es nur zwei Swimmingpools.»

«Voll die Baracke», sagt Mum und lacht zu laut.

Im Gesicht der Frau zuckt es. «Was haben Sie sich finanziell vorgestellt?»

Mum greift in ihre Handtasche. «Mein … Mann hat das hier gewonnen. Alles inklusive.»

Die Frau in Orange nimmt leicht verwirrt den goldenen Umschlag entgegen. Sie holt den Prospekt von *Hardacre Holidaze* und den Brief mit dem Logo von Radio Ham heraus.

«Ah!», sagt sie, wirft mir einen kurzen Blick zu und wendet sich dann wieder an Mum. «Dann sind Sie also Mrs Roach.»

«Genau.»

Die Frau faltet den Brief und steckt ihn in den Umschlag zurück. «Ich fürchte, wir können den Gewinn nicht auszahlen.»

«Wieso?»

«Weil er annulliert wurde. Der Radiosender hat uns mitgeteilt, dass er gestohlen wurde.» Ihr Blick zuckt wieder zu mir. «Angeblich wurde er am Wochenende von zwei Jungen am Empfang von Radio Ham entwendet.»

«Gestohlen!» Mum dreht sich zu mir. «Du hast gesagt, du hättest den Urlaub gewonnen.»

«Dad hat ihn gewonnen!»

Die Frau beobachtet uns scharf.

«Ich wollte ihn nur mit Jay zusammen abholen. Wir haben nichts gestohlen.»

Mum kocht vor Wut. «Warum? Warum hast du das getan?»

«Weil ich wollte, dass du in Urlaub fahren kannst. Weit weg – wie du es dir immer gewünscht hast. Ich … ich wollte nur, dass du glücklich bist.»

Mum schießt aus ihrem Stuhl, sodass er nach hinten auf den Boden kracht, und beugt sich bedrohlich über mich. «Du denkst, es macht mich glücklich, wenn du ein Dieb bist?»

«Ich bin kein Dieb!»

Ich sehe, wie ihr abgemagerter Finger Zentimeter von meiner Nase entfernt bebt, und mache mich auf das Unausweichliche gefasst … Doch es geschieht nicht. Mit einem langen, leisen Seufzer wendet Mum ihre Aufmerksamkeit wieder der Verkäuferin zu.

«Vielen Dank für die Beratung», sagt sie. Mit einem Hüsteln nimmt sie den goldenen Umschlag wieder an sich. «Entschuldigen Sie bitte, dass wir Ihre kostbare Zeit verschwendet haben.»

Die Frau in Orange sieht uns mit aufgerissenen Augen an. Ihr Mund steht ein bisschen auf – wie eine Kühlschranktür –, doch sie entgegnet nichts.

«Komm, Schatz, wir gehen», quetscht Mum mit zusammengebissenen Zähnen hervor.

Beim Aufstehen merke ich erst, dass uns alle Leute im Reisebüro anstarren. Mit gesenktem Kopf folge ich Mum zur Tür – und zucke zusammen, als die Hawaii-Musik unseren Abgang verkündet. Taumelnd landen wir wieder auf der Straße.

Schweigend warten wir an der Haltestelle auf den Bus. Mum zieht wütend an ihrer Zigarette. Der Feierabendverkehr schleppt sich durch die High Street und ich höre die Erkennungsmelodie von Radio Ham aus einem vorbeifahrenden Auto. *Glaube ich an mein Glück?* Fragt lieber nicht.

«Es tut mir leid … das mit dem Urlaub.»

Mum stößt den Rauch aus, sagt aber nichts.

«Ehrlich, ich habe ihn nicht gestohlen. Er gehörte mir – ich habe ihn gewonnen. Sie wollten ihn mir nur nicht geben.»

Nach einem letzten Zug schnipst sie die Kippe auf die Straße. «Ich hatte sowieso keine Lust darauf … Hallo, was hat Griechenland, was wir nicht haben?»

«Fünf Swimmingpools?»

«Wenn man nicht schwimmen kann, bringt's das auch nicht», knurrt Mum.

«Stimmt.»

«Und wenn man aus Griechenland mit so einer orangen Fresse wiederkommt wie diese dumme Kuh.» Mum schüttelt den Kopf. «Das ist typische Hardacre-Bräune, das kann ich dir sagen – direkt aus der Tube.»

Ich muss lachen. «Hast du die Zähne gesehen?»

«Ich wollte schon meine Sonnenbrille aufsetzen!» Mums Augenbrauen zucken.

«Wir könnten aber trotzdem in Urlaub fahren.» Mein Herz klopft schneller. «Ich habe ein bisschen Geld.»

«Und woher? Das hast du doch hoffentlich nicht auch gestohlen?»

«Oma hat es mir geschenkt.»

Mum blickt auf ihre Füße. «Falls du das Bausparbuch meinst – das habe ich schon ausgegeben.»

«Du hast Jays abgeräumt. Meins nicht.»

Sie hebt den Kopf wieder. «Wie viel?»

«Genug … um irgendwohin zu fahren. Vielleicht nicht gerade nach Griechenland, aber irgendwo … ans Meer.»

«Ich weiß nicht. Das Geld gehört dir, Laurence, Oma hat es dir geschenkt.»

«Das wäre ihr egal. Sie würde sich freuen, wenn wir in Urlaub fahren.»

«Kann sein … Warten wir mal ab, wie es mit uns weitergeht, ja?»

«Okay.»

Als sie sich die nächste Zigarette anzündet, frage ich mich, wie lange der Bus denn noch brauchen will. Wir müssen Jay vom Spaßclub abholen.

«Ich weiß noch, wie du geboren wurdest», sagt Mum aus heiterem Himmel. «Du warst so winzig, stell dir das mal vor!» Sie lacht. «Du hast so zerbrechlich ausgesehen, dass ich Angst bekommen habe – Angst, nicht für dich sorgen zu können.» Sie zieht an der Zigarette. «Du warst ein echtes Schreibaby. Nächtelang hast du gebrüllt. Die Nachbarn haben schon an die Wand gewummert und ich musste mit dir nach draußen, dich im Kinderwagen spazieren fahren. Dann bist du eingeschlafen, aber wehe, wenn ich stehenblieb! Stundenlang bin ich durch die Gegend gezogen und manchmal wurde es schon hell, als wir nach Hause kamen. Aber sonst hättest du immer weitergeschrien.»

«Das tut mir leid.»

Sie schüttelt den Kopf. «Das ist doch nicht deine Schuld, Schatz. Es war nie deine Schuld.» Sie fasst mit ihren knochigen Fingern meine Hand. «Ich bin schuld. Ich wusste nicht mehr weiter. Erst hat mich dein Vater verlassen und dann Greg …» Noch ein Zug, noch mehr Rauch. «Nach Omas Tod hatte ich niemanden mehr. Ich war ganz allein und wusste nicht, was ich tun sollte.» Eine Träne kullert unter der dunklen Sonnenbrille hervor.

«Du bist nicht allein, Mum. Du hast doch mich und Jay.» *Als Rückendeckung,* hätte ich beinahe gesagt, stellvertretend für Jay.

«Ich habe euch nicht verdient – keinen von euch beiden.»

«Du bist unsere Mum.»

Sie nimmt die Sonnenbrille ab und wischt mit dem Handrücken über ihr Gesicht. «Du armes Kind!»

«Jep», lache ich.

«Und du hast mich gefunden», sagt sie und schüttelt den Kopf. «Ich habe euch verlassen und du hast mich gesucht und gefunden.»

«Ich wollte dir nur Jay aufhalsen – er ging mir allmählich auf die Nerven.»

Sie lacht – obwohl es halb Lachen, halb Schluchzen ist. Sie lacht und weint gleichzeitig.

HEUTE
MUM IST WIEDER DA
WAS GAB'S?
HOLUNDER MIT INGWER
ALS HÄTTE JEMAND SOCKEN DARIN GEWASCHEN
NEIN, DANKE

Die Tür knallt. Mum ist wieder da.

Es hört sich an, als ob eine Leiche auf den Boden klatscht, als sie ihr Zeug im Flur ablädt. Sie geht direkt in die Küche. Ich höre, wie eine Flasche auf den Tisch gestellt, der Deckel aufgeschraubt und der Inhalt leise gluckernd eingeschenkt wird.

Es ist einundachtzig Tage her, seit Mum vom Kanal heimgekehrt ist. Das sind fast drei Monate. Die Zeit ist wie im Flug vergangen.

Ich lasse Jay und Mina im Wohnzimmer sitzen und gehe in die Küche.

«Und wie war's?»

Mum sieht mich durch eine Rauchwolke hindurch an und seufzt. «Wenn mich irgendwas so an den Rand bringt, dass ich einen Drink will, dann diese Meetings.»

Auf dem Küchentisch liegt ein gelber Prospekt mit dicken, schwarzen Buchstaben auf dem Titelblatt: *Trocken ist besser – einen Tag nach dem anderen*. Vor fünf Wochen hatte Mum ihren letzten Drink. Jedenfalls, soweit ich weiß.

«Was gab's denn diesmal?» Ich greife nach der Flasche und lese das Etikett laut vor. «Holunder mit Ingwer – das soll schmecken?»

Mum verzieht das Gesicht. «Als hätte jemand seine Socken darin gewaschen.»

«Soll ich dir einen Kaffee kochen?»

«Nein, danke. Ich habe schon den ganzen Nachmittag dieses Zeug getrunken.» Sie lehnt sich auf dem Küchenstuhl zurück und lächelt plötzlich. «Heute hat Jay in der Schule niemanden gebissen. Miss Shaw hat gesagt, sie hätten extra eine Tafel für ihn, und jeder Tag, an dem er keinen gebissen hat, wird mit Stickern hervorgehoben.»

Darüber muss ich lachen. «Für einen Sticker würde er alles tun.»

Seit Neuestem holt Mum Jay von der Schule ab … und bringt ihn auch hin. In diesem Halbjahr hat sie noch keinen Tag ausgelassen.

«Das könnten wir für dich doch auch machen. Also, für jeden Tag, an dem du nicht trinkst …»

Als ich ihren Gesichtsausdruck sehe, breche ich mitten im Satz ab und wünschte, ich hätte nicht davon angefangen.

«Tut mir leid! Ich …»

«Schon gut.» Sie schüttelt den Kopf und wendet den Blick ab. «Die Idee ist ja vielleicht nicht schlecht.»

Ein unbehagliches Schweigen setzt sich zwischen uns fest, während ich krampfhaft überlege, wie ich das Thema wechseln könnte. Dann steht Mina plötzlich in der Tür.

«Hallo, Mags! Deine Haare sehen super aus.»

«Findest du?» Mum legt eine Hand an den Kopf und runzelt die Stirn. «Ich dachte, ich brauche eine ordentliche Frisur, bevor ich anfange. So wie ich aussah, konnte ich schlecht bei einem Friseur arbeiten.»

Ab Montag hat Mum einen neuen Job als Empfangsdame in einem Friseursalon in der Stadt. Nur in Teilzeit und auch nicht gut bezahlt, aber dank Chris bekommen wir jetzt Wohngeld. Und Mum hat recht, wenn sie sagt, dass sie wenigstens nicht mehr nach Pommes stinkt, wenn sie nach Hause kommt; und dass sie außerdem die Hände nicht mehr in die Toiletten anderer Leute stecken muss.

«Echt hübsch», sagt Mina. «Damit gehst du für fünfundzwanzig durch.»

«Schön wär's!» Mum tippt die Zigarettenasche in den Aschenbecher und kaut auf ihrer Unterlippe. «Ihr könnt euch nicht vorstellen, wie nervös ich bin ... Und wenn ich alles falsch mache?»

«Ach, du schaffst das schon!» Mina geht zu Mum und umarmt sie. «Lust auf Tee?»

«Ach ja, meinetwegen, alles ist besser als diese Brühe.» Sie schiebt das Glas mit Holunder-Ingwer-Saft von sich.

«Weißt du denn schon, was du anziehst?», fragt Mina, als sie mit dem Wasserkocher zur Spüle geht.

«Ich überlege es mir ständig anders. An mir sieht alles schrecklich aus.»

«Soll ich dich beraten?»

«Das würdest du tun, Liebes?»

«Klar. Wir haben noch Zeit, bevor wir rausgehen. Falls das Geburtstagskind nichts dagegen hat.» Mina sieht mich grinsend an.

Heute habe ich Geburtstag. Ich bin jetzt sechzehn.

«Herzlichen Glückwunsch, Schatz!», sagt Mum und stellt den Kuchen auf den Küchentisch.

«Was ist das?», fragt Jay und starrt auf den Teller.

«Der gehört mir, davon bekommst du nichts ab.»

Er wirkt erleichtert. «Warum ist der so platt?»

«Er ist super! Danke, Mum.» Ich gebe Jay einen Tritt unter dem Küchentisch.

Zum ersten Mal in meinem Leben hat sie einen Kuchen für mich gebacken – auch wenn er aussieht wie überfahren und in Schokolade getunkt.

«Sechzehn Kerzen», sagt Mum. «Wünsch dir was.»

Ich betrachte die Kerzen. Und den Kuchen. Und die drei Gesichter, die mich ansehen.

Was hätte ich denn gern?

Noch vor Kurzem wäre mir die Antwort leicht gefallen.

Dann fällt mir etwas ein und ich lächle. *Nun, man weiß ja nie …*

«Was hast du dir gewünscht?», fragt Jay und zieht mich am Arm.

«Nein! Wenn du es verrätst, geht es nicht in Erfüllung», sagt Mina.

Jay knurrt, doch dann zuckt er die Achseln und reicht mir seine selbst gemachte Karte. Er hat darauf gesessen – damit ich sie auch ja nicht zu früh entdecke – und sie ist ein bisschen zerknittert und warm.

Härzlichen Glükwunsch zum 16. Geburztag, Laurence!!!, steht oben in einer großen Comic-Sprechblase. Darunter hat Jay sich als Scooby-Doo, mich als Shaggy, Mina als Velma und Mum … als Mum gemalt. Ganz unten steht in Minas Handschrift: *Von der ganzen Gang!*

Wenn man die Karte aufklappt, gibt es ein weiteres Bild von Scooby; daneben ist etwas, das ein Knochen oder ein Telefon sein könnte, mit vielen Flecken, die wie Blutspritzer aussehen.

«Scooby hat dem Bösen das Bein abgebissen», erklärt Jay und zeigt auf das Bild.

«Danke! Das ist … Spitze.»

«Ja, ich weiß. Du kannst es dir mal ausleihen … du hast ja heute Geburtstag.»

«Leihen?» Ich sehe ihn an, soll das ein Witz sein? «Also, wenn man jemandem eine Geburtstagskarte schenkt, darf er die normalerweise behalten.»

Jay verzieht den Mund und schließt ein Auge, während er darüber nachdenkt. «Okay, du kannst sie behalten.» Er legt die Stirn in Falten. «Bis morgen.»

«Meine Karte musst du nicht zurückgeben», sagt Mina und grinst, als sie mir einen roten Umschlag überreicht. Sofort fangen meine Ohren an zu glühen und leuchten mit dem Couvert um die Wette. Zu meiner großen Erleichterung ist auf der Karte kein rosa Teddybär abgebildet, der ein herzförmiges Kissen mit den Worten *Happy Birthday, Schnucki* an sich drückt – aber ein bisschen enttäuscht bin ich auch. Stattdessen habe ich ein Schwarz-Weiß-Foto von einem Typen mit Glubschaugen und vorstehenden Zähnen vor Augen. Als ich die Karte aufklappe, steht da: *Herzlichen Glückwunsch, du Hecht*. Jay findet das so witzig, dass er fast vom Stuhl fällt.

Mum hält auch einen Umschlag umklammert. Jetzt wirft sie ihn mir praktisch über den Tisch.

«Du hast mir doch schon eine Karte gegeben», sage ich und wünsche sofort, ich hätte nichts gesagt. Vielleicht hat sie es ja vergessen.

In letzter Zeit vergisst sie alles Mögliche. Angeblich liegt es an den Tabletten, die ihr der Arzt verschrieben hat. Sie nennt sie Glückspillen und behauptet, mit ihnen könnte sie all die schlechten Dinge vergessen, derentwegen sie sich betrinken wollte. Das macht sie nicht wirklich glücklich – aber es geht ihr besser als vorher.

Mum schüttelt den Kopf. «Das ist keine Karte. Sondern …»

«Ein Geschenk?», fragt Jay aufgeregt.

«Könnte man sagen.»

Ich reiße den Umschlag mit dem Daumen auf. Er enthält einen Formbrief mit einer rechteckigen Plastikkarte. Ich bin ratlos, bis ich das Logo der Bausparkasse und meinen Namen entdecke, der in silbernen Buchstaben eingeprägt ist.

«Was ist das?», fragt Jay enttäuscht.

«Eine Bankkarte», erklärt Mum. «Damit kannst du selbst Geld abheben … und du allein bestimmst, wann und wie viel.»

Jay stänkert. «Langweilig!»

«Nein, das stimmt nicht. Danke, Mum.»

Sie nickt, einen Moment lang sehen wir uns in die Augen. «Ich dachte, du könntest die Karte irgendwann brauchen. Mit sechzehn muss ich nicht mehr unterschreiben.»

Ich weiß, woran sie denkt, doch das wird nicht passieren.

Ich folge Mina, nehme zwei Stufen auf einmal. Unsere Schritte hallen von den Wänden und rasen mit uns bis zur Tür um die Wette. Mina nimmt mich in die Stadt mit, wo wir Han und Amy treffen. Da es sich um eine Geburtstagsüberraschung handelt, verrät sie mir nicht, wohin wir gehen. Oben sehen Mum und Jay fern und essen den Rest meines Kuchens, der besser geschmeckt hat, als er aussah.

Der Geruch von Kohl und Desinfektionsmitteln hängt wie eine alte Gardine im Eingangsbereich, doch die Wohnungstür der Schnüffelnelly bleibt geschlossen. Draußen ist es kühl und frisch. Ich lasse den Blick über die graue Betonwüste von Hardacre schweifen, und mir wird klar, dass ich in diesem Augenblick nirgendwo sonst auf der Welt sein will.

Der Bus fährt schon den Hügel hinunter. Ich nehme Minas Hand und laufe los. Ich wette mit mir selbst – wenn wir vor dem Bus an der Haltestelle sind, wird alles gut.

Es fällt mir immer noch schwer, auch nur kurz wegzugehen, doch mit jedem Mal, wenn ich nach Hause komme und Mum noch da ist, wird es einfacher. Sie versucht es wenigstens. *Trocken ist besser – einen Tag nach dem anderen.*

So leben wir jetzt.

Es gibt gute und schlechte Tage.

Doch die guten überwiegen die schlechten Tage immer mehr – das ist immerhin etwas.

Ein guter Anfang.

Wir schlagen den Bus um eine Autolänge.

Danksagung

Es ist sehr zeitaufwendig, ein Buch zu schreiben, und zum großen Teil ist es ein einsames Unterfangen. Doch ich möchte mich für die Hilfe und Unterstützung bedanken, die ich von vielen erfahren habe, ohne die *Fünfzehn kopflose Tage* nicht hätte erscheinen können.

Den meisten Dank schulde ich meiner Familie (Cousins und Raven) und meinen Freunden für ihre Toleranz, Ermunterung und Geduld. Meine Frau Jane hat alle Entwürfe mehrfach gelesen und mit ihrer ehrlichen Meinung nie hinterm Berg gehalten. Auch meiner Mutter Pam Cousins und Tony und Viv Martin, die das Buch im Frühstadium gelesen haben, verdanke ich wertvolles Feedback, und Helen Connors von *Cornerstones* hat mich stets darin bestärkt weiterzuschreiben. Ein großes Dankeschön geht auch an meine Großmutter (EDMTC), weil sie nie aufgehört hat, an mich zu glauben, und mir den Computer geschenkt hat, auf dem ich diese Geschichte geschrieben habe.

Ich werde Natascha Biebow, Sara Grant und Sara O'Connor von der Society of Children's Book Writers and Illustrators ewig als meine Patinnen betrachten, weil sie die Anthologie *Undiscovered Voices* angestoßen und mein Leben für immer verändert haben. Ann Tobias hat mir ihre wertvolle Zeit und viele gute Ratschläge geschenkt und ich habe das große Privileg, mit der wahrscheinlich weltbesten Agentin Sarah Manson zusammenzuarbeiten und von ihrem umfassenden Wissen, ihrem Zutrauen und ihrer Begeisterungsfähigkeit zu profitieren. Bei Sarah, Liz Cross und meiner wunderbaren Lektorin Jasmine Richards bedanke ich mich dafür, dass ein

Traum Wirklichkeit geworden ist. Sehr herzlich danke ich auch Michelle Harrison, Harret Bayly und allen bei Oxford University Press, die Laurence, Jay und Mina ein Zuhause gegeben und mich so herzlich empfangen haben.

Ich stehe in Patti Wright-Goss' Schuld, weil sie mich mit Eilis Woodlock bekannt gemacht hat, deren Erfahrung als Sozialarbeiterin in der Familienhilfe Gold wert war. Daumen hoch für Mike Bouvier und Nick Harper, die mir erklärt haben, wie ein Rundfunkprogramm mit Hörerbeteiligung funktioniert. Und ich bedanke mich sehr herzlich bei meinem Vater Mike Cousins, der mir Insiderwissen über das Prozedere an weiterführenden Schulen vermittelt und meine Shakespeare-Zitate überprüft hat.

Zu guter Letzt danke ich Ptol, Hock und Dylan für die Inspiration und dafür, dass sie mich daran erinnern, was wirklich wichtig ist.

293

Mitschrift des Interviews

AIT DEM KINDER- UND JUGENDBUCHAUTOR DAVE COUSINS
IN BAZ' BEDTIME BONANZA RADIO SHOW
ERSTAUSSTRAHLUNG JANUAR 2012.

WIEDERGABE MIT FREUNDLICHER ERLAUBNIS
DES AUTORS.

OH!

AZ:

M FINALE
HABEN WIR HEUTE EINEN ECHTEN
LECKERBISSEN FÜR UNSERE GLÜCK-
LICHEN HÖRER. UND JETZT BITTE
CH SIE, LIEBES PUBLIKUM, OHNE
WEITERES VORGEPLÄNKEL IN DIE
HÄNDE ZU KLATSCHEN UND IHREN
SENDER ZU GRÜSSEN, WÄHREND ICH
N UNSEREM STUDIO EINEN WAHREN
WORTZAUBERER EMPFANGE -
AR DAVE COUSINS! WILLKOMMEN IN
UNSERER SHOW, DAVE!

APPLAUS!!

BOOM

DAVE:

DANKE, BAZ.
ES IST MIR
EINE EHRE.

IR HABEN HEUTE ABEND Haufenweise FRAGEN AN SIE,
AVE, ABER ICH FÜRCHTE, ES GIBT Nichts zu gewinnen! MIT
ULTIPLE-CHOICE-ANTWORTEN KANN ICH LEIDER AUCH
ICHT DIENEN, DESHALB MÜSSEN SIE ALLES ALLEIN MA-
HEN, MEIN FREUND. ABER BEVOR ES LOSGEHT, MUSS ICH
OCH FRAGEN - DAVE, GLAUBEN SIE AN IHR GLÜCK?

JA! UNBEDINGT, BAZ.

DAS HÖRE ICH GERN! ALSO, DAVE – ICH HABE GERADE 15 KOPFLOSE TAGE ZU ENDE GELESEN UND MÖCHTE AL[S] ERSTES FRAGEN: WOHER STAMMT DIE IDEE FÜR DIES[E] GESCHICHTE?

SIE BERUHT AUF EINEM ERLEBNIS IN EINEM PUB, BAZ. E[S] WAR AN EINEM NACHMITTAG UND EINE STURZBETRUNKEN[E] FRAU FING STREIT MIT DEN LEUTEN AM NACHBARTISCH AN. IHREN SÖHNEN WAR DAS SCHRECKLICH PEINLICH. ICH MACHTE MIR GEDANKEN ÜBER DAS LEBEN DIESER BEIDEN JUNGEN, WIE ES IHNEN WOHL ERGEHEN WÜRDE, WENN SIE NACH HAUSE KAMEN. MEINE GESCHICHTEN ENTSTEHEN IMMER AUS SO EINER ART GEISTESBLITZ – ICH SEHE EINE FIGUR ODER EINE SITUATION, DIE MICH IRGEN[D]WIE BERÜHRT UND ANSPRICHT. DANN FANGE ICH AN ZU SCHREIBEN, UM ZU ERFAHREN, WIE ES WEITERGEHT.

HABEN SIE LANGE GEBRAUCHT, UM DAS BUCH ZU SCHREIBEN?

DER ERSTE ENTWURF LIEGT SCHON EIN PAAR JAHRE ZURÜCK, ABER WAS DABEI HERAUSKAM, HAT MIR NICHT GEFALLEN. DESHALB HABE ICH IHN WEGGELEGT UND MIR ETWAS ANDERES VORGENOMMEN. ABER DIE GESCHICHTE DER BEIDEN JUNGEN LIESS MICH NICHT LOS, SODASS ICH EINEN NEUEN VERSUCH GEWAGT HABE. AUS DIESER VERSION IST LETZTENDLICH 15 KOPFLOSE TAGE GEWORDEN. DENNOCH HAT ES SEHR LANGE GEDAUERT, WEIL ICH DEN GANZEN TAG ARBEITEN UND GELD VERDIENEN MUSSTE UND GERADE EINE FAMILIE GEGRÜNDET HATTE. DIE ZEIT ZUM SCHREIBEN MUSSTE ICH JEDEN TAG IRGENDWO ABZWACKEN UND ENTWEDER UM HAL[B] SECHS MORGENS AUFSTEHEN ODER ABENDS ARBEITEN, WENN ALLE ANDEREN IM BETT WAREN.

H,

IE SPÄTSCHICHT! DAS IST WAS FÜR UNS Beide, MEIN REUND! ALSO, ICH BIN IMMER NEUGIERIG, WOHER AUTOREN IE Namen FÜR IHRE FIGUREN NEHMEN. HABEN SIE SIE VON CHTEN MENSCHEN geliehen? KANN MAN SICH SO AN JE- MANDEM RÄCHEN, DEN MAN NICHT MAG, UND DEN Namen INER UN- SYMPATHISCHEN FIGUR IM BUCH GEBEN?

LACHT

DARAUF BIN ICH NOCH GAR NICHT GEKOMMEN UND ICH GLAUBE, MIT DEN NAMEN VON FREUNDEN KÖNNTE ICH NICHT ARBEITEN, WEIL IHRE PERSÖNLICHKEIT DIE FIGUR ZU SEHR ÜBERLAGERN WÜRDE. ES GIBT FIGUREN, DIE AUCHEN EINFACH AUF DER SEITE AUF UND STELLEN SICH VOR, UND NDERE, DIE MAN NICHT SO SCHNELL KENNENLERNT. BEI JEDEM ENT- VURF PROBIERE ICH ETWAS NEUES AUS, BIS SICH EIN NAME RICHTIG NFÜHLT.

CH HABE EINE VORLIEBE FÜR NAMEN, DIE EINE GESCHICHTE ODER INE BEDEUTUNG TRANSPORTIEREN – ETWAS, DAS DIE LESER ERKEN UND NACHSCHLAGEN KÖNNEN. IN 15 KOPFLOSE TAGE HEISST AURENCE MIT NACHNAMEN ROACH, DAS IST EINE GEWOLLTE AN- PIELUNG AUF DEN TITEL UND DIE ÜBERLEBENSTHEMATIK IM BUCH.

AVE, SAGEN SIE UNS DOCH BITTE, WAS IHNEN BEIM CHREIBEN DIESES BUCHES AM MEISTEN SPASS GEMACHT HAT? NATÜRLICH ABGESEHEN VON IHREM BESUCH IN NSERER SHOW!

S IST IMMER SPANNEND ZUZUSEHEN, WIE DIE GESCHICHTE BEIM CHREIBEN AUF DER SEITE ERSCHEINT, WIE DIE FIGUREN ZUM LEBEN RWACHEN UND WAS IHNEN SO ALLES WIDERFÄHRT. ICH GLAUBE, AM EISTEN "GENIESSE" ICH DAS REDIGIEREN, WENN DAS GERÜST ERST AL STEHT UND ICH WEISS, WAS PASSIERT. DANN BEGINNE ICH MIT ER EIGENTLICHEN GESTALTUNG. ES MACHT DURCHAUS SPASS, GANZE BSÄTZE ZU STREICHEN UND ALLES ZU STRAFFEN ODER EINE BE- TIMMTE SZENE NOCH BESSER ZU SCHILDERN.

DAS ALLERBESTE IN DEM GESAMTEN PROZESS KOMMT ALLERDINGS WENN ICH VON LESERN HÖRE, DASS IHNEN DIE GESCHICHTE GEFALLE HAT, DASS SIE MIT DEN FIGUREN MITGELITTEN HABEN UND WISSEN WOLLTEN, WIE ES MIT IHNEN WEITERGING – UND GANZ BESONDERS, WENN SIE WEINEN MUSSTEN! DAS HÖRT SICH JETZT NICHT NETT AN, ABER MEINER MEINUNG NACH SIND DAS DIE BESTEN GESCHICHTEN, DIE UNS ZUM LACHEN UND ZUM WEINEN BRINGEN – DEN BEIDEN EXTREMEN AUF DER GEFÜHLSSKALA.

UND WAS WAR BESONDERS SCHLIMM?

Whoops!

UM HALB SECHS AUFZUSTEHEN, UM ZU SCHREIBEN! DAS HAT MIR EINE ENORME WILLENSKRAFT ABGEFORDERT, VOR ALLEM IM WINTER, WENN ES IN UNSERER MANSARDE SO KALT WAR, DASS ICH MIT JACKE UND KAPUZE DORT GESESSEN UN VERSUCHT HABE, MIT TAUBEN FINGERN Z TIPPEN.

UND WELCHEN RAT KÖNNEN SIE UNSEREN HÖRERN GEBEN, WENN SIE SCHRIFTSTELLER WERDEN WOLLEN?

LACHT

ICH SOLL IHNEN EINEN RAT GEBEN? ICH IMPROVISIERE DOCH SELBST NOCH! SUCHT EUCH EIN WARMES PLÄTZCHEN ZUM SCHREIBEN! KEINE AHNUNG ... DER BESTE RAT IST IMMER NOCH, VIEL ZU LESEN UND VIEL ZU SCHREIBEN. DIE BEDEUTUNG DES LESENS WIRD HÄUFIG UNTERSCHÄTZT. EINFACH IMMER WEITERSCHREIBEN UND FEHLER MACHEN, DENN DARAUS LERNT MAN UND DANN WIRD MAN BESSER.

OH!

EIDER HABEN WIR NUR
NOCH SEHR WENIG ZEIT,
AVE, ABER BEVOR WIR
ZUM ENDE KOMMEN,
MÖCHTE ICH DOCH GERN
NOCH WISSEN – WIRD
ES EINE FORTSETZUNG
ON 15 kopflose Tage
EBEN?

LS ICH 15 KOPFLOSE TAGE ABGESCHLOSSEN HATTE, HIELT ICH ES FÜR INEN EINZELTITEL, ABER NACHDEM SCHON EINIGE LESER DARUM GEBETEN ABEN, WÜRDE ICH AUCH GERN HERAUSFINDEN, WIE ES MIT LAURENCE, JAY ND MINA WEITERGEHT. ES WÄRE ALSO SCHON MÖGLICH, ABER IN MEINEM NÄCHSTEN BUCH GEHT ES UM ETWAS GANZ ANDERES.

HA!
ERRATEN
IE UNS DIE
ESCHICHTE?

DAS BUCH HEIẞT
WARTEN AUF GONZO
ABER FÜR ALLES ANDERE
IST ES NOCH ZU FRÜH.

HR
ABT ES ALS ERSTE GEHÖRT, LEUTE!
IEDER MAL EXKLUSIV BEI BAZ BEDTIME BONANZA! FÜR
EHR REICHT LEIDER DIE ZEIT NICHT AUS. NOCH EINEN
EHR VERGNÜGLICHEN ABEND WÜNSCHEN IHNEN ALLEN AUS
EM STUDIO CHERYL UND ICH SOWIE
NSER GAST, DER AUTOR DAVE COUS-
NS – AUF WIEDERHÖREN! SCHALTEN
IE BALD WIEDER EIN, LASSEN SIE ES
ICH GUT GEHEN UND, VOR ALLEM,
LAUBEN SIE AN IHR GLÜCK!

Über den Autor

DAVE COUSINS ist in Birmingham in einem Haus voller Bücher und Alben aufgewachsen. Nachdem er sich von seinem Kindheitstraum, Astronaut zu werden, verabschiedet hatte, studierte er Kunst in Bradford, spielte in einer Band und zog später nach London. In den zehn darauffolgenden Jahren war er auf Tournee, nahm Platten auf und wurde beinahe berühmt.

Seine Schriftstellerkarriere begann, als er sich mit zehn Jahren an einem Drehbuch versuchte. Seitdem schreibt er Songs, Gedichte und Geschichten. Seine Kurzgeschichte *The Foodlight Man* wurde im BBC Radio Five Live gesendet. Tagsüber arbeitet er in einem Design-Studio, abends oder in den Mittagspausen schreibt er – bei Regen oft im Schutz einer Kanalbrücke. Mittlerweile lebt Dave Cousins mit Frau und Kindern in Hertfordshire in einem Haus voller Bücher und Alben, und er schreibt in einer Ecke seiner Mansarde – in Gesellschaft einer chaotischen rotbraunen Katze.

WWW.DAVECOUSINS.NET

ISBN 978-3-77256-2779-1 (print) · ISBN 978-3-7725-4137-7 (eBook)